172 HORAS
NA LUA

172 HORAS
NA LUA

JOHAN HARSTAD

Tradução:
Camila Fernandes

Novo Conceito

Título original norueguês: Darlah-172 timer på månen

A imagem na página 213 foi baseada nas impressões do autor.
Ilustrações de Darlah 1 e Darlah 2 (páginas 155, 156 e 230) foram desenhadas por Rodeo Architects em parceria com LaCKTr.

1ª Impressão — 2015
Impressão e Acabamento Intergraf 020715

Produção editorial:
Equipe Novo Conceito

Dados Internacionais de Catalogação na Publicação (CIP)
(Câmara Brasileira do Livro, SP, Brasil)

Harstad, Johan
172 horas na lua / Johan Harstad ; tradução Camila Fernandes. -- Ribeirão Preto, SP : Novo Conceito Editora, 2015.

Título original: 172 hours on the moon.
ISBN 978-85-8163-709-9

1. Ficção norueguesa I. Título.

14-12854 CDD-839.823

Índices para catálogo sistemático:
1. Ficção : Literatura norueguesa 839.823

Novo Conceito
Rua Dr. Hugo Fortes, 1885
Parque Industrial Lagoinha
14095-260 – Ribeirão Preto – SP
www.grupoeditorialnovoconceito.com.br

Parte da renda deste livro será doada para a **Fundação Abrinq**, que promove a defesa dos direitos e o exercício da cidadania de crianças e adolescentes.
Saiba mais: **www.fundabrinq.org.br**

Índice

PRÓLOGO: FEVEREIRO DE 2010

— Senhores, está na hora — disse o dr. ████████, observando os sete homens de terno ao redor da mesa de reuniões. Eram algumas das pessoas mais poderosas do país, juntas na maior sala de reuniões do quartel-general da NASA, em Washington, D.C. Eram quase onze da noite.

Em breve, teriam de tomar uma decisão.

— Então, o que vai ser? — perguntou o dr. ████████, impaciente.

A fumaça de cigarro na sala era densa e impenetrável, tornando a atmosfera ainda mais sombria. Todas as regras que proibiam fumar nos escritórios do governo haviam sido deixadas de lado à medida que o nervosismo se agravara.

— Bem — começou um dos sete, mastigando um lápis —, é uma proposta muito arriscada. Você deve saber disso. Vale mesmo a pena?

— As pessoas já tinham perdido completamente o interesse em missões lunares antes do último lançamento, em 1972 — disse outro. — Por que você acha que apoiariam essa volta?

— Mas pode acontecer — afirmou um terceiro. — Poderíamos dizer às pessoas que há uma boa chance de encontrarmos grandes quantidades de tântalo setenta e três no polo sul da Lua.

A sala encheu-se subitamente de conversas, a tensão começando a crescer.

— Acredite, você não quer voltar ao polo sul.

— É claro que não.

— Se for, vai morrer.

— Estou ciente disso.

— Na minha opinião, seria melhor esquecer aquele lugar.

— Cavalheiros — interrompeu o dr. ██████ —, têm alguma ideia de como uma descoberta de tântalo setenta e três seria importante? A maior parte da tecnologia atual depende desse elemento. As pessoas jogariam dinheiro em nossas mãos.

— Então, vamos lá para cima em busca de recursos naturais? Eu pensei... — disse um dos homens.

O dr. ██████ o interrompeu novamente:

— Não, não vamos.

O presidente do Estado-Maior Conjunto pigarreou.

— Deixem-me esclarecer a situação, cavalheiros. Nós não vamos ao polo sul da Lua, e, se há ou não tântalo setenta e três por lá, é completamente irrelevante.

A confusão se espalhou pela sala.

— Presumo que alguns de vocês estejam familiarizados com o Projeto Horizonte? — continuou ele.

O homem que falara primeiro perguntou:

— Está se referindo à pesquisa feita no fim dos anos cinquenta? Os planos para construir uma base militar na Lua? Pensei que tivessem sido descartados.

O dr. ██████ balançou a cabeça, em sinal de negação.

— A base não é militar. — Olhou para o presidente do Estado-Maior. — É só um centro de pesquisas. Não é verdade?

O presidente não respondeu. Olhou amigavelmente para o homem.

— Chama-se DARLAH 2. Foi construída na década de setenta com o nome de Operação DP7.

— Mas por que... diabos... por que nenhum de nós ouviu falar dela antes?

— Todas as informações a respeito de DARLAH 2 foram consideradas ultrassecretas até recentemente. Por motivos de segurança. — Ele parou por um segundo, avaliando se deveria ou não contar mais.

O dr. ██████ adiantou-se a ele na explicação:

— A DARLAH 2 foi construída entre 1974 e 1976. Mas a base fica no Mar da Tranquilidade, onde, como vocês sabem, Armstrong e Aldrin pousaram originalmente em 1969. Nenhuma das outras alunissagens aconteceu lá.

— Por que foi construída? — perguntou um dos homens que estivera quieto até agora.

— Encontramos algo — respondeu o dr. ██████.

— Pode ser mais claro?

— Não sabemos o que é. O plano era manter os estudos e a equipe na Lua, mas, como já sabem, depois de 1976 nós perdemos a maior parte da verba. E, como sugeri, o programa não foi encerrado apenas por motivos financeiros. A verdade é que... o que encontramos lá não é o tipo de descoberta que alguém pagaria para continuarmos pesquisando. Seríamos convidados a ignorar o assunto. Então, fingimos que nunca existiu... e, de todo modo, o sinal desapareceu.

— Até a coisa surgir outra vez no último outono — acrescentou o presidente do Estado-Maior.

— O *sinal*? A *coisa*? Que diabos é a *coisa*?! — exclamou um homem, confuso.

O dr. ██████ encarou-o enquanto falava, depois se inclinou para a frente e tirou algo da maleta. Era uma pasta de papel, que ele colocou sobre a mesa, e dela tirou uma foto tamanho 4 x 6.

— Esta foto foi tirada na Lua por James Irwin, da *Apollo 15*. O astronauta na foto é David R. Scott.

— Mas... quem é a outra pessoa ao fundo? — perguntou alguém.

— Não sabemos.

— Não *sabem*? Que diabos está havendo aqui?

— Existe hora apropriada para tudo, senhores. Toda a informação que estão pedindo estará disponível assim que tivermos unanimidade de votos para prosseguir com o plano, o qual, devo lembrar-lhes, conta com o apoio total do presidente. Agora, podemos então discutir como explicaremos o fato de que temos uma base inativa na Lua há quarenta anos da qual ninguém sabia?

— Inativa? Está querendo dizer que ninguém jamais usou a base antes? — perguntou um dos astronautas presentes. — E as pessoas que a construíram?

— Nunca estiveram no interior dela. Os módulos foram instalados na superfície por máquinas, não por pessoas.

Um dos homens que já concordavam com o plano se levantou e sorriu, confiante, dizendo:

— Vamos dizer que passamos quarenta anos testando a base, garantindo que funcionasse perfeitamente.

— E funciona? — perguntou alguém.

— Em princípio, sim — respondeu o homem cujo sorriso já não parecia tão confiante.

— *Em princípio* não é bom o bastante, é?

— Terá de servir. Temos de voltar dentro de uma década, antes que mais alguém chegue lá.

Vários dos homens presentes ainda pareciam incrédulos, se não atordoados.

— Mas quem vocês enviarão para lá? E o que essas pessoas farão?

— A primeira expedição deverá realizar três tarefas simples. A primeira: testar a base e garantir que esteja funcionando como se presume. A segunda: pesquisar a possibilidade de minerar metais terrestres raros que darão aos Estados Unidos uma enorme vantagem no mercado tecnológico. E a terceira, que é a mais importante de todas, senhores: atrair a atenção da mídia, que como consequência garantirá apoio financeiro suficiente para continuarmos com nossa pesquisa e… nos livrarmos de quaisquer… possíveis problemas.

— Que tipo de problemas? — perguntou um dos homens.

O dr. ergueu a mão à frente do corpo como se detivesse as palavras.

— Como eu disse, já trataremos disso. A ideia é transformar a coisa toda em uma celebração do quinquagésimo aniversário da primeira missão tripulada a pousar na Lua. Vamos construir versões novas e aprimoradas dos foguetes programados clássicos *Apollo* dos anos sessenta e setenta. Isso com certeza deixará as pessoas nostálgicas.

— Mas ninguém com menos de quarenta anos se lembra das missões *Apollo*.

O dr. esperou um longo tempo antes de voltar a falar. Era um homem muito inteligente, e ter de explicar cada detalhe a esses projetos ridículos de figura pública estava lhe dando nos nervos. Felizmente, havia ensaiado mentalmente essa conversa muitas vezes e tinha respostas para tudo o que eles pudessem perguntar, inclusive a ideia perfeita para despertar o interesse do *mundo* inteiro em uma nova missão.

— Senhores, e se mandássemos adolescentes para o espaço?

Ninguém respondeu. Ficaram apenas sentados em silêncio, esperando, presumindo que fosse uma piada.

Mas não era.

— Você quer mandar *crianças*? — perguntou alguém. — Por que diabos ia querer mandar adolescentes para a Lua?

O dr. sorriu de forma condescendente e respondeu:

— Se selecionarmos três jovens, adolescentes, para acompanhar os astronautas, teremos toda uma nova geração entusiasmada com a ideia de explorar o espaço. Não será nada menos que uma sensação mundial.

— Mas… há apenas um minuto vocês diziam que há algo… *desconhecido* na Lua. E nenhum dos dois parece capaz de explicar o que essa coisa realmente é e quais são as possíveis consequências. E querem mandar para lá adolescentes inocentes, sem nenhum treinamento, como se fossem *cobaias*?

— Os benefícios superam os riscos — afirmou o dr. ██████. — A probabilidade de algo acontecer é pequena na área específica das operações, e os astronautas terão a oportunidade de instalar equipamentos importantes e realizar os estudos necessários. Em nome da simplicidade, acho que é melhor encarar essa proposta como duas missões em uma. A primeira, o nosso papel, é pesquisar o potencial para mineração de tântalo setenta e três…

— Pensei que você tivesse dito que na verdade não procuraríamos tântalo nenhum.

— Não vamos. — Ele prosseguiu: — A segunda parte será a missão dos adolescentes, que não será um grande esforço para eles. A atenção da mídia será automática. Isso será retratado como uma versão espacial glamorosa de uma viagem à Disneylândia. E, o melhor de tudo, minhas pesquisas preliminares indicam que o patrocínio de certas grandes corporações está quase garantido, o que provavelmente fornecerá o dinheiro de que precisamos para uma segunda missão.

— Vai haver também uma segunda missão?

— Receio que sim.

— Você quer que haja adolescentes na segunda também?

— Não.

O dr. ██████ ergueu dois grossos envelopes assinalados como ULTRASSECRETOS.

— Adolescentes na Lua, senhores, são a solução que estivemos procurando. Uma porta que se abre.

— Mas como vai decidir quem pode ir?

Ele sorriu novamente, de forma ainda mais dissimulada, e respondeu:

— Vamos sortear.

1

A TERRA

OPORTUNIDADE — 2018

— É a coisa mais idiota que eu já ouvi — disse Mia Nomeland, olhando desanimada para os pais. — Sem chance.

— Mas, Mia, querida, é uma excelente oportunidade, não acha?

Os pais estavam sentados lado a lado no sofá, como se estivessem colados um ao outro, com o anúncio que haviam recortado do jornal na mesa de centro diante deles. Cada canto do mundo já tivera a chance de ver uma versão dele. A campanha fora lançada havia semanas na TV, no rádio, na internet e nos jornais, e o nome NASA estava prestes a se tornar tão conhecido pelo planeta quanto o da Coca-Cola ou o do McDonald's.

— Oportunidade de quê? De pagar o maior mico?

— Não quer pelo menos pensar no assunto? — perguntou a mãe. — O prazo é de menos de um mês, sabe.

— Não! Não quero pensar nisso. Não tem nada que me interesse na Lua. Tem algo que me interesse em qualquer lugar, *menos* na Lua.

— Se fosse eu, teria me candidatado na mesma hora — argumentou a mãe.

— Bom, tenho certeza de que meus amigos e eu estamos muito felizes porque você não sou eu.

— Mia!

— Tá bom, desculpa. É só que... eu *não ligo*. É tão difícil assim entender? Vocês estão sempre me dizendo que o mundo é cheio de oportunidades e que a gente tem de escolher algumas e deixar outras passarem. E que há oportunidades suficientes para uma vida inteira e mais um pouco. Certo, pai?

O pai resmungou uma resposta qualquer e desviou o olhar.

A mãe suspirou.

— Vou deixar o anúncio em cima do piano por um tempo, caso você mude de ideia.

É sempre assim, pensou Mia, deixando a sala de estar. *Eles não escutam. Simplesmente esperam que eu pare de falar.*

A garota subiu para o quarto no sótão e começou a praticar guitarra. Quando se tratava de música, ela nunca perdia tempo. Já tocava havia dois anos, e fazia um ano e meio que era a vocalista da banda Rogue Squadron, um nome com um toque dos anos setenta, apropriado para uma banda punk que soava como algo de outra época, talvez 1982. Ou 1984. Mesmo que nem sempre tivesse paciência para fazer todo o dever de casa, ela conhecia a história da música melhor que ninguém.

Sua última descoberta era os Talking Heads, uma banda pela qual ela se apaixonara lenta mas perdidamente. Ou melhor, pela qual estava tentando mesmo se apaixonar, pois percebia que era boa. Ainda precisava se esforçar para ouvi-la por muito tempo. E não tinha certeza se o gênero era pós-punk ou rock ou só pop, e isso tornava tudo ainda mais complicado. Mas tinha um som eletrônico tão frio e oitentista que seria perfeito para ela, se pudesse ao menos entrar no clima da música.

Passou uma hora praticando com a guitarra e escreveu o esboço de uma nova canção, resultando em um *riff* roubado de músicas que ela tinha certeza absoluta que ninguém jamais ouvira. Não teria problema levá-lo para o ensaio da banda amanhã. Depois de tocá-lo cinco vezes e não ter a menor dúvida de que lembraria os acordes, deixou a guitarra de lado, ligou os fones de ouvido ao aparelho de som e apertou o *play*. A música da banda da qual ela decidira começar a gostar encheu-lhe os ouvidos. Ela se deitou na cama e fechou os olhos.

— O que está ouvindo, Mia? — perguntou o pai, erguendo um dos lados do fone. Ele estava tentando suavizar o clima negativo gerado no começo do dia.

— Talking Heads — respondeu ela.

— Eles eram bem famosos quando eu era jovem.

A garota olhou para ele, mas não respondeu.

— Sabe, é uma oportunidade maravilhosa, Mia, essa coisa da Lua. Eu... *nós*... só queremos o que é melhor para você. Sabe disso.

Ela grunhiu, mas tentou sorrir para ele mesmo assim.

Você quer
ir para a

Lua?

Tem entre 14 e 18 anos?
Passe 172 horas na base lunar **DARLAH 2**!

NASA
Retorno à Lua

NASAMOONRETURN.COM

— Pai, por favor. Esquece isso, tá?

— E para a sua banda. Já pensou nisso? Vocês não querem ser famosas? Acho que não seria nada mau para o Rock Squadron em termos de publicidade se a vocalista fosse uma astronauta mundialmente famosa.

— *Rogue* Squadron — corrigiu ela.

— De todo jeito — respondeu ele —, você entendeu. — Então saiu, fechando a porta do quarto cuidadosamente.

Mia deitou-se de novo. Será que ele tinha razão? Não, não tinha. Ela era uma musicista, afinal. Não uma aspirante a astronauta. Ligou a música outra vez e o vocalista David Byrne cantou: *I don't know what you expect staring into the TV set. Fighting fire with fire.*[1]

Era quase maio, mas o ar ainda estava frio na Noruega. As árvores ao longo da avenida estavam nuas e sem vida, exceto por umas poucas folhas aqui e acolá que haviam nascido cedo demais. Duas semanas haviam se passado desde que os pais de Mia sugeriram aquela ideia boba.

Agora, ela estava parada diante da escola, raspando as botas para a frente e para trás no chão enquanto esperava que Silje voltasse do banheiro. O intervalo para o almoço logo acabaria, e ao redor dela outros alunos se apressavam para entrar no prédio por medo de se atrasarem. Mas Mia não estava com pressa. Os professores sempre chegavam alguns minutos mais tarde mesmo. Ficavam sentados na sala dos professores, comendo biscoitos e bebendo café amargo enquanto falavam mal dos alunos.

Mia achava que sua escola era o tipo de lugar onde os professores, com poucas e boas exceções, deveriam ter escolhido praticamente qualquer outra profissão menos essa. A de zelador, por exemplo. Ou coveiro. Uma função na qual não precisassem interagir com gente viva. A maioria quase nem conseguira passar pela própria formação acadêmica uns cem anos atrás. Tinham poder quase infinito aqui e sempre que podiam faziam o melhor para não deixar que os alunos esquecessem disso — pois todos sabiam que essa autoridade evaporava feito orvalho à luz do sol no momento em que saíam da escola e partiam para o mundo real, onde eram forçados a interagir com pessoas da sua idade.

Silje saiu do banheiro. Ela e Mia eram as únicas que ainda não haviam entrado.

[1] *Não sei o que você espera olhando para a TV. Combatendo fogo com fogo.* (N.T.)

— Botas legais — disse Silje.

— Estou com elas o dia todo — respondeu Mia secamente. — Você não notou?

— Até agora, não. Onde comprou?

Mia baixou o olhar para as botas gastas de couro preto que iam até os tornozelos.

— Na internet. São coturnos italianos de paraquedista.

— Sensacional. Bom, vamos entrar?

— Que aula você tem agora?

— Matemática — respondeu Silje.

— Eu tenho *Deutsch*. Com "a Cabelo" — retrucou Mia, suspirando.

Voltaram para dentro e subiram as escadas até o segundo andar.

— Vamos ensaiar hoje à noite? — perguntou Silje pouco antes de as duas se separarem.

— Acho que sim. A Leonora vai me ligar assim que souber se pode ir.

— Me avisa, tá? Eu posso chegar às sete. Antes disso não dá.

— Às sete tá bom. Ei, escrevi uma música ontem.

— Ah, é? Qual é o nome?

— "Bombardeiem Hiroshima Outra Vez", acho. Ainda não defini.

— Legal! — Silje riu. — Te vejo depois.

Mia continuou até o terceiro andar e entrou na sala de aula. A professora ainda não havia chegado, então ela folheou o livro de alemão para descobrir que diabos deveria ter lido na noite anterior.

A Cabelo entrou na sala com uma bola de praia inflável transformada em miniatura da Lua nas mãos. Mia revirou os olhos. *Ai, meu Deus, ela também?*

Mas, sim, a Cabelo — aquela senhorinha com uma cabeleira absurdamente grande — havia contraído a "febre da Lua". Desapareceu atrás da mesa e começou a tagarelar em alemão sobre como aquela coisa toda era empolgante e como seria ótimo se um de seus alunos fosse escolhido para a missão.

Mia revirou os olhos outra vez. Era fato conhecido que a Cabelo já estava na escola havia tempo demais. Só ensinava alemão e economia doméstica. E existia o grande segredo, que na verdade todo mundo sabia, mas a professora julgava estar bem guardado: ela nunca estivera na Alemanha. Só saíra da Noruega uma vez, para ir à Suécia. E isso fora no verão de 1986, ou por aí, e ela voltara para casa depois de quatro dias.

Mas talvez o fato de que a Cabelo estava agora diante deles com uma Lua inflável debaixo do braço não fosse tão estranho assim. O mundo inteiro estava completamente alvoroçado neste inverno. Todo dia, os jornais, o rádio, a TV e a internet eram inundados pela mania da Lua, de curiosidades e informações divulgadas por especialistas, professores e astrônomos até competições nas quais a pessoa podia ganhar todo tipo de coisa, bastando responder a perguntas simples sobre viagens espaciais. Enquanto isso, milhões de adolescentes se inscreviam pela internet ou pegavam longas filas diante de balcões de registro em *shoppings* e supermercados em praticamente cada cidadezinha do mundo para garantir que seus nomes estivessem concorrendo.

Por motivos de segurança, a NASA decidira que os três jovens a ser escolhidos para a missão deveriam ter no mínimo catorze e no máximo dezoito anos. Também deveriam ter entre 1,60 e 1,90 metro de altura, passar por um exame psicológico realizado por um profissional qualificado em sua cidade natal e por um exame físico geral, de forma a obter um "visto" médico. Todos os candidatos deveriam ter 20/20 de acuidade visual de curta e longa distância e pressão sanguínea, quando parados, não superior a 14 x 9. E depois haveria todos os testes e treinamentos pelos quais eles passariam na remota eventualidade de estarem entre os poucos escolhidos.

Embora essas exigências restringissem o número de candidatos, alguns milhões de nomes haviam sido enviados para a grande triagem, e, à medida que as semanas se passavam, as pessoas chegavam mais e mais perto de explodir de entusiasmo. Jogadores apostavam dinheiro nas nacionalidades dos três felizardos e na quantidade de meninas ou meninos entre os vencedores. Apresentadores de TV convidavam especialistas para especular quanto a bobagens como o efeito que a visão da Terra no espaço teria sobre pessoas tão jovens. E havia debates tão numerosos quanto infinitos a respeito daquela base lunar da qual ninguém jamais ouvira falar antes. O que era? Por que estava lá? O que fazia? Poderíamos mesmo confiar que fora construída com intenções pacíficas?

A Cabelo chegou ao fim do discurso e mudou para um norueguês falho, o que acontecia com frequência quando ela falava alemão por muito tempo.

— Mas ouçam isto. Algum representante da NASA, sim, *da NASA*, veio à nossa escola para falar com os alunos sobre participar do sorteio. Como tenho certeza de que vocês sabem, qualquer escola na qual cem por cento dos estudantes elegíveis participem concorrerá a um prêmio único de atualização tecnológica. O representante da NASA disse que o número colossal de noventa e um por cento da sua série já se inscreveu, e pediu que nós encorajássemos o resto de vocês a fazer o mesmo. Mas só cinco pessoas aqui na classe de alemão já aproveitaram essa oportunidade incrível.

Ninguém disse nada.

— Muito bem, Petter, Stine, Malene e Henning.

Os quatro alunos que haviam se candidatado sorriram presunçosamente para ela.

— E Mia, que ótima surpresa. Parabéns.

Mia se retesou completamente e respondeu:

— Eu não me candidatei a nada!

— Bem, de acordo com a NASA, você fez isso, sim.

A garota se inclinou sobre a mesa e disse bem alto:

— Bom, então eles devem ter cometido um erro! Eu *não* me candidatei *mesmo* a esse sorteio idiota!

— Calma, Mia. Não precisa ficar envergonhada.

— Não estou envergonhada. É só que isso não é verdade. E, mesmo que fosse, a NASA não deveria dar esse tipo de informação a qualquer um.

A Cabelo dispensou as queixas da garota com um aceno de mão e piscou para ela, como se ambas compartilhassem algum segredo.

— Obviamente, é uma condição do procedimento de registro dar à NASA permissão para revelar seu nome como participante do sorteio. Mas não precisamos ficar falando disso. Depende de cada um decidir se quer ou não pensar em fazer isso.

— O que está querendo dizer? — rosnou Mia, a raiva crescendo no íntimo. — Eu já disse, não me candidatei a nada. O que é que eu ia fazer no espaço, afinal? A senhora não acha que tenho coisa melhor para fazer? A Lua que se dane!

— Nós não usamos esse linguajar na minha aula, Mia!

— Não, na sua aula *nós* não falamos nada. Só a *senhora* faz monólogos de uma hora sobre qualquer porcaria que queira falar!

A professora se levantou e apontou para a porta.

— Está dispensada do resto da aula, Mia. Não quero você aqui. Pode esperar no corredor.

Mia não protestou. Empurrou o livro de alemão de cima da mesa para dentro da mochila, levantou-se e saiu. O corredor estava vazio, e das salas adjacentes ela ouviu fragmentos das aulas de gramática, matemática e inglês. Sem pensar, abriu a porta da sala outra vez e encarou a Cabelo.

— Além disso, todo mundo sabe que a senhora nunca esteve na Alemanha. Por acaso a *senhora* não devia se envergonhar disso?

Por meio segundo, o rosto da professora ficou magro e triste, como se ela tivesse sido sentenciada à prisão perpétua por um crime perverso que não lembrava ter cometido.

Mia ouviu os alunos começando a dar vivas antes de sair batendo a porta, descer as escadas e se dirigir para o jardim da escola. Caminhou até a pista de corrida perto do ginásio, sentou-se na mureta e sacou o telefone para falar com a mãe. Uma suspeita desconfortável começara a se formar em sua mente.

Atrás dela, cerca de trinta estudantes corriam pela pista. Mia nem precisou olhar para saber que isso era coisa daquela professora maluca de educação física. Ela tinha quase cinquenta anos, um bigode, e trabalhava na escola desde os primórdios da história. Não entendia o conceito de desculpas; mesmo que você estivesse paralisado da cintura para baixo, ela exigia que tivesse o desempenho de um atleta olímpico. Vários alunos ofegantes na pista estavam claramente pálidos de cansaço, alguns já tinham coloração verde, e era só uma questão de tempo até que caíssem de bruços e vomitassem.

A mãe de Mia atendeu o telefone no momento em que o primeiro estômago se esvaziou na pista.

— Oi, Mia. Que foi? Você está na escola?

— Mãe, você mandou meu nome para aquela coisa de viagem à Lua?

Houve silêncio do outro lado da linha. Muito silêncio.

— Mãe?

— Eu... nós, seu pai e eu, nós... achamos que você se arrependeria. Mais tarde. Então, bom, nós, é...

Mia a interrompeu duramente:

— Vocês mandaram meu nome?

Houve outra pausa, desta vez mais curta.

— Sim.

Mia grunhiu.

— *Por que* vocês fizeram *isso?!*

— Mia, todo mundo da sua idade acha que essa é uma oportunidade maravilhosa. Por que...

— Mas eu não sou todo mundo, sou? Vocês não têm o menor respeito pelo fato de as minhas opiniões serem diferentes das suas. Por que não vão vocês dois, já que estão tão animados? Porque é essa a questão, né? Já que vocês não têm idade para ir, mandaram meu nome como se fosse quase a mesma coisa. Vocês acham o que, que isso vai nos tornar ricos e famosos? É isso?

— Mia, agora você está sendo injusta.

— Injusta? Injusto é fazer isso pelas minhas costas.

— Mia...

Mas a garota já havia desligado. Dois alunos desabaram com um baque surdo na grama atrás dela. Segundos depois, a professora de educação física já partia para cima deles, forçando-os a levantar enquanto o vômito escorria pela roupa de ginástica.

Ginástica.

Mia não gostava nem da palavra. E isso não tinha nada a ver com a sua forma física atual. Poderia ter ultrapassado facilmente a maior parte dos corredores na pista. Poderia dar várias voltas na piscina de roupa e tudo, e ainda puxar aqueles tontos incapazes que iam para o fundo, ou qualquer outra coisa que eles tivessem de fazer, sem nem se cansar.

Mas isso tudo era perda de tempo. Na verdade, comparada à ginástica, uma viagem à Lua até que fazia sentido.

SR. HIMMELFARB

O velho trêmulo sentou-se no canto junto à janela e olhou para a sala, confuso. Havia velhos sentados por toda parte, nos sofás e nas poltronas. Uma mulher com quase cem anos se arrastava pelo piso de linóleo apoiada em um andador.

Que diabos toda essa gente velha está fazendo na minha casa?, pensou ele.

Seu nome era Oleg Himmelfarb. E, se não estivesse profundamente senil, teria entendido que não se encontrava mais na própria residência, e que toda essa gente velha estava aqui porque morava na mesma casa de repouso que ele. E obviamente teria entendido que também estava velho e só lhe restava um ano de vida.

Mas não sabia disso. Oleg Himmelfarb já não sabia de quase nada.

Menos de seis anos antes ele fora uma pessoa plenamente funcional, um avô encantador e um homem que ainda amava a esposa e lhe trazia flores todo sábado. Durante sua longa trajetória profissional, Himmelfarb fora um administrador com acesso ao mais alto nível de segurança no Goldstone Deep Space Communications Complex da NASA, no meio do deserto de Mojave.

Mas agora tudo isso fora esquecido.

Escondido e preservado em segurança na Casa de Repouso Parsons, perto de Miami, o outrora inteligentíssimo Himmelfarb fora reduzido a uma coisa, um traste que ninguém sabia realmente para onde mandar.

Ficou sentado ali, no sofá, com as mãos no colo por alguns minutos, até os auxiliares entrarem na sala. Uma das enfermeiras o ergueu do sofá fundo e o colocou de pé.

— Recuperou o equilíbrio? — perguntou ela, sem esperar resposta. Himmelfarb ficou ali de pé, ereto, com as mãos pendendo dos lados do corpo enquanto esperava que o mandassem andar. A enfermeira gesticulou para ele, que começou a caminhar na direção indicada pelo dedo dela. Era melhor assim. *Não resista, só faça o que disserem.* Pelo menos isso permitia que ele evitasse pensar, pois toda vez que tentava tinha dor de cabeça. Era como se o cérebro não conseguisse mais suportar o esforço de decidir o que o corpo deveria fazer.

— O senhor vem, Sr. Himmelfarb?

Os velhos em cadeiras de rodas foram empurrados para dentro da sala e organizados em um semicírculo ao redor da TV. Diversos residentes pularam nervosos quando a tela foi ligada. Uma das auxiliares se levantou e disse:

— Meus queridos residentes, hoje é um dia importante, então, vamos ver uma coisa que não vemos normalmente. Tudo bem?

Ninguém respondeu. Algumas pessoas resmungaram, mas era impossível saber ao certo se tinha a ver com o que ela dissera ou com coisas das quais só eles tinham conhecimento.

— Ótimo — continuou a auxiliar. — Com certeza vocês se lembram do pouso na Lua em 1969, não é? Bom, nós vamos voltar para lá agora. Enquanto estamos conversando, adolescentes de todo o mundo estão participando de um sorteio. A NASA separou três lugares na próxima expedição para eles. Meu filho Scott está participando. Então, cruzem os dedos... este ano, meu menino pode ser escolhido como astronauta!

— Coloca no Weather Channel! — choramingou um dos idosos.

A funcionária fingiu não dar ouvidos e sorriu. O discurso que o presidente estava prestes a fazer e especialmente a chance de seu filho ser um dos felizardos ganhadores significavam muito para ela. Fechou os punhos dentro dos bolsos e esperou.

Então, o rosto do presidente surgiu na tela. Falou da alvorada de uma nova era na história da viagem espacial. Falou sobre os três jovens que viajariam para a Lua a bordo da espaçonave *Ceres* e mostrou esboços da base lunar DARLAH 2, onde eles viveriam durante a estada no espaço. Deu o melhor de si para fazer com que o fato de o governo ter mantido a base em segredo por todos esses anos parecesse totalmente banal.

O Sr. Himmelfarb se endireitou na cadeira e se concentrou no homem que discursava, mas não conseguia entender bem o que ele dizia. Ainda assim, foi como se algo minúsculo despertasse no fundo do cérebro quando o presidente mostrou os desenhos da base lunar. Ele já vira aqueles desenhos. Mas onde? E por que isso o deixava tão nervoso?

De repente, todo o seu corpo se retesou. Não conseguia respirar.

Naquele instante, ficou completamente claro onde é que ele vira aqueles desenhos antes, e seu rosto mudou de uma expressão vazia e apática para uma de pavor absoluto.

Ele gritou.

E até na rua o grito fez-se ouvir.

Era o lamento de alguém que acabava de perceber que toda a esperança se fora.

SHIBUYA, JAPÃO

Midori Yoshida estava parada diante do *shopping center* Shibuya 109, em Tóquio, com as sacolas entre os pés, verificando mensagens no celular enquanto esperava que as amigas Mizuho e Yoshimi terminassem as compras. Passava um pouco das cinco horas e o ar quente de abril era uma mudança agradável em relação à umidade abafada dos vestiários.

A mãe havia telefonado. Midori estava prestes a ligar de volta quando mudou de ideia. *Não.* Ela ligaria mais tarde. Certamente não era nada importante mesmo. Nunca era. Quando os pais ligavam, era só para importuná-la por algo que achavam que ela deveria ter feito. Ou ligavam quando estavam zangados por ela ainda não ter chegado em casa. Não era de estranhar, considerando que viviam longe, em Yokohama, e levava-se quase quarenta minutos para chegar lá de trem partindo das estações de Shibuya ou Shinjuku. E isso fora do horário de pico.

Desde que fizera treze anos, fazia quase dois anos e meio, Midori ia até o centro de Tóquio pelo menos duas vezes por semana, às quartas-feiras e aos domingos. Depois da escola, às quartas, ela saía à caça de roupas — novas ou usadas — e também de tecidos, sapatos, chapéus, braceletes e pequenas bugigangas das quais sabia não precisar, mas que queria mesmo assim. Cada iene que ganhava no trabalho noturno no depósito do supermercado do tio era gasto nessas compras. Os pais achavam que ela estava jogando fora um dinheiro do qual precisaria dali a alguns anos. Mas, na opinião de Midori, não fazia o menor sentido pensar assim. De que adiantaria viver bem dali a cinco ou seis anos se não vivesse bem agora?

A verdade era que Midori apenas começara a sentir que vivia bem, e não largaria isso por nada no mundo. Nunca havia entendido por que os valentões a viam especificamente como alvo desde o começo do ensino fundamental, pois realmente não havia nada que justificasse isso. Sem nenhuma falsa modéstia, ela era bem mais bonita que a maioria das outras meninas da sala. Não falava de um jeito diferente nem agia de nenhuma forma que a destacasse dos demais. Seu gosto por música talvez fosse um pouco diferente do da maioria dos adolescentes, mas ela nem falava muito sobre isso.

O tormento continuou durante todo o ensino fundamental, e, quando ela passou ao ensino médio, o problema a acompanhou como uma parte da personalidade. Não é que o *bullying* fosse realmente grave; nunca chegaram a agredi-la fisicamente, e pelo menos eram só as garotas que descontavam suas frustrações nela. Os garotos normalmente não davam a mínima. Mas era o bastante para que Midori nunca conseguisse relaxar totalmente enquanto estava na escola. Nunca conseguia ser exatamente quem queria ser.

Mas, desde que chegara à adolescência, ela havia mudado. Ouvira falar de um lugar no centro de Tóquio chamado Harajuku, onde jovens pouco convencionais se reuniam aos domingos e dominavam completamente a área por algumas horas. Vinham de todos os cantos da cidade, e o que todos tinham em comum era a necessidade de demonstrar que eram diferentes. A maioria usava roupas e fantasias feitas em casa em uma mistura caótica de cores e modelos. Alguns pareciam ter vindo do futuro; outros se vestiam como serviçais europeus do século dezenove. Havia roqueiros ao estilo dos anos cinquenta, super-heróis, *hippies* e adolescentes usando ternos ou com cabelos tingidos em todas as cores do arco-íris. Todos que não se encaixassem em nenhum outro lugar estavam ali. Juntos.

Depois de poucos meses ela havia feito mais amigos ali do que jamais sonhara em ter e, de uma hora para a outra, sua vida mudara radicalmente. Agora, Midori não ligava para o que quer que as garotas anônimas da escola pensassem ou dissessem a ela. E, melhor ainda, começara a reagir. Atacava-as no ponto mais fraco: os garotos. Era divertido jogar beisebol e ir a cafés com eles durante o intervalo do almoço. Podiam conversar sobre música e compartilhar as notícias mais recentes sobre as bandas que viriam a Tóquio.

Ela sabia que, no fim, esses garotos acabariam tendo uma vida totalmente diferente daquela que esperavam. Cada um deles acabaria virando um trabalhador assalariado, de terno, manuseando documentos das nove às cinco, antes de pegar no sono, exausto, no trem de volta para casa e para a esposa amarga. E as esposas amargas? Bem, eram todas aquelas garotas entediantes da sua classe, que, para começar, estavam jogando a vida fora só de ir a essa escola. No fundo, apesar de tudo, sabiam que a mesma coisa aconteceria a elas, assim como a muitas mulheres japonesas. Esperava-se que elas se casassem em torno dos vinte e cinco anos. Que parassem de trabalhar e tomassem conta da casa. E que ficassem ali, sentadinhas, limpinhas e arrumadinhas em apartamentos minúsculos, lavando pratos e esperando o marido finalmente chegar em casa após muitas horas extras no trabalho e uma visita a um desses *hostess bars*[2] para tomar uns drinques caríssimos com garotas aleatórias que não tivessem seios caídos até os joelhos. Ficariam sentadas ali, desejando estar em algum lugar totalmente diferente, em uma vida totalmente diferente.

Midori não pretendia ser uma delas. Não havia a menor chance.

Ela tinha outros planos.

E os jovens em Harajuku eram seu ingresso. Ajudavam-na a lembrar que todos tinham escolhas e eram livres para fazer tudo o que desejassem com a própria vida.

A irmã de Midori, Kyoko, era sete anos mais velha e certamente nunca fizera parte do ambiente de Harajuku, mas tentara o possível para evitar acabar no que chamava de "armadilha japonesa". Havia escapado. Mudara para Londres aos dezenove anos para estudar e desde então vinha visitar a família só duas vezes por ano. Mas havia algo mais. A cada vez que vinha, ela parecia mais feliz. *É muito simples, Midori*, dissera-lhe Kyoko. *Existe muito mais que o Japão, sabe. Há um mundo inteiro lá fora. Você pode ir aonde quiser. Só precisa tomar uma decisão.*

E isso fora exatamente o que Midori havia feito. No dia em que fizesse dezoito anos e terminasse a escola, deixaria Yokohama, deixaria Tóquio, deixaria todo esse país barulhento que tentava desesperadamente ser moderno enquanto ainda se agarrava com força a um passado conservador.

Nova York, pensou. *Tem de ser Nova York*. Lógico. Mas não sabia por quê. Talvez por causa dos filmes que vira. As fotos. A música. Imaginou como ela, Mizuho, Yoshimi e talvez mais amigas de Harajuku poderiam atravessar o Pacífico juntas. Seriam as novas *modan garus*, as novas garotas modernas. Achariam um belo *loft* em um velho prédio de apartamentos onde, para subir, teriam de usar um elevador de carga enferrujado, como nos filmes. Receberiam visitas o tempo todo, amigos vindos do Japão. Fariam arte, roupas, música, filmes, tudo. E envelheceriam juntas, nunca se casariam e nunca virariam mulheres chatas de meia-idade. É claro

[2] Um *hostess bar*, típico do Japão, é um lugar onde mulheres são contratadas para flertar, fazer companhia e servir drinques a homens de negócios. Há *hostess bars* onde também trabalham homens. (N.T.)

que namorariam, e os namorados certamente viriam morar com elas por um tempo, desde que fossem embora antes de se instalarem totalmente.

Era assim que seria. Em menos de três anos.

Só precisava aguentar até lá.

— Midori!

Ela se voltou na direção do som e viu as amigas saindo do Shibuya 109 debaixo de mil sacolas de compras. Mal conseguiam andar normalmente. Sorriu para as duas e foi andando até elas.

— Vocês deixaram alguma coisa para os outros compradores? — perguntou.

— Bom, não compramos o vestiário. Nem a caixa registradora. Aqui, você pode levar umas sacolas para a gente? — Yoshimi estendeu os braços e Midori a livrou de parte da carga.

— Esperei vocês por uma eternidade. Se eu fosse um cara, já teria ganhado uma barba enorme. — Midori riu.

— É culpa sua por terminar tão rápido, sua peso-pena, não nossa — protestou Mizuho.

— Ei, três horas *não* é "rápido demais"!

— Tá bom, vai, a gente demorou um pouco mais do que esperava — concordou Mizuho. — Mas talvez isso compense a sua espera. — Ela entregou mais uma sacola à amiga. Haviam comprado para ela as botas que queria havia meses.

— Vocês são doidas! — exclamou feliz, abraçando-as.

— Vamos pegar um café antes do trem? — perguntou Mizuho.

Midori hesitou.

— Não sei. Já está ficando tarde. Meus pais ligaram e…

— Já era para você estar em casa? — perguntou Yoshimi.

— Era.

— Mas aí não importa. Se você já está atrasada, não vai chegar mesmo na hora certa, né?

— Acho que não — respondeu Midori. — Tá bom, então, um cafezinho rápido.

Dirigiram-se à Starbucks e sentaram-se junto à grande janela do segundo andar, de onde tinham uma vista panorâmica dos gigantescos painéis publicitários de néon nos prédios do outro lado da rua. Abaixo delas, milhares de pessoas cruzavam depressa amplas faixas de pedestres.

— Na verdade, o café não é bom para gente como nós — disse Yoshimi. — Mas o gosto é bom, fazer o quê?

— Por que não é bom para nós? — Midori quis saber.

Yoshimi e Mizuho responderam em uníssono:

— Porque atrapalha o crescimento.

Midori tomou um grande gole.

— Somos japonesas. Não é como se tivéssemos muita chance de chegar a 1,95. Saúde!

Todas ergueram os copos descartáveis e brindaram. Foi neste exato momento que Midori ouviu a música.

Era uma composição clássica, dramática e alta. Ela viu claramente como as pessoas pararam na rua e olharam na direção delas.

— Rápido, eles vão passar de novo! — berrou Yoshimi, entusiasmada e já rumando para as escadas.

— Passar *o quê*? — Midori conseguiu perguntar antes de agarrar o copo e correr atrás da amiga.

— O anúncio da NASA! — gritou Mizuho por cima do ombro, desaparecendo na rua.

A enorme tela de vídeo instalada na lateral do prédio estava transmitindo um comercial em estilo hollywoodiano.

— *Já faz quase cinquenta anos desde que pousamos na Lua pela primeira vez* — dizia. Com imagens do evento histórico de 1969 como pano de fundo, a locução explicava que a NASA estava pronta para voltar a mandar pessoas para a Lua durante um longo período.

Aí começava a sequência de ação. Um foguete era lançado ao espaço com força atordoante. A locução fazia uma pausa de efeito enquanto o comercial exibia uma imagem gerada por computador de um módulo de pouso baixando silenciosamente na superfície do satélite. Pequenos astronautas desciam e iam trabalhar. No fundo, era possível ver os contornos de uma enorme base lunar.

— *Para essa expedição especial* — continuava a voz dramática —, *a NASA decidiu fazer uma oferta igualmente especial para a próxima geração. Três jovens entre catorze e dezoito anos terão a oportunidade...* — pausa para efeito dramático — *de participar...* — outra pausa dramática — *desta volta à Lua!*

Midori não conseguia tirar os olhos da tela.

GETTYIMAGES.COM

— *Você pode ser o primeiro adolescente no espaço* — instigava a voz. — *Inscreva-se em www.nasamoonreturn.com e faça parte do sorteio mais importante da história. Você. Está. Convidado.*

E, ao som de vigorosa fanfarra, o logotipo da NASA brilhou na tela por alguns segundos antes de ela se apagar. Depois veio um comercial idiota de carro.

— Você ainda não tinha visto? — perguntou Mizuho, incrédula. — Está passando o tempo todo na TV. Está em toda parte.

— Eu já me inscrevi — contou Yoshimi. — Vocês vão?

— Sem chance — disse Mizuho na mesma hora. — Que diabos eu faria na Lua? Lá não tem nada para ver, nada para comprar, nada para fazer. É tipo Roppongi durante o dia.

— E você, Midori?

Mas a garota já estava perdida demais nos próprios pensamentos para ouvi-las.

É esse o meu ingresso, pensou. *Veio três anos antes do que planejei e me leva mais longe do que eu havia pensado, mas é minha passagem para longe. Minha rota para Nova York.*

Yoshimi a cutucou no braço, dizendo:

— Não é legal?

Midori voltou à realidade.

— Totalmente — respondeu. — Totalmente. Com certeza a gente deve se inscrever. Com certeza.

DUPLEIX

Antoine Devereux, com dezesseis anos, viu-se esperando na plataforma da estação de metrô Dupleix. Aquele fora um longo dia, um dos mais longos. O tipo de dia que parecia não terminar, não importava o que ele fizesse para passar o tempo. Mas a manhã fora diferente. Fora tão linda quanto cada manhã nos últimos cinco meses desde que ele conhecera Simone naquela festa na casa de Laurent, no Montmartre. Desde que haviam começado a sair juntos, na semana seguinte, ele havia desistido até de dormir. Não precisava. Estar com ela era como conectar-se a uma imensa bateria. Ela era o tipo de garota pela qual os povos travariam guerras mundiais. E ele quase desejava poder ir com ela para uma ilha deserta que ninguém jamais visitava, só para poder ter certeza de que ninguém mais descobriria como ela era maravilhosamente perfeita.

Mas agora era tarde demais.

Um cretino chamado Noël havia surgido do nada e colocado ideias na cabeça dela. Ideias bem diferentes.

E em abril, droga, entre todos os meses. Em abril, em Paris! Dava para ser mais trágico? Se alguém criasse um concurso de sujeito mais fracassado do mundo, com certeza ele venceria só por estar presente.

Olhou para o relógio. O trem deveria ter chegado séculos atrás.

Resignado, saiu da estação e decidiu caminhar até sua casa. Primeiro, foi em direção à Torre Eiffel. Estava começando a escurecer e os turistas se amontoavam nos elevadores como sardinhas em lata rumo ao topo. Uma vez, ele e Simone haviam feito isso também. Fora meio cafona, é claro. Nenhum parisiense com algum amor-próprio subiria ao topo daquela armadilha para turistas. Mas era impossível ignorar o fato de que havia algo de romântico nisso, e Simone tinha adorado.

Fora algumas semanas antes do Natal. Ele esperara por ela no frio cortante junto à base norte da torre. A garota chegara meia hora atrasada, e as mãos dele estavam quase azuis quando ela finalmente apareceu. Felizmente, deixou que ele as aquecesse no blusão dela enquanto subiam de elevador até o topo. Antoine esperou até que os outros turistas terminassem de admirar a vista e desapareceu nos fundos da cabine, tirando uma garrafa de vinho tinto do bolso interno do casaco. Dividiram a bebida gelada e depois ela disse que o amava. Mas isso foi ter sido em novembro.

Cinco meses antes.

Relacionamentos deveriam vir estampados com a data de validade para que as pessoas pelo menos tivessem chance de cair fora antes que a coisa ficasse totalmente rançosa.

Ele continuou andando pela rue de Rivoli. A maior parte das lojas já estava fechada e, com exceção do tráfego incessante e ruidoso, a longa rua estava praticamente vazia. Pensou no que ela estaria fazendo agora. Fazia apenas uma hora que ele estivera sentado na cama no apartamento dela, na linda avenue de Suffren, mas isso tudo era passado.

Será que *ele* já estava lá?

Será que Noël estava no quarto dela? Teria ele simplesmente entrado e substituído Antoine?

E ela, estaria feliz ou ainda pensava nele? Não que saber a resposta pudesse lhe fazer bem. Parte dele desejava que ela estivesse chorando de soluçar, que estivesse arrependida de como agira, que fosse atropelada por um trem no dia seguinte ao ir para a escola. Parte dele queria que ela caísse nos trilhos e que a roda do trem lhe partisse o crânio em dois, que as entranhas jorrassem pela boca e o sangue espirrasse na cara dos transeuntes horrorizados. E havia uma outra parte dele, aquela que ainda amava Simone com todas as forças. A parte que desejava para ela a melhor vida possível, fosse com ele ou com outro que a fizesse mais feliz do que ele conseguiria.

Antoine repassou meticulosamente os últimos meses para entender por que ela terminara o namoro. Teria sido algo que ele fez? Algo que disse? Ou algo que *não* fez nem disse? Vasculhou o cérebro desesperadamente em busca da resposta, uma solução óbvia e clara que o faria voltar, tocar a campainha dela e dizer: *Sim, eu sinto muito pelo que fiz.*

Mas às vezes já é tarde demais para a gente abrir a boca.

Ele ficara a ver navios naquele relacionamento. E os navios não tinham apenas deixado o porto. O píer havia sido derrubado, a água drenada e o lugar todo transformado no estacionamento mais solitário do mundo.

De repente, Antoine quis poder simplesmente desaparecer para sempre e nunca mais ver Simone, nem esta cidade, nem este mundo outra vez.

— Com licença. Tem um isqueiro?

Ele parou. Um homem de terno, nos seus quarenta anos, estava parado na calçada diante dele, no meio do caminho. Manuseava um pacote de cigarros.

— Só um momento. — Antoine mexeu nos bolsos do casaco e encontrou um isqueiro. Passou-o para o homem, que o acendeu.

— Por acaso não teria também um cigarro, teria?

— Claro — respondeu o rapaz, perplexo porque o estranho não pegara um do próprio maço.

— Obrigado.

— Sem problema.

O homem gesticulou indicando o enorme *outdoor* sobre a loja do outro lado da rua.

— Não esqueça o prazo, hein? — disse ele, começando a se afastar.

Antoine nem teve chance de responder antes de o sujeito desaparecer pela rua. Olhou para o *outdoor*. Era preto, com uma lua enorme meio escondida nas sombras: Você quer ir à Lua?

Ele ouvira falar da missão em que a NASA mandaria três adolescentes em uma viagem à Lua; um bando de pessoas na escola estava falando disso. Mas ele nem pensara no assunto.

E foi bem nessa hora que a constatação o atingiu: *O que você estava querendo segundos atrás? Queria ir para longe daqui. Bom… não dá para ir mais longe que isso.*

Já estava decidido. Ele se inscreveria. Assim que chegasse em casa. Caramba, iria para a Lua, tão longe quanto pudesse de tudo aqui.

E, no que lhe dizia respeito, Simone podia ficar no quarto segurando a mão de Noël até ficar com artrite.

Quando finalmente chegou em casa, não disse nada aos pais, fingiu que nada de diferente acontecera e arrancou um sorriso do fundo do ser quando perguntaram como estava a namorada.

— Eu estava pensando na Simone — disse a mãe. — Talvez você queira convidá-la para jantar com a gente qualquer dia. Talvez este domingo? Faz muito tempo que não a vemos, e ela é uma menina tão bacana. Você não acha, Arnaud? Arnaud?

— Hein? Que foi? — ele ouviu o pai gritar da sala, o jornal farfalhando nas mãos.

— Eu estava dizendo que nós achamos a Simone muito bacana, não é?

— É, é — disse a voz do pai depois de uma breve pausa. — Um doce de menina. Dessa aí você tem de tomar conta, Antoine. Ouviu?

O garoto sentiu o coração subir à boca e percebeu que poderia vomitá-lo a qualquer momento, sangrando, inútil.

— É — forçou-se a responder. — É, vou convidar.

Depois, foi para o quarto. Ligou seu Mac e digitou o endereço: www.nasamoonreturn.com.

Com poucos cliques do mouse, encontrou toneladas de fotos e vídeos das antigas alunissagens nos anos sessenta e setenta, entrevistas e informações sobre o sorteio. Os candidatos deveriam ter entre catorze e dezoito anos para participar, mas é claro que ele já sabia disso. Também sabia que provavelmente não teria problema nenhum para passar nos exames médicos e psicológicos. Afinal, estava em boa forma física e ninguém em sua família jamais tivera problemas mentais nem coisa alguma do tipo. Seus pais e parentes *eram* meio esquisitos, sim, mas isso não significava que ele tinha chance de surtar de repente e começar a caçar os outros tripulantes com um machado.

O rigoroso programa de treinamento de três meses da NASA era outra história. Será que ele teria energia para ir até o fim? Até onde sabia, o treino incluía sessões diárias de corrida, testes de lógica, testes de estresse e vários passeios no Cometa do Vômito, uma aeronave que subia rapidamente a nove mil metros só para virar de nariz para baixo e mergulhar rumo ao deque, dando aos passageiros uma chance de experimentar a gravidade por trinta e cinco segundos de cada vez. Ou náusea por duas horas seguidas, se tivessem muita má sorte. E depois havia as câmaras de voo de grande altitude, usadas para familiarizar os *trainees* com os sintomas da privação de oxigênio, ou hipóxia, como era chamada. E finalmente teriam de passar longos períodos no Neutral Buoyancy Laboratory, ou Laboratório de Flutuação Neutra, no Centro Espacial Johnson, onde treinariam em uma piscina de 62 por 30 metros, com um modelo da espaçonave e do módulo de pouso, para entrar e sair dos módulos em uma profundidade de doze metros, simulando gravidade zero. Isso definitivamente não era brincadeira. Sem falar nas centenas, senão milhares de páginas de teoria que precisariam ler e aprender antes de decolar.

Mas, primeiro, seria preciso ele se inscrever, é claro. E, depois, esperar. Os três ganhadores seriam anunciados em meados de julho. Teriam de se ausentar da escola de abril até junho do ano seguinte para receber o treinamento e cumprir a missão.

Os vencedores seriam primeiro enviados a Nova York para aparecer no *The Late Show* e depois para o Centro Espacial Johnson, em Houston, no Texas, onde passariam pelo treinamento antes da decolagem no Centro Espacial Kennedy, na Flórida, em julho. Ele teria de adiar algumas provas, mas isso não deveria ser problema. Além disso, não poderia haver desculpa melhor para adiá-las.

Segundo as informações, os três ganhadores passariam 172 horas na Lua, mais a viagem de ida e volta à Terra, que levaria pouco menos de uma semana. Ficariam na base lunar DARLAH 2 (que esquisito, ele nunca ouvira nada sobre uma base construída na Lua, e até que sabia algumas coisas sobre viagem espacial) e lá realizariam diversos experimentos na superfície. Astronautas de primeira linha com anos de experiência estariam com eles o tempo todo e garantiriam a segurança a cada passo do caminho. E haveria a cobertura da imprensa, é claro. Os vencedores deveriam ser preparados para entrevistas na TV, no rádio e *on-line* antes, durante e após a viagem. Teriam de responder a perguntas na internet, escrever *blogs* e conceder uma coletiva de imprensa internacional depois.

Antoine olhou para a lista de cidades aonde teriam de ir: Nova York, L.A., Chicago, Boston, Washington, D.C., Londres, Paris, Berlim, Estocolmo, Tóquio, Hong Kong, Sydney, e assim por diante.

Bom, isso não seria nada mau, pensou ele, sorrindo levemente com a ideia de que, além de ver o espaço, também veria o mundo inteiro.

Sentar-se ali, diante do computador, e ler tudo isso foi como apagar Simone da consciência. Seu único pensamento agora era que precisava vencer. Seu nome tinha de ser escolhido.

Rapidamente procurou estatísticas no Google. Descobriu que apenas cerca de 8,5 por cento da população mundial estava entre os catorze e os dezoito anos. Se era verdade que havia mais ou menos sete bilhões de pessoas no mundo, havia cerca de seiscentos milhões de adolescentes por aí. Se descontasse aqueles de diversas partes do mundo que não tinham acesso à internet — ou quaisquer outras chances de entrar na disputa —, o número de concorrentes poderia cair para trezentos milhões.

Então, ele só precisava vencer trezentos milhões de pessoas.

As chances definitivamente não o favoreciam. Trezentos milhões contra um. Havia mais chance de qualquer outra coisa acontecer em sua vida do que de ganhar o sorteio. Como Simone telefonar nos próximos quinze segundos.

Uma rápida busca não o animou em nada.

De acordo com uma página, era o seguinte:

A chance de marcar 300 pontos no boliche era de 1 em 11.500.

A chance de fazer um hole-in-one *no golfe: 1 em 5.000.*

A chance de ser canonizado e assim tornar-se famoso por toda a eternidade: 1 em 20.000.000.

A chance de se tornar um astronauta: 1 em 13.200.000.

A chance de ser atacado por um grande tubarão-branco: 1 em 11.500.000.

A chance de morrer em um acidente de avião: 1 em 354.319.

A chance de ser morto pelos pedaços de um avião em queda: 1 em 10.000.000.

A chance de ganhar um Oscar: 1 em 11.500.

A chance de se tornar presidente: 1 em 10.000.000.

A chance de sair com uma top model*: 1 em 88.000.*

A chance de ganhar uma medalha de ouro em uma Olimpíada: 1 em 662.000.

A chance de ficar seriamente ferido ao se barbear: 1 em 685.000.

A chance de morrer com a queda de um meteoro especificamente na SUA casa: 1 em 182.128.880.000.000.

A última era basicamente a única coisa menos provável do que sua ida à Lua.

Antoine ficou olhando para os números por um minuto. Depois, inclinou-se sobre o teclado e digitou nome, data de nascimento, número de telefone e endereço.

Pensou no assunto uma última vez.

Então, clicou *Enviar*.

NADOLSKI

O experiente astronauta olhou para o módulo lunar com certo ceticismo. O comandante Lloyd Nadolski tinha quarenta e dois anos. Estava com a NASA havia quase quinze anos e era um dos poucos astronautas a ter completado três missões no espaço. Agora, estava em um dos hangares do Centro Espacial Kennedy, o centro de decolagens da agência localizado em Merritt Island, na costa da Flórida. E não estava impressionado com o que via.

— Bom, o que acha?

Ele se voltou para ver Ralph Pierce aproximar-se. Pierce era o engenheiro-chefe responsável pela construção do módulo *Demeter*. A NASA estava trabalhando nisso havia anos e só terminara a versão final menos de uma semana atrás. Nadolski espiou a nave outra vez.

— Isso vai voar? — perguntou, sem dirigir a pergunta especificamente a ninguém.

— Vai, sim, comandante. Isso eu prometo. Nós o testamos de novo na última sexta-feira. Todos os sistemas funcionam perfeitamente.

Nadolski concordou com um meneio de cabeça, mas não olhou para Pierce, e caminhou ao redor do módulo. Fora projetado para assemelhar-se aos veículos usados no pouso de 1969 e nas missões dos anos setenta. Suportaria a tensão da viagem? Voar era uma coisa; oferecer cem por cento de segurança no espaço era outra. Lá, não havia tolerância a erros.

Até onde Nadolski sabia, a decisão de adotar o *design* de quase cinquenta anos, em lugar de construir algo mais novo e melhor, partira da chefia, talvez do próprio presidente. Pelo menos o departamento de *marketing* estava satisfeito. O *design* clássico era familiar para muitas pessoas e sem dúvida evocaria memórias entre os membros mais velhos do público.

No fim, era a isto que tudo se reduzia: o público. E o dinheiro. A popularidade da NASA vinha afundando decididamente nas últimas décadas após alguns acidentes sérios e certas missões que não contaram exatamente com a simpatia pública. A agência espacial mandara astronautas para consertar satélites, painéis solares e detectores de partículas. Não havia nenhum indício de que enviariam uma missão tripulada a Marte tão cedo. Os *websites* da NASA eram tão visitados quanto um museu desativado.

Nadolski coçou a cabeça. Era difícil ver algum sentido nisso. As perguntas começaram a atormentá-lo outra vez, como faziam periodicamente desde que ele ouvira sobre aqueles adolescentes que teria de levar consigo na missão. Quem sabe como se comportariam? E se entrassem em pânico? Bagunçassem o equipamento de bordo, sem que ninguém percebesse, até ser tarde demais? O espaço não era lugar para crianças.

Expulsou esse pensamento. Já trabalhava para a NASA havia tempo o bastante para saber que o sistema de controle era do mais alto nível. E desta vez a tolerância a erros seria ainda menor. Na pior das hipóteses, essa missão seria a sentença de morte para toda a organização.

— Bom — disse Nadolski após um longo silêncio —, desde que nada dê errado... — Ele deixou que a frase pairasse antes de acrescentar: — Se algo der errado, juro que volto mais irritado do que você jamais viu. Cabeças vão rolar.

Pierce forçou um sorriso.

— Não se preocupe com isso. Garanto que a nave fará tudo o que precisa fazer.

O engenheiro virou-se e saiu do hangar. Nadolski ficou ali parado, dando uma última olhada no módulo. *Você só pode garantir isso*, pensou, *porque ambos sabemos que, se não funcionar, eu nunca mais vou pôr os pés na Terra.*

Nadolski chutou de leve um dos amortecedores do trem de pouso junto do chassi. Foi um chute fraco, mais um cutucão, mas bastou para que um componente do módulo se soltasse.

Droga...

Ele se abaixou, apanhou a peça pequena, retangular, e decidiu que a entregaria ao pessoal do turno da noite antes de ir para casa.

PAPEL

Mia estava no ponto esperando um ônibus que já estava dez minutos atrasado. O mês de junho chegara, e esta deveria ter sido uma tarde quente e ensolarada, do tipo que a gente passa na praia com amigos até o pôr do sol subártico da Noruega, lá pela meia-noite, e aí todos vão para casa. Em vez disso, chovia, e o cabelo negro da garota se colava ao rosto, irritando-a. Sentada no banco, distraída, ela tremia sob a jaqueta fina e as pernas tamborilavam um ritmo.

A Rogue Squadron já existia havia quase dois anos — um ano e oito meses, para ser mais preciso —, mas ainda não chegara a lugar nenhum. É claro que as integrantes eram jovens; não havia muita gente com a idade delas em atividade há tanto tempo. A essa altura, Mia já devia ter escrito quarenta músicas e criara a maior parte dos acordes e *riffs*. E todas as letras. Haviam gravado um CD demo meses antes, mas nunca o enviaram a lugar algum. Suas páginas no Facebook recebiam, na melhor das hipóteses, um número moderado de cliques. Seu único *show* fora durante um concerto no ano anterior no Metropolis, onde aconteceram muitas apresentações musicais de bandas desconhecidas como parte do Fantastic Underground 10. As coisas não iam bem para a Rogue Squadron. Algo precisava mudar.

Mia viu o ônibus serpenteando pelo trânsito. Foi para a calçada e levantou a mão para sinalizar ao motorista que queria embarcar. Odiava ter de fazer isso — era totalmente ridículo. Para quê? Ela já estava parada no ponto de ônibus, não? É claro que queria embarcar! Mas, se não estendesse a mão e a mantivesse no ar até o ônibus parar no ponto, o motorista passaria direto.

Acenou com o braço algumas vezes só para ter certeza de que seria vista. O ônibus parou e ela usou a mão esquerda para tirar o excesso de água do cabelo enquanto subia e depositou as moedas na bandeja diante do motorista.

— Meia passagem até Madla — pediu ela.

O homem olhou para ela, cansado e desinteressado.

— Tem RG?

Era a frase preferida dos motoristas de ônibus. Poderiam ganhar dinheiro ao fazer esse tipo de pergunta. Talvez ele conseguisse fazer mais alguém pagar a tarifa completa, a dos adultos. Nunca antes na história do mundo houve um tempo em que jovens com menos de dezesseis anos tivessem de andar por aí mostrando o RG.

— Tem carteira de motorista? — retrucou Mia.

— Claro.

— Posso ver?

— Não. É você quem tem de mostrar a identidade se quiser pagar só meia passagem. É assim que as coisas são, mocinha.

Mia percebeu que estava quase se divertindo com a situação. Um bate-boca com o condutor, atrasando o ônibus e fazendo todos os passageiros olharem feio para ela, era exatamente o que queria agora. O motorista finalmente desistiu, aceitou as moedas e deu o troco.

— Vá sentar — resmungou ele.

— Dirija com cuidado — respondeu ela, piscando antes de cruzar o corredor e escolher um banco no fundo do veículo.

Leonora, Silje e Kari estavam esperando na frente do local onde ensaiavam quando Mia chegou. Também estavam ensopadas de chuva.

— Pensei que você tinha se afogado — disse Kari, irritada, quando a garota se aproximou.

— Não sei por que você não aceita carregar a carteira de estudante ou coisa assim — emendou Leonora.

— Ah, que graça teria? — riu a recém-chegada, destrancando a porta.

O lugar era um depósito em Kvernevik, compartilhado com duas outras bandas que raramente apareciam. O que significava que Mia e a Rogue Squadron tinham acesso quase ilimitado a ele, e às vezes passavam o fim de semana inteiro ali, tocando até tarde da noite e dormindo em colchões no chão. Não ligavam se esta era a sala de ensaios mais acabada de Stavanger, com paredes impregnadas de suor velho e desespero com solos impossíveis e acordes insolúveis.

A sala era um porão debaixo do próprio porão e não tinha janelas. A luz do dia era simulada por uma carreira de lâmpadas fixas no teto e uma ou duas luminárias de chão. Não ajudava o fato de Leonora fumar um cigarro atrás do outro, pois às vezes era difícil para as integrantes da banda enxergar umas às outras em meio à fumaça. Além disso, o chão estava sempre coberto de garrafas vazias, fios, baquetas quebradas e restos de comida.

Normalmente, não conversavam muito enquanto conectavam as guitarras, afinavam a bateria, ligavam os amplificadores e ajustavam os controles. Mia terminou de afinar a guitarra, colocou-se diante dos vários pedais de efeito e percebeu o olhar que Leonora lhe lançava sobre a bateria. Fez um sinal breve com o queixo para ela, ouviu o *um, dois, três, quatro* e sentou a mão nas cordas, começando com a canção "II".

Era uma das músicas mais rápidas da banda, ótima para o aquecimento. Mia a escrevera bem no começo de janeiro, e falava daqueles dois arranha-céus em Nova York derrubados por um avião em um ataque terrorista.

Mas, antes que a banda chegasse às últimas notas da música, Leonora parou de tocar sem aviso. As guitarras continuaram por um tempo, como se precisassem desacelerar antes de parar completamente. Então, o silêncio foi total.

Não estava bom. Longe disso. Não é que tivessem tocado algo errado. Simplesmente não estava funcionando. Era como se um enorme elefante houvesse entrado a dançar no ensaio e sentado em cima delas. As quatro garotas evitaram encarar umas às outras.

— Acho que não vamos chegar a lugar nenhum — disse Mia, finalmente. — Sei lá. De algum jeito é como se… como se estivéssemos tocando as mesmas músicas há tanto tempo que estamos começando a ficar piores.

— Como assim? — perguntou Leonora.

— Acho que precisamos fazer alguma coisa diferente de ficar aqui tocando as mesmas coisas o tempo todo. E se a gente fizesse um *show* logo? E tentasse gravar em um estúdio? Algo assim. Quero dizer, o que a gente espera conseguir com isso? Às vezes eu penso se só estamos tocando juntas porque somos amigas e se daria no mesmo fazermos outra coisa qualquer em vez disso.

— Tipo o quê? — perguntou Silje.

— Sei lá. É só que… eu quero isso. A banda é a melhor coisa que já me aconteceu. *Vocês* são. Às vezes acho que essa é a única coisa que tenho que vale a pena. Que, pelo menos, posso pensar: *Tá, o resto não importa porque eu tenho uma banda*. Mas ultimamente, bom, é como se a gente não estivesse chegando a lugar nenhum.

Kari adotou um ar rabugento e afundou sentada no sofá.

— O que é que você está querendo dizer *mesmo*, Mia? Que a gente precisa praticar mais? Tipo, a gente já vem aqui dia sim, dia não!

— Não é isso — protestou ela. — Mas a gente precisa decidir o que quer.

— Tá legal, o que você quer, então? — perguntou Silje, esforçando-se ao máximo para não parecer irritada e não arruinar o clima logo no começo da sessão. — Se você pudesse conseguir qualquer coisa, o que gostaria que fosse?

Mia pensou. Por muito tempo. Mas foi mais para manter as aparências. Pois já havia descoberto havia um bom tempo o que queria. Pensava nisso toda noite quando ia para o quarto compor músicas. Pensava nisso antes de pegar no sono e imaginava como seria em detalhes. Capas de álbuns, turnês, aeroportos. Quartos de hotel.

— Eu queria que a gente pudesse ganhar a vida com a Rogue Squadron — afirmou. — Que a gente pudesse lançar álbuns e fazer turnês de pelo menos quatro meses por ano. Que pudéssemos morar todas juntas em um apartamento enorme que também seria nosso estúdio, um apartamento no centro de Oslo. Que a nossa banda significasse algo para as pessoas.

As outras três concordaram hesitantes com essas palavras.

— Tá bom, legal — começou Silje, que sempre fora a mais realista do grupo. — Então... — ela parou de repente. Alguém estava batendo na porta. Todas ouviram o som de mãos atingindo o metal no andar de cima.

— *Quem* será? — indagou Mia, olhando para Kari.

— Como é que eu vou saber? Não tenho visão de raio X.

Leonora subiu e abriu a porta para quem quer que fosse. Mia ouviu uma voz que reconheceu imediatamente.

Mãe, pensou. *Que diabos ela está fazendo aqui?*

Por um segundo, teve medo de que algo tivesse acontecido com seu irmão caçula, Sander. Tinha apenas nove anos e era um tanto diferente dos outros meninos, mas ela realmente amava aquele esquisitinho que sempre usava um capacete quando saía de casa e sempre torcia para o inverno chegar logo para poder colocar uma touca de tricô por cima do capacete e escondê-lo das vistas. Será que algo acontecera a ele? Será que alguém tinha morrido?

Mia não teve tempo para pensar em mais nada antes de a mãe entrar às pressas na sala e jogar os braços em torno do seu pescoço.

— Parabéns! Ai, *imagina*, minha própria *filha*! — ela praticamente berrou enquanto Mia lutava para respirar naquele abraço.

— O que você está fazendo aqui? — perguntou a garota rispidamente após perceber que ninguém morrera. — O que você quer?

Mas a mãe não notou o tom de desdém. Só conseguia ouvir o próprio entusiasmo.

— Mia, você ganhou! Você *ganhou*!

— Ganhei o quê? Do que está falando?

— Você vai para a Lua, filha!

Mia deu um passo para trás, como se alguém estivesse lhe oferecendo uma bomba atômica armada. A mãe estava parada diante dela com um envelope na mão. A garota pôde ver claramente o logotipo da NASA no papel branco.

Nesse momento, ela odiou a mãe.

Odiou-a por vir aqui e interrompê-las. Odiou-a por forçar a entrada na sala de ensaios e envergonhá-la na frente das amigas, fazendo-a parecer uma criancinha. Odiou-a por nunca ouvir. Nesse instante, Mia a odiou simplesmente por ser sua mãe.

— Você abriu minha correspondência? — foi tudo o que conseguiu dizer. As outras três garotas permaneceram em silêncio.

A mãe ficou confusa. Não era essa a resposta que esperava.

— Não, bom, nós, hã… seu pai e eu… — começou ela, esforçando-se para encontrar as palavras certas, como sempre fazia quando a filha estava zangada. — Bom, nós vimos que era, né, hã, você sabe, que tinha o nome da NASA no… no envelope, daí… quisemos ter certeza de que era verdade antes de vir até aqui. Mas você entende, né? Tudo bem?

— O pai veio também?

— Não, ele ficou em casa com o Sander.

— Me dá a carta — exigiu Mia, secamente.

— Ai, Mia, querida, essa é uma oportunidade maravilhosa, *maravilhosa*! É a experiência da sua vida — respondeu a mãe, entregando o envelope.

A garota o segurou com mãos trêmulas por alguns segundos antes de amassá-lo e jogá-lo na parede.

— Que parte você não entendeu, mãe? Hein? O que é assim tão absurdamente difícil de entender? Eu disse que não quero ir, não disse? Disse isso um milhão de vezes! Que diabos eu vou fazer lá na Lua?

— Mia, querida…

— Você está interrompendo o ensaio, mãe. Precisa ir embora.

A mulher tentou esconder o fato de que estava à beira das lágrimas.

— A gente conversa mais tarde então, Mia. Tá bom? Bom ensaio para vocês. — Ela foi até a porta e ali parou, olhando o chão. — Vocês deviam limpar este lugar. Está um nojo.

E foi embora.

Mia e as outras esperaram até ouvir o som de um carro dando a partida.

— Putz. Essa foi com certeza a coisa mais doida que eu já ouvi! — exclamou Silje, fitando Mia.

— Então, a Cabelo *tinha* razão quando incluiu seu nome entre os das pessoas que se inscreveram para o sorteio da Lua? — perguntou Leonora, surpresa, procurando um cigarro no maço. — Por que não contou para a gente?

Silje apenas encarava a amiga, totalmente bestificada.

— Putz! Só pode ser brincadeira! Você *ganhou*? — disse ela, incrédula. — Sabe quanta gente se inscreveu? Deve ter sido mais de um bilhão de pessoas!

Mia sentiu-se zonza. Não haviam falado do tal sorteio desde aquele dia na aula de alemão. E agora? Agora ela fora escolhida entre milhões de candidatos para ir à Lua, mesmo que não quisesse, e todas as amigas pensariam que havia mentido para elas.

— Não é bem verdade — começou, tentando descobrir o que dizer em seguida. — Foram os meus pais, sabem? Eles me inscreveram naquela disputa ridícula, mesmo depois de eu ter dito que não estava interessada.

— Sério? — Leonora não sabia o que dizer.

— Nesse caso, é uma pena — comentou Silje. — Tipo, que você disse claramente que não queria ir, entende.

— Sim, eu disse! Várias vezes!

— Isso é que é se meter na vida de alguém — afirmou Leonora, sentando-se no sofá e abrindo uma garrafa de água. — Tipo, te arranjaram uma viagem para a Lua que você nem queria. Mesmo assim, uau! O que você vai fazer?

Mia suspirou profundamente.

— Sei lá — respondeu. — Não sei mesmo.

Kari, que estivera quieta desde que a mãe da amiga batera à porta, finalmente disse:

— Mas… Mia?

— Hum?

— Por que você não quer ir?

Ela não esperava essa pergunta. Presumira que nenhuma delas teria interesse naquela história.

— Você entende como é longe? Quanto tempo eu teria de passar treinando? Além do fato de que não é exatamente livre de riscos. Não é nenhuma brincadeira. E que tal o fato de que não dou a mínima para o espaço? A gente vive aqui, em Stavanger. Noruega. Europa. O que tem para fazer na Lua? Ficar olhando pedras com dois outros *nerds* e acenar para a câmera por uma semana? Não era bem assim que eu planejava passar o ano que vem.

Kari olhou-a de cima a baixo, balançando a cabeça, e perguntou lentamente:

— Você é retardada ou o quê?

— Como assim?! — Mia não gostou nada de como a amiga falou com ela. — Não sei quais são os seus planos, mas os meus já estão decididos — explicou. — Em 2019 eu vou estar no palco, tocando na minha banda. Talvez gravando um disco. Pelo menos uma demo. Não vou jogar meu tempo no lixo posando para fotos da NASA. Eles que escolham outra pessoa.

Kari continuava a olhá-la com reprovação.

— Eu me inscrevi — admitiu Leonora em um sussurro. Apagou o cigarro na pirâmide de bitucas na mesa de centro diante dela e acendeu outro sem nem pensar.

Mia voltou-se para olhá-la, surpresa.

— Eu também — acrescentou Silje.

— E eu — disse Kari.

— Mas por quê? — foi tudo o que Mia conseguiu dizer.

— Por que não? — respondeu Silje. —*Todo mundo* entrou no sorteio. Você não vê como é importante?

Mia deixou que o olhar vagasse de Silje para Kari e Leonora.

— Mas quando a Cabelo leu os nomes… nem foram tantas pessoas da nossa escola que participaram. E ela não disse o nome de vocês.

Foi Leonora quem explicou:

— Só eu faço a aula de alemão da Cabelo com você. E só me inscrevi quando voltei para casa aquele dia. Quero dizer, você já estava inscrita, então pensei que seria legal. Talvez muitas outras pessoas tenham pensado a mesma coisa depois que a Cabelo falou no assunto.

Mia não conseguia entender. A banda inteira tinha contraído a febre da Lua? Ela desabou no sofá ao lado de Leonora.

Kari sentou-se diante dela.

— Em todo caso, agora não importa. A Mia ganhou. A Mia *vai para a Lua!*

— Nem ferrando! Não vou a lugar nenhum! — praticamente gritou.

As quatro garotas ficaram em silêncio nos sofás, olhando as paredes, três delas desejando que seu nome tivesse sido escolhido, a quarta sentindo como se tivesse acabado de ser sentenciada à prisão.

— Acho que vai ser idiotice se você não for — disse Silje finalmente, rompendo o silêncio opressor.

— Por que está dizendo isso? Virou minha mãe agora, é?

Kari cruzou os braços.

— A gente só acha que você deveria olhar a coisa como um todo, Mia.

— A gente? *A gente*? Vocês já conversaram sobre isso? Que tipo de coisa eu deveria estar "olhando"?

— Escuta — disse Kari. — Você acha que a Rogue Squadron está ficando chata, certo? Você quer... como foi mesmo que disse? Quer conseguir ganhar a vida com a banda, certo? Quer que a gente faça turnês, grave álbuns, fique em hotéis em Tóquio e L.A., certo?

— E daí? — resmungou Mia.

— E daí? Não entendeu? Essa é uma oportunidade única, Mia! Melhor que esta não vai ter. Não percebe como você vai ser famosa? Depois dessa, vai poder fazer tudo o que quiser. *Tudo O Que Quiser.* Contrato com gravadora? *Sem problema.* Turnê? *Quando quer começar?* Largar a escola e viver da banda? *É pra já.* Você vai ser a primeira pessoa com menos de vinte anos a ir à Lua. Vai dar centenas de entrevistas, aparecer em programas de TV e sei lá mais o quê. E cada um desses momentos vai ser uma chance de promover a banda. Com certeza a gente vai tocar no David Letterman!

— Achei que ele fosse se aposentar — respondeu Mia secamente.

— Que se dane. Faz anos que ele diz isso. Mas nunca rola, né? O cara vai continuar trabalhando até ter de sair do estúdio se arrastando naquele terno de abotoamento duplo.

Todas riram disso. Um riso bom e rápido, que dissolveu um pouco da tensão ambiente.

— "Temos o prazer de apresentar uma nova e ótima banda a vocês esta noite" — disse Kari em sua melhor imitação de David Letterman. — "Uma banda maravilhosa, e a vocalista, bom, todos sabem quem é, acabou de voltar da Lua. Diretamente da Terra do Sol da Meia-Noite, por favor, deem as boas-vindas à astronauta adolescente norueguesa Mia Nomeland e sua incrível banda, Rogue Squadron!"

Kari, Leonora e Silje bateram palmas, e Mia teve de sorrir um pouco, colaborando com a brincadeira por um instante.

— Pensa nisso, Mia — pediu Silje. — Se você for à Lua, vai voltar com, sei lá, umas dez músicas novas e ótimas que terá escrito lá em cima. Talvez até uma faixa escondida no CD, que terá gravado na Lua mesmo. Se isso não garante um contrato com uma gravadora, nada mais garante.

— Você acha que vão deixar ela levar a guitarra na viagem? — perguntou Leonora entre risos.

— Lógico — respondeu Silje. — Mas não é disso que estou falando. O lance é que ela não entende como isso vai ser bom para nós.

— Bom, não é como se a gente fosse o Pink Floyd — argumentou Mia, ainda não completamente convencida. — A gente agora vai ter de ser tipo uma banda do espaço, é?

Kari virou os olhos, respondendo:

— Não, claro que não. Nós podemos ser o que quisermos. Podemos usar essa oportunidade para qualquer coisa. Só uma coisa precisa acontecer.

— Eu tenho de ir.

— Exatamente.

— Se não for, vai se arrepender pelo resto da vida, Mia — reforçou Silje. — Vai trabalhar na janela do *drive-through* do McDonald's com aquele chapéu idiota e aquele uniforme ridículo, fazendo cara de paisagem e toda suja de óleo de fritadeira, pensando na oportunidade para a qual disse *não*.

— Eu proponho uma votação — sugeriu Kari.

— Ei! *Peraí*! — protestou Mia.

Mas a amiga ergueu a mão no ar e disse:

— Silje?

A mão de Silje também se ergueu.

— Leonora?

Ela acendeu mais um cigarro e ergueu a mão.

— Parece que a maioria decidiu, Mia. Você vai passar o próximo verão no espaço.

Um sorriso lento e teimoso começou a se abrir no rosto de Mia, e não havia nada que ela pudesse fazer para impedi-lo. Os argumentos eram convincentes, não? Aquela viagem poderia fazer toda a diferença para a banda.

São só algumas semanas. Não pode ser tão ruim, né?

Ela se levantou, caminhou até a parede e pegou o envelope amassado da NASA no canto. Olhou para as integrantes da banda.

— Tá legal — disse. — Eu vou.

O resto do ensaio teve alguns dos mais belos momentos musicais que Mia jamais experimentara.

A decisão de ir provocara um entusiasmo diferente de tudo o que ela já ouvira. Tocaram melhor do que nunca e até escreveram duas músicas, "Which Way L.A." e "Super Fast Song". Planejaram dois álbuns e sonharam em rodar o mundo quatro vezes em turnês intermináveis dentro de ônibus enormes.

Também tocaram "II" novamente, e desta vez foi perfeito. Leonora estava terminando o segundo refrão quando Mia sinalizou que deveriam repeti-lo, e agora ela deu seu melhor à música. Quando chegaram ao fim do refrão, seguiram em frente, tocando o mesmo *riff* de novo e de novo, mais rápido do que jamais haviam ensaiado. Mia gritou no microfone e arranhou as cordas com mais força que nunca. Uma delas se partiu, mas ela fingiu não notar e continuou até não restar nada além de uma muralha de som, e então voltou-se às outras e deu o sinal. Todas contaram mentalmente até quatro e pararam ao mesmo tempo. No mesmo segundo.

E então acabou.

A sala ficou silenciosa. Era como se o som tivesse desabado até o chão.

Sem nem uma palavra, baixaram os instrumentos e foram para os sofás. Silje foi a primeira a falar:

— Meu Deus, o que foi aquilo?

Mia olhou para os próprios dedos. A ponta do indicador estava sangrando um pouco.

— Como assim?

— Foi totalmente incrível, se quer saber — respondeu Kari. — A gente devia ensaiar mais assim. Tipo com "Vintage Spandex". Funcionaria, vocês não acham? É só manter o ritmo ainda mais firme no fim.

— Meninas, eu acho que este é realmente o começo de algo importante — afirmou Silje.

Estavam zonzas e levemente pasmadas quando finalmente saíram da sala de ensaios às 23h45 para pegar o último ônibus para casa. Continuaram cantando no ônibus enquanto o motorista lhes lançava olhares zangados pelo espelho retrovisor.

Mia foi a última das integrantes da banda a descer do ônibus. Precisava de uma caminhada agora, apesar da chuva forte. Uns poucos carros passaram por ela, sem notar sua marcha pelas ruas vazias, puxando a gola da jaqueta fina para cobrir a parte de trás do pescoço. Uma garota andando na chuva com botas de paraquedista, ainda que fosse o meio do verão. Uma garota de quinze anos com grandes fones de ouvido, balançando a cabeça ao ritmo da música que ouvia. E, se os motoristas olhassem atentamente, no breve instante em que os faróis lhe iluminaram o rosto, teriam conseguido ver que ela sorria.

Pois agora estava decidida.

Faria a viagem. E tiraria o melhor dela. Agarraria as oportunidades que aparecessem pelo caminho.

Este é o começo, pensou enquanto seguia a calçada até sua casa e entrava no jardim da frente. É aqui que tudo finalmente começa.

CORREIO

Midori observou o carteiro, Takumi Watanabe, parado na frente das caixas de correio no saguão do prédio. Ele segurava o envelope diante do corpo com ambas as mãos. Seu cão labrador, Bob, estava perto dele.

— Bom, Midori-*chan*, parece que você é *mesmo* a garota mais sortuda que já conheci.

Ela não sabia se ousaria pegar o envelope ou não.

— Acho que você é a pessoa mais sortuda que já conheci — repetiu Takumi. Tinha esse hábito de repetir o que acabara de dizer. Como se não tivesse muito a dizer e, por isso, dissesse as mesmas coisas duas vezes, meio que para ocupar o tempo.

Midori nunca fora especialmente sortuda. Não que fosse necessariamente azarada também. Uma vez, havia até ganhado um concurso da TV. Depois de telefonar e responder a quatro perguntas absurdamente fáceis do apresentador cretino, disseram-lhe que ela era a ganhadora do dia. Mas entendera mal o prêmio. Não era um *laptop* Mac, e sim uma edição especial do mangá *Akira*, incluindo os seis números em um único volume de colecionador com duas mil páginas. Ela o vendera a um cara na escola na mesma semana e gastara o dinheiro no *shopping* Shibuya 109.

— Acho que você é a pessoa mais sortuda que já conheci — disse Takumi pela terceira vez. Obviamente, ele tinha mais problemas do que a maioria das pessoas ao tentar inventar algo de que falar.

Finalmente, Midori esticou as mãos e apanhou a carta. O envelope era branco e feito de um papel muito bom. Seu nome estava escrito com belos (e corretos) caracteres japoneses. E no canto superior esquerdo ela viu o logotipo da NASA. O selo era de "Houston, Texas, Estados Unidos da América".

— E aí? — incentivou-a o carteiro, impaciente.

— Não sei mesmo — respondeu Midori, pesando o envelope na mão.

— Você tem de abrir.

— Tenho?

— Sim. O trabalho do carteiro é entregar cartas. Mas não vi nenhuma carta ainda. Só um envelope. Não é a mesma coisa.

— Não, imagino que não. — Ela hesitou por mais alguns segundos. De repente, ocorreu-lhe quão importante era o momento.

— Midori-*chan*? Mostre a carta para nós. Por favor!

O cão abanou a cauda febrilmente, com a mesma impaciência do homem.

A garota abriu o envelope e tirou dele uma carta digitada.

Prezada Midori Yoshida

É com grande honra que informamos que a senhorita foi selecionada entre milhões de adolescentes para participar como tripulante da expedição da espaçonave *Ceres* à Lua em julho de 2019. A jornada levará a senhorita e outros dois jovens a uma viagem histórica ao Mar da Tranquilidade, no lado visível da Lua, onde os primeiros astronautas a pisar lá — Neil Armstrong e Edwin "Buzz" Aldrin — pousaram em 1969. A expedição levará quinze dias, com uma estada de sete dias na base lunar DARLAH. Antes disso, a NASA gostaria de convidá-la a vir com sua família ao Centro Espacial Johnson, em Houston, no Texas, para um programa de treinamento de três meses. Todas as despesas do programa serão custeadas pela NASA, é claro.

Pedimos que use os próximos dias para avaliar cuidadosamente se gostaria de fazer parte desta viagem. Sem dúvida, ela mudará sua vida para sempre. Pedimos que converse sobre todos os aspectos da experiência com seus pais, pois o consentimento total destes será solicitado.

Um representante da NASA entrará em contato na próxima semana para obter sua resposta a este convite. A senhorita e seus pais ou responsáveis legais devem ler atentamente e assinar o termo de confidencialidade anexo a esta antes desse telefonema, pois essa notícia deve permanecer estritamente confidencial antes do anúncio público a ser feito pela NASA.

Nós a parabenizamos novamente pela vitória.

Atenciosamente

Dr. Paul Lewis
Administrador da NASA

— E aí? — tornou a dizer Takumi, mais enfaticamente desta vez. Ela quase esquecera que ele estava lá. Ergueu o rosto e os dois se entreolharam. Bob inclinou a cabeça para o lado.

— Eu... ganhei — disse sem notar, e sentiu que começava a oscilar.

Segundos depois, Takumi Watanabe a havia apanhado nos braços e a girava no ar enquanto ria e comemorava:

— Você vai para a Lua! Para a Lua!

Bob latiu, confuso com a súbita comoção. Duas mulheres que por ali passavam pararam por um segundo e espiaram um homem-feito girando uma garota e rindo igual bobo.

— Não vou mais trazer cartas para você, Midori-*chan* — disse ele, quase a cantar. — Está fora da minha área de entregas! Rá! A *Lua*! Não é incrível?

Midori não conseguia dizer nada. Talvez fosse melhor assim. Talvez ela o tivesse desapontado, pois a verdade era que não estava pensando nem um pouco na Lua enquanto ficava ali, parada, no abraço do carteiro. Não estava pensando na oportunidade única de ficar no Mar da Tranquilidade. Tudo em que conseguia pensar era no lugar aonde iria antes e depois dessa jornada absurda. Duas palavras lhe passavam sem parar pela cabeça:

Nova York. Nova York.

Sabia exatamente o que isso significava.

Você acaba de ganhar sua passagem para longe daqui, Midori.

Ela não mencionou a carta aos pais até a hora do jantar. Ficaram tão animados que convidaram os vizinhos para tomar um copo de saquê e compartilhar a novidade; e, antes que Midori percebesse, o apartamento estava cheio de amigos, todos oferecendo parabéns, espanto e alegria. Ela também estava feliz, quase eufórica. Sabia que este era o fim da vida como a conhecia. Era uma escolha colossal para uma garota de quinze anos, mas ela a fizera assim que lera a carta e estava determinada a não mudar de ideia. Não voltaria ao Japão.

Ainda não imaginara exatamente como tomaria conta dos detalhes práticos, já que teria apenas dezesseis anos quando voltasse à Terra. Ela e os outros dois adolescentes seriam levados a Nova York após a turnê de entrevistas ao redor do mundo, e aí ela poderia sumir de vista para sempre. Isso significava, é claro, que teria de se esconder das autoridades por alguns anos, até ter idade para entrar na faculdade... Não, esse era um péssimo plano, precisava admitir. Além disso, não queria deixar os pais para sempre. Os dois podiam ser uns imbecis às vezes — bom, muitas vezes —, mas ainda eram seus pais. Desaparecer e nunca mais falar com eles já era demais.

Mas havia outra opção: explorar o fraco do Papai Tetsuo pelos Estados Unidos. Ele nunca estivera lá, mas sempre falava de como gostaria de conhecer o país. O Grand Canyon — isso era o que ele mais queria ver. Sabe Deus por quê. Até onde Midori entendia, o Grand Canyon era só um vale grande com umas montanhas, coisa que no Japão também tinha aos montes. Mas ele falava disso o tempo todo, e sempre com certa reverência na voz. *Bom*, pensou a garota, *você pode ficar com o Grand Canyon. Fique com ele todinho.*

Não diria nada aos pais sobre querer sair de Yokohama especificamente, nem do Japão em geral, até eles entrarem na turnê mundial pós-Lua. Aí, sim, ela sugeriria que fossem ver esse tal de Grand Canyon. E depois, quando estivessem lá apreciando a vista (provavelmente não *tão* majestosa assim), ela comentaria, como quem não quer nada: *E se a gente se mudasse para cá?*.

E talvez, só talvez, eles dissessem sim. Era uma possibilidade, de todo modo, e por enquanto ela teria de acreditar que funcionaria. Sua vida simplesmente dependia disso, pensou. Senão, a viagem à Lua seria um desperdício total.

A luz da alvorada já começava a raiar por entre as cortinas tênues quando ela finalmente pegou no sono, às cinco e meia da manhã. Teria preferido continuar trabalhando em seu plano, mas os olhos não paravam abertos e ela não estava mais pensando com clareza. Rapidamente afundou no longo corredor do sono, e do outro lado viu-se no teto de um *loft* no Brooklin, com uma xícara de café nas mãos e uma vista do horizonte de Manhattan. Abriu a claraboia e chamou as amigas, que estavam lá embaixo, no enorme apartamento, cercadas pelas pinturas e roupas nas quais andavam trabalhando.

— Já vamos subir — gritaram para ela, e Midori deixou a claraboia aberta, sentou-se com as costas apoiadas na chaminé e encarou de olhos apertados o frio e infinitamente belo sol de setembro.

A carta foi fiel à palavra. Um representante da NASA que falava japonês ligou para Midori três dias depois e fez a pergunta:

— Você deseja dizer sim e participar da missão?

Ela não hesitou antes de responder:

— Sim.

— E conversou sobre o assunto com seus pais?

Ficou surpresa por um segundo com o tom formal e corporativo usado pelo representante.

— Hã, sim — respondeu Midori. — Claro.

— Que bom. Precisarei falar com eles logo depois que terminarmos de conversar. Com o consentimento deles, um dos nossos representantes irá a Yokohama na semana que vem para se reunir com você e sua família e discutir os detalhes.

Sentiu-se zonza quando entregou o telefone ao pai, que imediatamente começou a confirmar os preparativos com a NASA.

Agora não tem mais volta, pensou ela.

Conforme esperado, uma semana depois um americano de voz grave e terno apareceu à porta do apartamento deles, no quinto andar, poucos minutos após as sete da noite. Os pais de Midori provavelmente queriam que o representante desse informações mais completas sobre o que a filha deveria esperar, mas ficou claro que o objetivo da visita era inteiramente diferente.

O homem dispensou as perguntas com algumas respostas vagas e breves antes de abrir a pasta e tirar resmas de documentos. Midori e os pais tiveram que assinar uma papelada interminável, formulários de seguro, isenções disso e daquilo, e assim por diante. Teria sido completamente impossível ler tudo; só o que puderam fazer foi assinar onde o homem indicava com o dedo de unha bem cuidada, de novo e de novo e de novo, até ele ficar satisfeito, sorrir e curvar-se profundamente, cumprimentando-os, agradecer e sair, no mesmo silêncio impassível com que havia chegado.

Midori e os pais ficaram sentados no chão ao redor da mesa de centro, ligeiramente confusos por tudo o que haviam experimentado na última hora. Mas o homem não deixara cartão de visitas nem número de telefone. Até onde sabiam, ele já devia estar a caminho do aeroporto, rumo ao próximo país e ao próximo jovem futuro astronauta.

Aquela sensação permaneceu pelos seis meses seguintes, como se tudo estivesse indo depressa demais. Quando o calendário finalmente chegou a março, foi como se apenas alguns dias tivessem se passado. Para Midori, foi como se de repente ela não tivesse mais tempo bastante para tudo. Entregou seu pedido para adiar as provas finais na escola, que foi aceito. Despediu-se às pressas dos amigos no centro de Tóquio. E, agora que estava prestes a se tornar uma celebridade, precisava fazer várias rodadas de visitas aos parentes em Yokohama, bem como aos vizinhos e aos colegas do pai, até todos parecerem satisfeitos.

Takumi Watanabe foi a última pessoa a quem Midori disse adeus, na exata manhã em que ela e os pais partiram. Como muitos outros vizinhos e parentes, ele esperava na frente do prédio enquanto a família Yoshida se aprontava para ir aos Estados Unidos. Estava parado bem no fim da multidão, para não ficar no caminho de ninguém, e Midori teve de sair empurrando as pessoas para chegar até ele.

— Bom, faça uma boa viagem, Midori-*san*.

Era a primeira vez que ele se dirigia a ela com o sufixo *san* em vez do diminutivo *chan*, que as pessoas usavam com crianças. A garota tinha certeza de que ninguém mais notara isso, mas para ela significava muito. Como se agora os dois fossem amigos de verdade. Afinal, haviam compartilhado o momento histórico quando ela abrira o envelope contendo a carta. Talvez ele soubesse mais sobre os planos de Midori do que ela imaginava, pois a última coisa que ele disse foi:

— Não esqueça o caminho de casa. Sua correspondência vai estar te esperando aqui.

Ela não respondeu. Em vez disso, curvou-se e começou a caminhar até o carro, que esperava na frente do prédio.

Segundos depois, o veículo partiu rumo ao Aeroporto Internacional de Narita.

ANTOINE

A carta chegara três dias atrás, mas ele já se sentia como se sempre tivesse sabido, e não conseguia mais lembrar como reagira ao recebê-la e perceber o que era.

Você vai para a Lua, Antoine.

Era o que a carta dizia.

Obviamente ele ficara surpreso. Feliz também. Mas não havia como negar o fato de que parte dele já esperava isso. Pois, na sua opinião, precisava dessa viagem mais do que qualquer outra pessoa.

Mas ainda não contara aos pais a respeito da carta. Não por achar que não podia confiar neles. Na verdade, eram boas pessoas que trabalhavam na Universidade de Sorbonne, onde conviviam com jovens todo dia. Antoine tinha certeza de que isso os ajudava a ser praticamente normais. Raramente o envergonhavam, e ele também podia conversar com eles sobre quase tudo. Mas contar a novidade… isso podia esperar. Ele queria guardá-la para si por mais um tempo, curtir a sensação de ser a única pessoa em Paris que sabia disso.

Mas não seria capaz de esconder por muito tempo. Já lhe haviam dito por telefone que, depois que seus pais concordassem formalmente com o plano, um representante da organização espacial viria visitá-los na semana seguinte. E já era segunda-feira. Então, era hora.

Pegou a jaqueta e decidiu fazer uma caminhada antes de mostrar o envelope aos pais.

Havia dito à mãe que estava saindo para ver Laurent, que morava logo atrás de Montmartre. Mas não planejava ir para lá, nem mesmo naquela direção. Estava indo aonde passara as últimas tardes até o anoitecer. Ia ver Simone. O choque inicial por ela tê-lo deixado diminuíra um mês atrás e fora substituído pela sensação de que ele sobreviveria, mas nunca mais seria feliz. Essa aceitação lhe viera de forma muito repentina.

Mas, estranhamente, a sensação acabara desaparecendo na última semana, e em seu lugar havia algo pior. Uma recaída. Era como se o efeito da anestesia de emergência tivesse acabado e agora restasse apenas a dor excruciante outra vez. E a única coisa que ajudava era pensar que em breve ele estaria tão longe desta cidade traiçoeira quanto possível.

A chuva ganhara força e Antoine tremia ao caminhar a curta distância até a Torre Eiffel, pagar alguns euros e subir as escadas até o primeiro andar panorâmico. De certa forma, tivera sorte com o clima, pois agora mal havia turistas aqui. O primeiro andar era o melhor para seus propósitos, pois havia poucas coisas aqui para os turistas apontarem o telescópio, a não ser pelos edifícios próximos.

Que por acaso era exatamente o que Antoine planejava fazer.

Tirou o saquinho de moedas de dois euros, inseriu uma e ajustou o foco. Apontou o telescópio para o terceiro andar de um prédio de apartamentos na avenue de Suffren.

Ela estava em casa. Simone estava sentada no quarto, tocando guitarra.

Se ele se concentrasse muito, era quase como se não estivesse ali, meio encharcado, no primeiro piso da Torre Eiffel, mas sim no calor do quarto dela. Olhou para as mãos da garota dedilhando as cordas e imaginou que sabia qual era a música. De vez em quando ela soltava a guitarra e punha a cabeça nas mãos. Antoine esperava que ela fizesse isso por ter percebido de repente que sentia sua falta. Mas poderia muito bem ser porque estava tendo problemas com um acorde. Ou porque estava com dor de cabeça...

De repente, tudo ficou escuro.

Por um momento, ele sentiu pânico, mas depois se tranquilizou ao perceber que o tempo no telescópio havia acabado. Colocou mais uma moeda e Simone reapareceu na janela.

Ela estava vestindo o suéter do qual ele mais gostava. O azul, que, aliado ao cabelo, fazia o rosto dela parecer ainda mais magnífico. Antoine estivera com ela quando comprara a peça em um dia gelado de janeiro. Estavam caminhando por aí depois da escola e ela sentia frio, então, entraram correndo em uma das grandes lojas de departamento. Na verdade, só pretendiam se aquecer um pouco, mas ela acabou sentindo vontade de provar algumas roupas, e ele não tinha outros planos. Como se pudesse ter algum outro plano quando estava com ela. Estar com ela *era* o plano. Fora ele quem encontrara o suéter e...

Escuridão. De novo.

Colocou outra moeda.

Espera, espera, espera, espera, espera, espera! O que foi isso?

Alguém havia acabado de entrar no quarto de Simone.

Antoine chegou ainda mais perto do telescópio. O ramo de uma das árvores ao longo da rua onde ficava o prédio escondia o lado esquerdo do quarto e ele só conseguiu ver metade do corpo da pessoa.

Certamente era só a mãe dela. Ou o pai.

Não. Não era nenhum dos dois. A essa altura ele os teria reconhecido. E ela estava colocando os braços ao redor do pescoço dele...

Estavam se beijando?

Que diabos!

Tudo ficou escuro outra vez.

Antoine afastou-se desesperado do telescópio e enfiou a mão no saco de moedas. Mas estava ansioso demais. O saco escorregou de suas mãos e todas as moedas saíram rolando pelo deque.

Sem prestar atenção aos guardas, que estavam rindo dele, o rapaz se apoiou de quatro no chão e juntou o dinheiro em uma pilha. Colocou uma moeda na máquina e retomou seu posto. Agora, podia ver claramente a outra pessoa. Não a reconheceu, pois nunca a vira antes, mas ainda assim soube exatamente quem era. Noël. *O namorado novo.*

Babaca! Por um breve segundo, Antoine pensou seriamente em esperar na frente do prédio e matar aquele cara quando saísse. Mas não valia a pena. Não valia a pena nem bater nele.

Simone sentou-se para tocar a guitarra de novo e o cara se acomodou ao lado dela. Envolveu-a nos braços e apoiou a cabeça em seus ombros. A garota continuou tocando por um tempo antes de parar de repente, virar o rosto para ele e beijá-lo. O cara a abraçou com mais força e cuidadosamente a tirou da cadeira e os dois foram para o chão, desaparecendo da vista.

Antoine afastou-se e empurrou o telescópio, fazendo-o girar com velocidade impressionante, batendo na grade com um baque alto. *Chega.*

Em casa, na manhã seguinte, Antoine levantou com os pais parados ao lado da cama, parecendo preocupados. Por um longo momento, ninguém disse nada.

Então, a expressão deles se abriu em um sorriso enorme.

O rapaz os fitou por um segundo, sem entender, antes que a mãe mostrasse o envelope da NASA. Haviam-no encontrado.

— Parabéns, filho. *Bon voyage!*

Os minutos seguintes foram um longo e único borrão de abraços e vivas, mais algumas perguntas nervosas sobre por onde ele andara nos últimos dias.

Mas essas perguntas ficaram sem resposta.

NARITA

Metade do Japão parecia estar no Aeroporto Internacional de Narita. Mas a maior parte, na verdade, não ia a lugar algum. Todos tinham vindo ver Midori Yoshida se despedir da velha pátria a caminho da Lua. A tempestade de *flashes* fotográficos disparando havia começado assim que o táxi desacelerara diante do Terminal 2, e Midori, de repente, sentira-se claustrofóbica. Mas, de certa forma, também era divertido. Toda essa gente estava aqui por causa *dela*.

Ela pretendia usar um traje prateado brilhante e de aparência futurista que Yoshimi a ajudara a costurar. Algo que ela havia usado por um tempo em Harajuku e fizera muito sucesso. Mas, no último instante, o pai havia implorado que ela vestisse algo mais formal, e ela acabara cedendo e colocando uma saia longa e cinza com uma jaqueta preta confortável sobre a blusa também preta. A única coisa que não combinava eram os tênis encardidos Onitsuka Tiger com os quais ela já percorria Tóquio havia muitos meses. Eram seus calçados favoritos, e, embora o pai achasse que ela deveria usar botas, ou pelo menos sapatos elegantes, ela insistira que tênis eram a única escolha possível para Nova York.

Embora uma parte sua estivesse fascinada pela enorme multidão que cercara o táxi quando ele parara na entrada, outra parte não gostava nada disso. Tudo acontecera rápido demais. Um segundo antes ela fora alguém totalmente normal, andando por aí com as amigas em Harajuku e sonhando algum dia morar em um lugar onde pudesse fazer exatamente o que queria. No outro segundo, ela se transformara na senhorita Midori Yoshida, um ícone nacional com o qual cada jornal e emissora de TV do país agora sonhavam em marcar uma entrevista. Logo ela entraria no avião, aterrissaria do outro lado do mundo, falaria com a mídia internacional e apertaria as mãos de sabe-se lá quantas pessoas.

E depois viria... a Lua.

A Lua. Agora não havia mais volta. Cada um dos milhares de e-mails que ela havia recebido nos últimos meses apenas confirmava isto: a máquina estava em funcionamento. E seria impossível detê-la. Midori suava frio no banco de trás e tentava se concentrar em respirar calmamente, ignorando o piscar constante dos *flashes* lá fora e as mãos que batiam no vidro das janelas.

— Não é maravilhoso? — ouviu a mãe dizer pouco antes de abrirem a porta e saírem do táxi. — Vieram só por sua causa, Midori. Só para te ver.

A garota abriu a porta e pôs um pé no asfalto. Os cliques das câmeras aumentaram.

Agora é pra valer, Midori.

Ela saiu do carro e se forçou a acenar para as hordas sorridentes de pessoas que a observavam.

Os *flashes* explodindo a cegaram, e ela protegeu os olhos com a mão, tentando bloquear as luzes ofuscantes. Contornou o táxi até o porta-malas, pegou a bagagem e sorriu para o pai, que não cabia em si de orgulho. Então, abriu caminho com os pais a tiracolo e sumiu em meio ao enxame de jornalistas que a chamavam.

— O que está pensando neste momento, Yoshida-*san*?

— Está feliz?

— Já falou com os outros dois ganhadores?

— Qual é a primeira coisa que vai fazer quando chegar à Lua? — Está com medo? — Tem algo a dizer ao povo do Japão? — Como se preparou para isso? — O que acha que isso vai significar pra você em nível pessoal? — O que já sabia sobre a Lua antes tem medo de alguma coisa está pronta para ir vai ser triste se despedir da Terra está com medo está feliz o que está pensando neste momento o que está sentindo comovai temalgumaúltimapalavraparaostelespectadoresouvintesdoradioamigosfamília doquevaisentirsaudade?

Quando os três saíram do outro lado do posto de controle da alfândega, finalmente houve silêncio. Só se via um fotógrafo solitário. Ele devia ter comprado uma passagem aérea só para poder entrar no saguão de embarques internacionais. Tirou algumas fotos de longe antes de ir embora, satisfeito. A diferença da multidão avassaladora antes do posto da alfândega era desconcertante, mas boa. Aqui dentro havia apenas empresários sonolentos indo ou vindo de reuniões importantes, e eles se ocupavam dos próprios assuntos, nem mesmo erguendo os olhos para o fotógrafo que passou tão perto deles.

O pai de Midori parou diante de uma tela que mostrava os voos e respectivos portões de embarque. Ficou ligeiramente confuso.

— J5? — murmurou consigo. — J5? — Olhou intrigado para Midori e a esposa. — Onde raios fica o J5?

Atrás deles, à direita, ficavam os portões 61 a 67. À esquerda, 71 a 77. À frente e à esquerda, 81 a 88, e à frente, à direita, 91 a 99. Nem sinal do portão J5.

— Será que estamos no terminal certo? — perguntou o pai a ninguém em especial, coçando a cabeça.

O rosto estava enrubescendo e o suor se acumulava na testa, junto ao cabelo. Ele não gostava de situações como esta. Gostava de estar no controle total do que acontecia e de onde deveria ir. Sacou um mapa do aeroporto.

— Bom, estamos no terminal certo — declarou. — Mas eu não entendo. Deveria ser aqui.

Um grupo de japoneses de terno passou pela família. O pai de Midori curvou-se para eles e pediu ajuda. Mas os homens apenas o olharam com ar confuso.

— Sinto muito — disse um deles. — Não existe um portão com esse número aqui.

— Estamos no Aeroporto de Narita toda semana. Se existisse, nós saberíamos — garantiu um dos outros antes de prosseguir rumo aos portões 91 a 99.

— O que vamos fazer? — perguntou a mãe tristemente, alto o bastante para fazer as pessoas se virar e olhar para eles. Midori ficou envergonhada.

— Tenho certeza de que está aqui em algum lugar — disse a garota. — Só precisamos perguntar a alguém que trabalhe aqui.

Mas não havia funcionários do aeroporto em parte alguma. Será que todos haviam decidido fazer o intervalo para o almoço ao mesmo tempo?

O pai de Midori já estava vermelho feito um tomate e perdendo a compostura.

— Esperem aqui, esperem aqui, esperem aqui — arfou ele, analisando o mapa mais uma vez. — Vou andar um pouco por aí e ver se encontro alguém que possa nos ajudar. Não saiam daqui. — Ele saiu às pressas por um corredor.

Midori e a mãe ficaram perto do enorme painel de partidas, conversando. *Isso é tão típico*, pensou a garota. *Toda vez que esses dois não entendem alguma coisa, eles surtam completamente. Vai levar horas para o avião sair, de todo jeito. Não tem motivo para ficarmos nervosos.*

Nas últimas semanas, ela quase temera se despedir dos pais. Afinal, vivia com eles havia quinze anos e estava acostumada a tê-los por perto todo dia. Mas agora sabia que também ansiava por essa separação. Tudo seria mais calmo sem eles. Eram como duas hélices girando e girando sem motivo, espalhando conselhos e avisos desnecessários.

Quanto tempo levava um voo até Nova York, aliás?

Oito horas?

Nove?

Mais?

Ela teria de descobrir um jeito de aguentar até lá.

Vinte minutos se passaram sem o menor sinal do pai. A mãe de Midori começou a falar em falsete, choramingando sobre o que poderia ter acontecido com ele.

— Tenho certeza de que ele provavelmente só está falando com alguém ou esperando em uma fila, ou coisa assim.

— Você não LIGA para o fato de seu pai ter sumido? — praticamente a mãe gritou.

Midori imediatamente baixou o olhar, o rosto corado.

— Calma aí, mãe. A gente tem muito tempo.

— Mas tem algo ERRADO, você não acha? — A mãe estava à beira do pânico.

Sério?, pensou Midori. *Tem como isso ficar ainda mais melodramático?*

— Mãe, ele não "sumiu". Só foi perguntar onde fica o portão. Errada é essa gritaria toda. Você não vê que as pessoas estão olhando para cá como se a gente fosse doida? Escuta, ele vai voltar em dez minutos. Eu garanto. E, se não voltar, tudo bem, a gente pede para alguém chamar ele pelo sistema de alto-falantes. Tá bom?

A mãe assentiu fracamente e fingiu se acalmar um pouco.

— Vou ao banheiro agora, tá legal? É logo ali — disse Midori, apontando para uma placa do outro lado do salão. — Espere aqui. Eu volto em três minutos.

— Você precisa mesmo ir agora, Midori? A gente não devia esperar até seu pai voltar?

A garota a encarou sem expressão.

— Eu preciso ir *agora*. Não daqui a dez minutos. Em dez minutos não vou precisar mais ir ao banheiro. Entende o que quero dizer?

Sem esperar a resposta da mãe, ela começou a caminhar rumo ao banheiro.

Parecia que ninguém vinha aqui fazia muito tempo. Não havia gotas de água na pia mostrando que alguém tivesse lavado as mãos recentemente. Nenhum pedacinho de papel caído fora do cesto de lixo. Só a porta da quarta baia estava fechada. Midori escolheu a segunda e entrou. Ouviu o ruído do ar-condicionado, que a fez pensar nos sons da Lua. Até onde sabia, não existia nenhum. Não havia ar para carregar o som. Era impossível imaginar. Durante toda a sua vida ela estivera cercada por ruídos. Pessoas falando, barulho de carros, vento... Seria a ausência total de som claustrofóbica?

Por alguma razão, isso a fez pensar na outra cabine ocupada no banheiro. Ela não ouvira nada desde que entrara. Nem mesmo um raspar de pés no chão ou tosse. Quando foi à pia lavar as mãos, instintivamente se abaixou para ver se havia alguém na cabine. À primeira vista, parecia vazia. Mas, quando se abaixou mais um pouco, viu dois sapatos. Pés.

Tem alguém aí dentro.

Havia centenas de razões pelas quais alguém poderia ficar sentado no banheiro de um aeroporto por um longo tempo. Se tivesse medo de voar, por exemplo. Ou se só precisasse de um tempinho para si. *Mas... ninguém, absolutamente ninguém fica sentado em um silêncio tão perfeito por tanto tempo.*

Sem pensar, Midori subitamente bateu de leve na porta da cabine.

— Olá?

Ninguém respondeu.

Ela voltou a bater, tão levemente quanto antes.

— Com licença, tem alguém aí? Está tudo bem?

Mas não houve resposta.

Bateu uma terceira vez, agora com mais força.

— Olá? Moça?

De repente, entendeu: e se a pessoa estivesse morta e houvesse um cadáver logo atrás da porta? Imagens pavorosas percorreram suas retinas: uma mulher morta, a boca aberta, o rosto branco, sangue escorrendo do canto do olho, encarando-a. Uma centopeia saindo do nariz e rastejando para dentro da blusa, onde desaparecia em um buraco negro amarronzado no meio do peito.

Mas a pessoa não estava morta. Havia alguém ali, e esse alguém soltou um suspiro longo e lento.

Nesse momento, Midori lembrou-se de algo perturbador. Na época da escola primária, seu colega de classe Kaname iniciara um boato. Uma das cabines no banheiro feminino da velha escola estivera fechada por várias semanas, presumivelmente porque uma das garotas mais velhas havia jogado alguma coisa na privada e entupido completamente os canos estreitos. Kaname havia dito a Midori e às amigas que a placa de QUEBRADO pendurada na porta era só um disfarce, algo que os professores decidiram pendurar para garantir que ninguém tentaria abrir a porta. *Na verdade*, dissera Kaname, *tem alguém lá dentro.* Ele fizera uma longa pausa para efeito dramático antes de concluir: *O nome dela é Hanako-san.*

E isso fora tudo o que dissera. As meninas o pressionaram tanto quanto puderam, mas Kaname apenas balançara a cabeça, e Midori pensava lembrar-se dele com ar assustado. Só uma semana depois ele concordara em contar o resto. *A Hanako-san*, dissera, *não está viva, mas mora no banheiro. Entenderam?* Midori pensara que sim. *E, se vocês baterem na porta e disserem o nome dela três vezes, ela vai responder com um "sim?". Vai perguntar se vocês querem brincar com ela. E aí... aí ela vai abrir a porta...*

É claro que isso tudo era só uma história boba da imaginação de um garotinho. Ainda assim, no fim daquela semana, nenhuma das garotas usava mais os banheiros da escola. Seguravam a vontade até chegar em casa ou saíam às escondidas da escola para usar os banheiros da estação de trem mais próxima. No fim, houve tantos problemas com alunas cujas bexigas estavam tão cheias que não conseguiam mais se concentrar que a diretora fora forçada a mandar consertar o vaso sanitário, tirar a placa de QUEBRADO pessoalmente e abrir a porta. E, é claro, a cabine estava vazia.

Mas agora Midori olhava para a porta à sua frente.

Kaname, seu idiota. Se ao menos soubesse como essa história ainda me assusta.

Ela se aproximou da porta e chamou:

— Hanako-*san*?

Segundos se passaram.

— Hanako-*san*?

— *Sim?* — sussurrou de repente a pessoa atrás da porta.

Midori pulou para trás e teve de se apoiar no balcão para evitar uma queda. O coração martelava o peito, fora de controle.

— Você está procurando o portão J5, não é? — continuou a voz sussurrada.

Midori não conseguia dizer uma palavra. *Como é que você sabe disso?*, pensou.

— É aqui, bem perto, Midori. Mas você não deve ir lá. Deve prometer que nunca vai lá.

A garota pensou ter ouvido algum som de movimento dentro da cabine e viu a maçaneta da porta se mexer.

Com imenso esforço, ela se arrancou da paralisia temporária e saiu correndo de volta ao saguão de embarques. Parou por um segundo para se recompor e procurar pela mãe. Olhou para a direita e para a esquerda. Depois, para a direita outra vez.

No final de um corredor estreito que não notara antes, uma placa brilhava acima de uma porta: J5, as letras acesas em branco sobre fundo preto. Então, ela sentiu uma mão no ombro. Parou e viu-se cara a cara com o pai.

— Olha, você achou — disse ele com um sorriso, gesticulando na direção da placa. — Vamos lá, então.

Midori estava tão desnorteada que não conseguiu dizer nada sobre o que havia acontecido no banheiro. Nem percebeu que o pai havia comprado uma camiseta ridícula onde se lia ME LEVA PRA LUA. Ele a encontrara em uma loja de presentes enquanto andava pelo terminal e a vestira no mesmo instante, como um tipo de declaração de apoio à filha na última hora. Dirigiu-se depressa à porta no fim do corredor, e Midori e a mãe o seguiram em um silêncio obediente.

O corredor estava vazio e não tinha nenhuma sinalização. Midori sentiu-se desconfortável e desejou contar aos pais o que a pessoa no banheiro lhe dissera, e que talvez devessem voltar, mas teve medo que eles começassem a imaginar se ela ao menos tinha saúde psicológica suficiente para ir a Nova York. Além disso, o pai seguiu pelo corredor tão rápido que nem houve tempo para pensar.

— Tem de ser aqui — anunciou ele, otimista. — Este portão deve ser totalmente novo, já que nem puseram sinalização permanente. Não admira ter sido quase impossível achar. — Empurrou a porta no fim do corredor e a segurou aberta para que a filha e a esposa passassem primeiro.

Para grande alívio dos três, entraram em um saguão de embarque com a mesmíssima aparência de todos os outros no terminal. Mas ficaram surpresos ao ver que estava cheio de passageiros impacientes esperando para embarcar.

— Como é que toda essa gente chegou aqui? — perguntou Midori, percebendo que conseguia ouvir o nervosismo na própria voz.

Mas o pai, que estava encarando a situação toda com uma calma notável, disse:

— Imagino que tenham vindo por um caminho diferente. Acho que a gente deve ter usado algum tipo de entrada de serviço. Não acha?

Gate J5
NEW YORK / KENNEDY

A garota assentiu, distraída, e forçou a mente na tentativa de entender o que acontecera nos últimos minutos. Mas não fazia sentido, nenhum mesmo, e ela decidiu tirar o assunto da cabeça. Estavam no portão agora; isso era o mais importante.

Mas aquela pessoa no banheiro disse...

Não pense nisso, Midori. Não pense. Você vai para Nova York agora, é nisso que deve pensar. Sua vida começa agora.

O AVIÃO

Antoine estava sentado nos degraus diante da casa de veraneio da família em Cherbourg-Octeville, na costa da Normandia. Só faltava um dia para a data em que ele deveria ir para Houston com os pais. O treinamento no Centro Espacial Johnson com os outros dois adolescentes começaria, e daí em diante eles estariam ocupados o tempo todo até a grande decolagem.

O dia em que recebera a carta da NASA parecia ter sido há muito tempo. Ele agira mesmo como um maluco com aquela história na Torre Eiffel, não? Por sorte, tudo isso ficara para trás. Ele voltou o olhar para o céu, mas estava claro demais para ver a Lua. Havia apenas o sol, o sol branco de março a brilhar sobre a pequena vila costeira, fazendo com que tudo parecesse preto e branco. *Começa amanhã*, pensou ele.

Pegou o álbum de fotos que trouxera para a escada e o abriu. Fora seu pai quem sugerira que passassem a última semana em Cherbourg-Octeville. Era quase impossível ficar de mau humor aqui, onde sempre se podia sentir o oceano e respirar o ar fresco que vinha do canal. E havia as cores, a luz.

A única coisa que não se encaixava nessa paisagem idílica era o álbum gasto de fotos que estivera guardado na prateleira da sala e que ele agora tinha nas mãos. Quando criança, Antoine evitara esse álbum como se fosse a peste. Folheara-o uma vez, sem saber o que era, e depois disso passara dias sem dormir. O volume era de 1945, e um soldado americano o enviara aos bisavós de Antoine como presente. Quando os Aliados chegaram à costa da Normandia durante a Segunda Guerra Mundial para começar a investida final contra os nazistas no verão de 1944, Cherbourg fora duramente atingida. Como muitas pessoas, os bisavós haviam acolhido soldados e deixado que se recuperassem por alguns dias. Um dos soldados abrigados mais tarde enviara esse álbum de fotos que ele e sua divisão haviam tirado enquanto estiveram ali.

A maioria delas exibia cenas alegres de soldados abraçando a população local, comendo juntos e sorrindo para a câmera — mas também havia algumas imagens que mostravam as horrendas consequências da guerra. A imagem que aterrorizava Antoine quando criança mostrava a entrada da casa de veraneio com um soldado crivado de balas escorado à porta da frente, o sangue pingando nos dois primeiros degraus. Um dos colegas estava sentado ao lado dele com o capacete na mão e ar triste. Os pais de Antoine haviam tentado dizer-lhe que o soldado estava só dormindo, mas ele sabia que não era verdade. O homem estava morto. Quando menino, Antoine tinha certeza de que o soldado, ou seu fantasma, ainda estava sentado nos degraus, e por dois verões seguidos ele decididamente entrara e saíra da casa pela porta dos fundos. Mas, ao ficar mais velho, adquirira o hábito de folhear o álbum toda vez que vinha para cá, analisando o buraco de bala próximo da porta, lembrando que seus problemas pareciam mínimos se comparados aos horrores que aconteceram aqui mais de setenta anos antes.

Sentou-se ali olhando para a foto dos soldados saindo dos barcos, descendo em praias não muito distantes dali. Mas a imagem poderia facilmente ter sido feita na Lua. Os soldados desembarcaram em uma praia desconhecida, completamente envolta em fumaça e névoa. Em algum lugar atrás deles podia-se ver uma colina escura. E foi então que ocorreu a Antoine que ele também não sabia o que o esperava no lugar aonde ia. Não que alguém fosse atacá-lo no espaço, mas mesmo assim... Seria realmente tão seguro quanto seu pai achava que era? Quantas outras pessoas haviam feito isso antes dele? Dez? Doze? Não poderiam ser mais que isso, ele tinha certeza.

Um pensamento incômodo — de que talvez tudo isso fosse um erro — começou a crescer em seu íntimo.

Antoine olhou para o relógio. Eram quase cinco horas. Dentro de uma hora seus parentes da cidade chegariam à casa e nela passariam a última noite antes de ele partir com os pais. A mãe já estava na cozinha, em pleno andamento com os preparativos dos muitos pratos que serviria. Antoine deixou o álbum de lado e cobriu os poucos passos até a água.

Era dali que eles tinham vindo, aqueles pobres jovens enviados para libertar a França. O que teriam pensado ao chegar? Estariam assustados ou calmos, convencidos de que não conseguiriam mesmo voltar para casa com vida? Meditou sobre isso, mas percebeu que não seria capaz de processar totalmente o pensamento. Não, ele tinha de voltar para casa inteiro. Não estava fazendo isso para ficar tão longe quanto possível de Simone. Na verdade, esperava que ela acompanhasse suas experiências na TV e percebesse que ainda o amava. Senão, toda a experiência seria um desperdício completo.

Foi quando ouviu o som de um avião. Ocorreu-lhe que o som vinha praticamente de lugar nenhum, mas agora o ronco das turbinas estava muito claro. Os motores não soavam normais e baixos como deveriam. Pareciam gemer, como se o piloto estivesse desesperadamente tentando corrigir o curso. Antoine inclinou a cabeça para trás e visualizou um avião de passageiros…

… que vinha caindo do céu.

Ficou totalmente paralisado, de boca aberta, olhando a aeronave despencar pela camada de nuvens rumo ao oceano.

Não, não, não, não, não, pensou.

O segundo seguinte pareceu durar uma eternidade. Ele conseguiu se levantar e virar para ver se havia alguém que pudesse chamar. Mas não viu ninguém ali, nem uma alma viva. Estava sozinho no píer e o avião vinha para a superfície a toda velocidade. Então, ele viu, pintadas na cauda da aeronave, as enormes letras QU.

Isso… simplesmente não pode ser.

Não teve tempo para pensar nada mais antes de o avião se chocar com as ondas a alguns milhares de metros dali e explodir em uma violenta bola de fogo com um som infernal que forçou Antoine a tampar os ouvidos. Segundos depois, a onda de calor o atingiu e ele teve de se virar de costas por um momento. Quando voltou a olhar para a água, viu o combustível do avião flutuando em chamas na superfície. Ouviu gritos distantes e apertou os olhos rumo ao pôr do sol.

Havia pessoas lá. Sobreviventes! Estavam agarradas aos destroços da cauda, que afundava.

O que eu faço? O que posso fazer?

Seu corpo todo tremia, a adrenalina percorrendo-o, e o pulso estava tão acelerado que ele pensou que o coração fosse dividir-se ao meio só pela pressão. As pernas estavam dormentes e ele sentiu enjoo, o estômago frio como gelo. Um único pensamento girava de novo e de novo na mente: *Tenho de fazer alguma coisa.*

Mas sabia que não havia nada a fazer. Não tinha um bote e não poderia nadar até tão longe na água turbulenta.

Ficou ali, atolado na indecisão, fitando as chamas, enquanto a cauda do avião ia desaparecendo nas profundezas. Já parecia haver menos vozes gritando. Talvez estivessem se afogando todos eles? Ele se virou e correu de volta à casa para chamar socorro.

O primeiro sinal de que algo estava gravemente errado ficou evidente quase na mesma hora.

Ele entrou depressa na cozinha e deu de cara com a mãe, parada diante da secadora de louça e sorrindo para ele.

Seus pais não haviam escutado nada.

Como podiam não ter ouvido? O som fora ensurdecedor.

Mas não eram os únicos que não haviam notado. Ninguém mais ouvira. A mãe de Antoine relutou em ligar para a guarda costeira depois de ouvir a história, mas informaram-lhe que não houvera nenhum acidente aéreo na área. Os parentes de Antoine também não notaram nada de incomum.

Por fim, o rapaz parou de falar sobre isso, principalmente por medo de que eles tivessem razão. Que aquilo nunca tivesse acontecido e tudo fosse apenas uma alucinação realista demais. Pois isso significaria que estava ficando louco, não?

Mas ele sabia que não imaginara aquilo. Um avião *havia* caído no Canal da Mancha bem diante de seus olhos.

Ele vira pessoas morrerem.

E vira aquelas duas letras inexplicáveis na traseira do avião: QU. Meio que aficionado de companhias aéreas, ele sabia que QU era o símbolo nos aviões da East African Airlines, mas... eles nunca voavam para cá. Operavam exclusivamente na África — e, além disso, a companhia abrira falência muitos anos atrás. A guarda costeira entrara em contato com os antigos proprietários da companhia, mas estes disseram que o único avião que possuíam tinha sido vendido a outra empresa no Quênia, que havia repintado a cauda com seu próprio logotipo.

Antoine estava profundamente ansioso quando acordou na manhã seguinte. Mas não mencionou nada, e os pais fingiram ter esquecido o episódio. O jornal e o rádio também não disseram uma palavra sobre o assunto. Após o café da manhã, ele sentou-se com o *laptop* no colo buscando informações no Google sobre possíveis acidentes na área, mas nada encontrou. Também acessou a Wikipédia, onde leu sobre assuntos como alucinações e psicologia anormal, mas nada disso parecia servir. A única explicação que conseguiu produzir foi que tivera algum tipo de ataque de pânico.

Algumas horas depois, ainda estava preocupado quando embarcaram no enorme avião da Air France que os levaria a Nova York. Não conseguia se livrar do pensamento incômodo de que a visão da noite anterior fora um sinal. Um sinal de que ele deveria ficar longe dos céus. Um sinal de que lá em cima era perigoso.

Fez o melhor que pôde para olhar o lado bom. *Pense no futuro*, disse a si mesmo. *Pense no que está à sua frente, em todas as experiências que terá. O futuro começa agora, sabe.*

E, com essas palavras, repetidas mentalmente até ele se acalmar, o avião decolou da capital francesa com destino à América.

NOVA YORK

O céu era de um azul cinzento e escuro sobre Manhattan quando o táxi da família Nomeland cruzou a Ponte do Brooklin, dirigindo-se ao Four Seasons Hotel na East Fifty-Seventh Street. Havia algo de sombrio e pesado em toda a cidade; não fora assim que Mia a imaginara. Nem seus pais, pensou ela. O clima no carro estava tenso, e as poucas palavras que trocaram foram marcadas por um nervosismo cauteloso. Até agora, tudo havia sido como um jogo, como uma grande viagem de férias esperando por eles. Mas a seriedade da situação lentamente se fizera perceber por todos:

Não estavam em férias.

Estavam assumindo um risco. Mandando a filha para o espaço sideral.

E se ela nunca voltasse?

E todas as coisas que poderiam dar errado?

Lembraram-se das imagens do ônibus espacial *Challenger*, que aparecera várias vezes na TV em 1986. Ele havia explodido em um mar de chamas setenta e três segundos após decolar, matando todos os sete tripulantes. Mas não instantaneamente.

A cabine onde estavam sentados não se partira em pedaços com a explosão. Havia a chance de todos terem continuado vivos durante os dois minutos e quarenta e cinco segundos que levaram para atingir a superfície da água com duzentas vezes a força da gravidade — o suficiente para aniquilá-los.

Eles sabiam que morreriam?

Talvez.

Provavelmente.

Na verdade, só os pais de Mia pensavam nisso. Ela não sabia sobre o infame acidente. Nem havia nascido quando isso acontecera. O que estava pensando, enquanto o táxi diminuía a velocidade e estacionava diante do hotel, era em suas amigas.

O que elas estariam fazendo agora?

Será que se reuniriam sem ela?

Não queria pensar nisso.

Estariam se divertindo?

Mas não conseguia evitar.

Um funcionário do hotel abriu a porta do carro para ela, que saiu e deu os primeiros passos em uma calçada úmida de Nova York. A chuva ensopou-lhe o cabelo em segundos, grudando-o ao rosto e fazendo-a parecer ainda mais triste do que estava.

— Bom, aqui estamos — disse o pai, sorrindo e cutucando-a de leve com o cotovelo.

Mia não retribuiu o sorriso.

— Está cansada? — perguntou ele.

A garota assentiu.

Ficaram parados por um segundo, ambos a ponto de dizer algo a respeito do que estiveram pensando durante a viagem. Mas, antes que tivesse chance de abrir a boca, foram interrompidos por um carregador de malas que saiu do hotel e empilhou as malas deles em um carrinho.

— Bem-vindos a Nova York — disse ele, sorridente. — Sinto muito pela chuva. Nem sempre é assim. — Ele segurou um guarda-chuva aberto para eles, embora estivessem só a uns poucos metros da entrada. — Me acompanhem, por favor.

Um par de representantes da NASA se reuniu com eles no restaurante naquela noite. Foi surpreendente terem oferecido menos detalhes sobre a missão lunar em si do que sobre todas as entrevistas à imprensa e bate-papos *on-line* e *videologs* e programas de TV e campanhas publicitárias e a longa turnê mundial que começaria assim que os tripulantes voltassem da missão.

— Sim, esta é uma oportunidade fenomenal para ela — concordou a mãe.

— Somos muito gratos por Mia ter sido escolhida — garantiu o pai.

— É claro que isso vai mudar a vida dela para sempre — afirmou um dos homens da NASA.

— Vou para a cama — anunciou Mia de repente, levantando-se da cadeira. A mãe, o pai e os dois sujeitos da NASA se entreolharam.

— Agora? — perguntou o pai. — Você vai agora? Mas estamos falando de *você* aqui, da *sua* viagem. Não quer conversar sobre isso?

— Como se vocês fossem ao menos notar se estou aqui ou não.

Vinte minutos depois, o pai subiu para o quarto dela com Sander. Mia estava terminando de escovar os dentes quando ele bateu à porta.

— Mia? Pode abrir a porta? Tem alguém aqui querendo ir para a cama.

Ela foi até lá e os deixou entrar.

Sander sorriu quando a viu e marchou para o banheiro, onde começou a escovar os dentes na mesma hora. Escovação dental era sua especialidade, da qual ele muito se orgulhava. Sua técnica não era muito boa e ele sempre demorava, já que seu leão de brinquedo precisava passar por uma boa sessão com a escova antes que Sander ficasse satisfeito. Mas, pelo menos, ele sabia fazer isso sozinho.

Mia foi até a mala que deixara junto da cama e tirou suas coisas. O pai a seguiu e sentou-se em uma poltrona.

— Sinto muito por isso — disse ele.

— Sente pelo quê? — perguntou ela.

— Por... tudo. Por isso não ser o que você planejou para si mesma. Mas, sabe, uma vez John Lennon disse: "A vida é o que acontece quando você está ocupado fazendo outros planos".

A garota não pretendia discutir com John Lennon. Afinal, ela própria era uma musicista.

— Então, como vai ser amanhã? — prosseguiu o pai. — Tem alguma coisa especial que você queria fazer, Mia? É o último dia antes de irmos para o Texas, sabe. Talvez a gente deva ir ver a Estátua da Liberdade. Isso seria legal, não?

Cara, isso seria irônico, pensou ela. Visitar a Estátua da Liberdade quando ela nem ao menos podia decidir o que faria com a própria vida, imagine com as férias de verão.

— Claro, por que não? — respondeu, desviando o olhar.

O pai suspirou e se levantou. Mia sentiu-se mal por um instante. Ele estava fazendo o melhor que podia. Não era só culpa dele.

— Desculpa. — O pedido escapou da boca de Mia.

Ele se aproximou e deu-lhe um grande abraço. Os intervalos entre abraços haviam se tornado mais e mais longos nos últimos anos, então o gesto significou muito para Mia.

— Te vejo amanhã, então — disse ele. — Boa noite, Mia.

— Boa noite, pai.

Sander saiu correndo do banheiro e jogou os braços ao redor do pai, a boca ainda coberta por espuma de creme dental.

— Boa noite!

— Boa noite, Sander — respondeu o pai, pegando o menino no colo e correspondendo ao abraço com o mesmo vigor. Depois, teve de abraçar o leão de pelúcia também. O tecido peludo ao redor da boca estava quase gasto da intensa escovação durante os últimos meses. O recheio de algodão branco acinzentado já estava vazando e fazia parecer que o leão tentava tossir uma ou duas bolas de pelo.

O pai foi até a porta e se voltou para Mia mais uma vez.

— Vai ficar tudo bem — afirmou. — Eu prometo.

Ela ajudou Sander a vestir o pijama e depois ele foi para a cama. Ela puxou os cobertores até o queixo do irmão.

— Durma bem, Sander.

Ele parecia estar pensando.

— Você tá triste? — perguntou ele por fim.

Mia confirmou.

— É porque vai viajar para muito longe?

— Não, não é por isso.

— Então, por quê?

Não havia sentido em tentar explicar o problema a Sander.

— Porque vou ficar longe de você, lógico — disse ela, sentando-se na beira da cama dele.

— Eu podia ir com você. Se você quisesse. O leão também.

— Desculpa, mas não vai dar.

O menino pensou no assunto por um longo tempo.

— Mas! — disse ele de repente, radiante. — Eu posso te mandar cartas!

Ela pensou em como tudo era simples no mundo de Sander. Para ele, não havia limites. Tudo era possível. Mandar cartas para a Lua?

— Claro que pode.

— Posso te escrever uma agora — afirmou ele.

— Mas não fui embora ainda — riu ela.

— É para você levar junto.

— Tá bom.

Mia arranjou uma caneta, papel de carta e um envelope e trouxe-os para Sander. Percebeu que nunca o vira escrever nada além do próprio nome. E, mesmo então, normalmente esquecia a letra *E*. Mas ela deu o que ele precisava, deixou a luminária de cabeceira acesa e se afastou.

Mia não conseguia dormir. Ou teria dormido um pouco? No escuro, procurou o celular e o encontrou no criado-mudo.

O relógio marcava uma e meia da manhã. Significava que ela dormira por quase quatro horas. Pensou ouvir os pais e os homens da NASA no quarto ao lado falando em voz alta. Ouviu-os brindar e rir — um riso alto, estridente.

Do que estariam falando? *Dela?*

Olhou para a cama de Sander, apertando os olhos para distingui-lo no quarto escuro. Ele respirava regular e calmamente.

Em silêncio, ela empurrou os cobertores e suas pernas deslizaram para o chão. As botas aguardavam junto da porta, e, depois de calçá-las e enfiar os braços na jaqueta, saiu do quarto cuidadosamente e pegou o elevador até o saguão relativamente cheio de pessoas. Um grupo de hóspedes asiáticos chegava agora e diversos homens de terno estavam sentados no bar, conversando em voz alta. Ela ficou ali observando-os por alguns minutos, imaginando o que fazer.

De repente, ocorreu-lhe que podia fazer qualquer coisa. Ninguém sabia que estava acordada. Sander dormia, e os pais estavam ocupados entretendo os caras da NASA. E se ela simplesmente saísse do hotel e deixasse todos para trás? Nesta cidade, nunca mais a encontrariam. Ela desapareceria para sempre. Talvez pudesse ir para o México? Arranjar novos amigos, montar uma nova banda, rachar com eles um apartamento velho no meio da Cidade do México. Por que não?

Só de pensar nisso sentiu calafrios. Se fosse embora, demorariam horas para perceber que ela sumira. No mínimo, não perceberiam até o café da manhã, ou quando batessem na porta do quarto de Sander. Mas a essa hora ela estaria bem longe.

Mia passou pela porta giratória e saiu para a calçada. O porteiro se aproximou dela no instante em que a viu.

— Posso ajudá-la, senhorita?

— Não, obrigada, estou bem — respondeu ela rapidamente.

— Onde estão seus pais, se não se importa que eu pergunte?

Mia se virou e apontou para o bar.

— Estão sentados ali. Eu só vou comprar um pacote de chiclete.

— Acho que tem chiclete no balcão da recepção.

— Não do tipo que eu quero — retrucou ela.

— E que tipo seria esse?

— Uma marca norueguesa. Duvido que você conheça.

— Norueguesa, hein? Bom, só não vá muito longe. Isto é Nova York, não é o melhor lugar do mundo para uma turista sair sozinha no meio da noite.

Ela concordou e começou a caminhar pela rua, virando à esquerda na Park Avenue. Acima dela assomavam enormes arranha-céus onde apenas as pessoas mais ricas podiam pagar para morar. Alguns quarteirões depois, ela avistou o Central Park, que reconheceu de incontáveis filmes e programas de TV. Sabia que era imenso — muito, muito maior que o parque aonde iam normalmente para caminhar em Stavanger, o Parque do Lago Mosvatnet. O Central Park era o Mosvatnet com anabolizantes.

Encontrou uma entrada na Fifth Avenue e minutos depois estava no meio do parque, seguindo a trilha que serpenteava ao longo de um lago. Apenas o som do trânsito a lembrava que estava no meio de uma metrópole. Começou a cantarolar uma das músicas que sua banda havia acabado de escrever, a última antes de ela partir. E então lhe ocorreu:

Suas amigas.

Olhou para o relógio. Duas e trinta da manhã. Significava que eram cerca de sete e meia da manhã na Noruega. E isso queria dizer que as outras estavam ensaiando.

De repente, a mesma sensação que tivera no saguão lhe sobreveio outra vez. Sentiu-se poderosa. Livre para fazer o que quisesse. E o que ela queria era ligar para elas. Ligar e ver como estavam, talvez mencionar de passagem que estava no Central Park. Sozinha. *Ah, é que deu vontade de fazer uma caminhada. Precisava tomar um pouco de ar fresco. A cidade até que não é má, sabe.* Ela pareceria sofisticada, fingiria que estar aqui era a coisa mais fácil e natural do mundo.

Deixara o celular no quarto, por isso começou a procurar um telefone público. Aqui não havia muito além de árvores. E quase nenhuma pessoa também. Só o corredor ocasional ao longe e um par de jovens namorados cambaleando para casa por uma trilha ou outra. Levou pelo menos quinze minutos para finalmente encontrar um telefone.

Procurou as moedas que recebera de troco ao comprar um sanduíche no aeroporto e teclou o número do celular de Silje. Alguém atendeu do outro lado. No começo, Mia ouviu só música alta e uma voz que gritava para as outras na sala:

— Dá para vocês ficarem quietas? O telefone!

— Alô?

— Mia?

— É, sou eu.

A voz gritou outra vez:

— Ei, gente, é a Mia! Shh! Isso é tão legal. Como estão as coisas? — perguntou Silje.

— Ah, tudo bem.

— *Putz*, você está em Nova York! Que doideira! O que está fazendo agora?

— Estou no Central Park. — Ela tentou soar *blasé*.

— Isso é tão legal. O lugar é demais?

— É totalmente demais — garantiu Mia.

— É como nos filmes?

Ela olhou ao redor.

— É, na verdade é bem assim.

— *Show*.

— E vocês, como estão?

— Tudo bem por aqui. A gente escreveu umas músicas.

— Sério?

— Acho que são muito boas. Precisamos manter as coisas funcionando enquanto você está fora, sabe. O futuro não espera, nem quando alguém está de férias, né?

Férias? Isso era algum tipo de acusação? Elas achavam mesmo que ela não se importava mais? Já? Ou Silje estava só brincando? Mia não tinha certeza.

— Não, lógico que não — respondeu. — Mas... bom, quem está cantando?

— A Kari. Ela escreveu as letras e tudo. Eu nem imaginava que ela sabia compor. E definitivamente não tinha ideia que ela podia cantar. Mas ela é uma vocalista totalmente incrível, sabe? Kari, você é uma vocalista totalmente incrível!

Mia pôde ouvir as outras garotas dando vivas no fundo.

— *E* consegue tocar a guitarra ao mesmo tempo! — acrescentou Silje.

— Mas... eu ainda sou a vocalista, né? — perguntou Mia jocosamente.

— Lógico. A gente pode conversar sobre isso tudo quando você voltar. Quero dizer, vamos dar um jeito. Mas ela é boa pra caramba. Quer ouvir? Espera um seg…

Mia não teve chance de responder antes que Silje soltasse o telefone. Houve silêncio por alguns instantes, depois ela as ouviu começar uma das novas músicas.

E era boa. Esse era o problema. Era muito boa.

Ficou ali parada e ouviu durante um minuto, até o telefone indicar que o tempo estava quase esgotado. Então, ela desligou.

— Não tem ninguém em casa?

Mia pulou. Alguém estava falando inglês. Ela girou e deu de cara com um sem-teto debruçado sobre um carrinho de supermercado. Devia ter em torno de setenta anos e usava um casaco marrom, enorme e imundo. Mas na verdade havia algo de muito agradável nele, apesar do fato de que definitivamente não tomava banho havia muitos meses. Ou talvez anos.

— Perdão? — respondeu Mia.

— Eu disse: não tem ninguém em casa? — O homem gesticulou indicando o telefone.

— Ah, não. Ocupado.

— Hoje em dia é assim, sabe. Todo mundo passa o dia ocupado. Não que eu saiba por que, mas é assim. Todo mundo tão ocupado. Antes era diferente. Já esteve em Coney Island?

— Não.

— Tinha lá um lugar chamado Playground of the World. Era um lugar maravilhoso. Maravilhoso. Agora não resta quase nada. Quando eu era menino, pessoas do mundo inteiro iam para lá, e as coisas que você podia fazer, os brinquedos, ah, meu Deus. Tinha uma corrida de cavalos mecânicos que parecia durar horas, e em Dreamland tinha uma estrada de ferro que passava por dentro de um cenário de montanha, tipo os Alpes Suíços ou coisa assim. Tinha canais venezianos com gôndolas, montanhas-russas e rodas-gigantes. E tinha um domador de leões com um braço só, o nome era Capitão Bonavita. Era o Playground do Mundo. Era assim que chamavam. Pessoas do mundo inteiro iam ver.

O homem estava começando a se repetir, e Mia imaginou se ele não estaria senil. Ele desapareceu nos próprios pensamentos por um instante.

— A gente passava a noite lá quando era criança. Dormia na praia. Debaixo das estrelas. Não dá mais pra fazer isso. Acho que hoje em dia é muito perigoso. É bem triste.

— Talvez você deva tentar de novo — sugeriu Mia.

— Não tenho coragem. — Ele sorriu para ela. Era um daqueles sorrisos tristes que faziam o coração se apertar. — E você não devia estar aqui sozinha. O que está fazendo aqui, afinal?

— Esperando a hora de ir em frente. Meus pais estão no Four Seasons.

— Bom, preciso te dizer... é o melhor hotel da cidade. Já trabalhei lá uma vez. Como porteiro. Mas me despediram.

— Por quê?

— Eu deixava todo mundo entrar. Provavelmente não deveria. É um hotel caro.

— A NASA está pagando.

— A NASA, é? Nada mau. *Peraí.* Você não é... sim, sim, você é! É um deles, né?

— Um deles, quem?

— Um daqueles coitadinhos que vão ser mandados para o espaço.

Mia confirmou.

— Isso não vai dar em nada de bom, pode acreditar. A coisa toda só tem a ver com grana. E quem sabe o que você vai achar lá em cima?

— O que quer dizer?

— É só que tem coisas que é melhor não mexer. Tem de cuidar das pessoas na Terra primeiro. Acho que as pessoas precisam ficar onde estão. Você sabe, tudo o que sobe... tem de descer.

Ele tirou uma laranja do bolso do casaco e segurou-a por um minuto antes de jogá-la para o alto. A fruta desapareceu no escuro antes de voltar rapidamente e cair no chão, partindo-se em pedaços, alguns gomos e a polpa alaranjada espalhando-se pela trilha de asfalto.

— Viu? Acho que você devia ficar por aqui.

— É um pouco tarde demais para sugerir isso. Não foi ideia minha ir para lá.

— Nunca é. Sempre é ideia de outra pessoa. Vamos, é hora de levar você pra casa, pros seus pais.

— Você vai comigo até o hotel?

— Eu pareço ter coisa mais importante pra fazer?

— Acho que não.

— Então, vamos. — Ele acenou em direção ao caminho para fora do parque. — Meu nome é Murray.

— Mia.

Ele estendeu a mão suja e ela a apertou.

— Bom te conhecer, Mia.

Saíram do parque juntos. Várias pessoas pelas quais passaram lançaram olhares estranhos, imaginando se aquele sem-teto desgrenhado estava incomodando a garota. Algumas até pararam e perguntaram se estava tudo bem.

E estava. Ela estava perfeitamente bem. Murray estava lhe oferecendo um passeio improvisado, apontando para diferentes prédios e contando seus nomes e histórias.

Enquanto seguia Murray com seu carrinho de mercado cheio de posses, alguns passos à frente dela, Mia notou que o homem escrevera algo nas costas do casaco com letras grandes e pretas. Ela não sabia como podia não ter visto aquilo antes. Ele parecia ter pegado uma caneta gigante com ponta de feltro e escrito por toda a superfície.

— O que significa? — perguntou ela, curiosa, quando pararam em uma calçada.

— O quê? — respondeu ele.

— O que está escrito no seu casaco: "6E". É seu endereço ou coisa assim?

Murray olhou-a surpreso, como se não entendesse do que estava falando.

— *Do que* está falando? *6E?* O que é isso?

— Está escrito nas suas costas — explicou Mia, apontando.

— Está?

— Sim.

— 6E?

— Isso.

O homem tirou o casaco e segurou-o diante do corpo.

— Que diabos é isso? — perguntou ele.

— Não me pergunte. O casaco é seu.

— Mas essa letra não é minha.

— Tem certeza? — perguntou a garota.

— Se eu tenho certeza? Conheço minha própria letra!

— Eu só estava perguntando — protestou Mia.

— Isso não é bom — resmungou ele consigo.

— O que disse?

— Nada. Melhor não falar sobre isso — respondeu Murray, ficando agitado. Imediatamente jogou o casaco em um cesto de lixo aberto.

— Você não quer mais? — perguntou Mia. — É só tinta de caneta. Se lavar, sai. Tenho certeza.

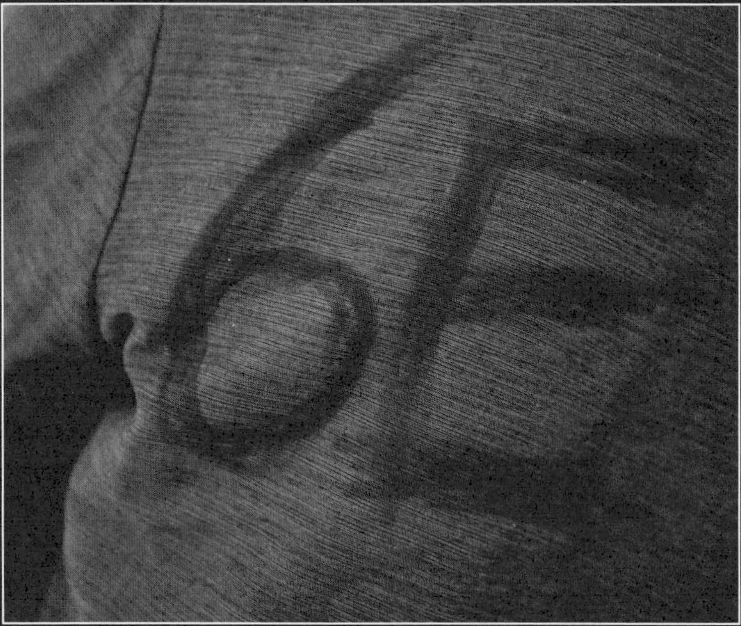

Mas Murray não estava mais ouvindo.

Ele está com medo, pensou a garota de repente, e sentiu o temor resvalar nela. O escrito no casaco ainda era visível na lata de lixo. De tempos em tempos, ele olhava por cima do ombro, como se esperasse que alguém o estivesse seguindo na escuridão.

Do que você tem medo?, ela pretendia perguntar, mas não teve chance. Quando viraram na esquina da Madison Avenue com a East Fifty-Seventh Street, Murray parou de repente e disse:

— É melhor você ir sozinha a partir daqui. O hotel é logo ali. Não tem sentido deixar eles me verem.

— Acha que eles te reconheceriam?

— Sei lá, mas eu reconheço o lugar. Isso já é bem ruim.

— Tá bom.

— Se cuida. E vê se volta pra Terra. Pode crer, a Lua não é lugar pra ficar. Dá azar.

E, com essas palavras, Murray acenou, despedindo-se. Virou o carrinho de mercado e foi voltando pela Fifty-Seventh Street.

Eram quase quatro e quinze da manhã quando Mia finalmente passou na ponta dos pés pela porta do quarto dos pais e entrou no seu. Sander dormia um sono profundo e provavelmente nem notara a ausência da irmã. Ela sentiria falta dele, do pequeno e estranho Sander. Em silêncio, tirou os sapatos com um chute, livrou-se das roupas e foi para a cama.

Algo a cutucou do lado do corpo. Passou a mão pela coxa, sentiu e apanhou o objeto.

Era um envelope. No fim, Sander havia mesmo escrito a carta.

Ela estava prestes a abri-la quando mudou de ideia. Não, pensou. *Vou guardar para mais tarde, quando estiver na Lua. Quando sentir saudade dele. É o que ele ia querer.*

Ficou deitada por um tempo antes de pegar no sono, pensando na banda e nas amigas. O que aconteceria com elas? Com ela? Haveria uma banda para a qual voltar? Ela seria ao menos capaz de voltar à Noruega como a mesma velha Mia?

De todo modo, uma coisa era certa: quando voltasse à Noruega, tomaria suas próprias decisões sobre a vida. Se o que queria era ser vocalista (e era), então ela seria. E, se não quisesse rodar o mundo como parte de alguma campanha publicitária da NASA, então recusaria. Estava decidida.

E ela sabia que era capaz disso.

Pois passara uma noite na cidade de Nova York e isso lhe ensinara algo importante: era ela quem decidia o próprio caminho.

A TRIPULAÇÃO

Naquele primeiro dia, Midori ficou em uma pequena sala de aula no maior prédio do Centro Espacial Johnson, em Houston, com os dois outros adolescentes, cujos nomes ela sabia ser Mia e Antoine. Não conseguia entender por que ainda não fora oficialmente apresentada a eles, embora os três tivessem se hospedado no mesmo hotel em Nova York. Ela fora a primeira a entrar na sala, seguida por alguns oficiais da Força Aérea e funcionários da NASA. Os instrutores chegaram minutos depois, escoltando as outras duas pessoas da sua idade. Mas, antes que qualquer um deles pudesse dizer uma palavra aos outros, ou pelo menos cumprimentá-los com um gesto, a lição havia começado.

Midori já sabia que teria muito a aprender, mas quando os manuais foram jogados em seu colo ela percebeu que subestimara o assunto. Os volumes pesados cobriam quase tudo, de um curso ultraintensivo de astronomia até como comer, tomar banho, usar o banheiro, caminhar e se mover em um ambiente sem peso e na superfície da Lua, onde a gravidade tinha apenas um sexto da força da gravidade terrestre. E havia um manual inteiro dedicado só a procedimentos de segurança e emergência. Eles precisavam estudar tudo o que poderia dar errado; nada deveria ser deixado ao acaso.

Midori olhou para o colo. Havia três grossos manuais ali, com os títulos PERMANÊNCIAS EXTRAVEICULARES, MÓDULO DE RESIDÊNCIA e CERES/DEMETER. Essas palavras não significavam quase nada para ela, que olhou ao redor. Os outros dois adolescentes, a garota norueguesa e o garoto francês, também estavam sentados, folheando aleatoriamente os manuais, para a frente e para trás. Ela gostaria de poder fazer contato visual com eles. Um sorriso, quem sabe.

Algo que aliviasse um pouco o clima. Sentia-se meio boba, já que tinha certeza de que os outros dois eram uns *nerds* com mania de Lua e ela não estava nem remotamente interessada no assunto. Agora percebia, desanimada, que precisaria reunir motivação para ler e se lembrar de mais de setecentas páginas de densa informação. É claro que a NASA havia traduzido os manuais para o japonês, mas havia limites. Será que ela havia sido enganada e ganhado um verão inteiro de lição de casa?

— Bem-vindos. — Um homem de terno escuro e cabelo cinza-claro entrou e se colocou na frente da sala. — Meu nome é dr. Paul Lewis. Sou um administrador da NASA e é minha grande honra lhes dar as boas-vindas ao Centro Espacial Johnson. E, primeiro de tudo, deixem-me dizer uma coisa: vocês três, sentados na minha frente hoje... — Ele fez uma pausa para efeito dramático. — Vocês três são as pessoas mais sortudas deste planeta. — O rosto se desmanchou em um enorme sorriso. — E, com uma ajudinha, serão as três pessoas mais sortudas no espaço também. Pouquíssimas pessoas vivenciaram o que vocês viverão. Serão a décima terceira, décima quarta e décima quinta pessoas a colocarem os pés em um corpo celeste. Serão parte de uma pesquisa pioneira e avançada. E, ainda mais importante — ele abriu os braços —, serão parte da História.

Midori olhou para os próprios livros. Talvez bastasse ler um deles.

O dr. Lewis continuou:

— Como as pessoas mais sortudas do mundo, vocês também carregarão grande responsabilidade. Acho que entendem isso. E vejo mais do que apenas expectativa em seus rostos; vejo também preocupação. E vejo saudade de casa. Não é nada de que devam se envergonhar. Pois vocês vão para longe, mais longe do que qualquer pessoa que conheçam já foi. Já voaram um total de duas mil e quinhentas milhas para chegar aqui. — Olhou para cada um dos três jovens. — Seu verdadeiro destino está a duzentas e trinta e oito mil milhas daqui. E, quando estiverem indo para lá, quando virem a Terra ficando cada vez menor nas janelas... eu garanto: sentirão saudade de casa. Mas as coisas que viverão, as histórias que terão para contar de uma jornada de apenas cento e setenta e duas horas, vocês levarão a vida inteira para relatar.

Midori olhou de relance para os outros dois. Já tinha percebido, mesmo agora, que eram diferentes dela. Ambos estavam inclinados para a frente, de olhos arregalados, seguindo cada palavra do homem. Ela imaginou o que viria a seguir. E se eles fossem uns *nerds* fanáticos por computador, daqueles com quem a gente nem consegue conversar?

— Então, o que faremos aqui no Johnson pelos próximos três meses? — continuou o dr. Lewis. — Bem, vamos treinar. Vamos ensinar a vocês tudo o que precisam saber — sobre o equipamento, sobre segurança, sobre a espaçonave que usarão para viajar e a base na qual ficarão. Algum de vocês pode me dizer o que é um módulo?

O garoto europeu ergueu a mão.

— Sr. Devereux?

— Módulos são as unidades que compõem a base na superfície da Lua — respondeu ele em inglês.

Midori revirou os olhos. Aparentemente, ele lera sobre tudo isso antes.

— Correto — confirmou o dr. Lewis. — Deixem-me mostrar. — Ele sinalizou para um dos outros homens de terno na sala e segundos depois as luzes diminuíram e as cortinas se fecharam. O doutor apertou um botão no *laptop* diante de si e uma gigantesca tela plana de computador na parede exibiu um diagrama da base lunar.

— A DARLAH 2 é composta de quatro módulos, localizados na região chamada de Mare Tranquillitatis. O Mar da Tranquilidade. O nome é muito antigo, de uma época em que as pessoas pensavam que as áreas escuras da Lua estavam cheias de água. Hoje, sabemos que as áreas escuras indicam planícies e as cinza-claras são regiões montanhosas e terrenos mais elevados. Marcamos a área de alunissagem do Mare Tranquillitatis para vocês aqui.

O dr. Lewis apertou outro botão e exibiu uma imagem.

— O motivo pelo qual escolhemos esse local específico é que foi nele que o primeiríssimo pouso lunar aconteceu, em 20 de julho de 1969. Desde então, ninguém mais esteve lá. Nosso trabalho será encontrar os rastros que eles deixaram para trás. Entre outras coisas, posso lhes dizer que Buzz Aldrin deixou as botas de astronauta lá.

Legal, pensou Midori, decidindo aqui e agora que ela seria a primeira a tomar posse dessas botas. Não seria o máximo andar por Harajuku com elas? Ela se encolheu um pouco. *Ah, não, espera*. Ela não voltaria ao Japão, não é?

Nunca.

Mar da Tranquilidade

O dr. Lewis entregou-lhes um cronograma das próximas semanas e depois partiu para uma palestra sobre a história da Lua e sua importância ao longo das eras. Midori parara de prestar atenção quase completamente quando, de repente, o homem a acordou ao acender as luzes.

— Por fim, hoje eu gostaria de apresentar vocês à tripulação. Vocês estarão acompanhados pelos melhores especialistas disponíveis nessa viagem, e eles serão responsáveis por tudo. Darão a vocês tarefas e comandos, mas arcarão com as principais responsabilidades. Não se esqueçam disso. Desde que façam o que eles disserem, a viagem será fabulosa. Isso eu prometo.

Um por um, os tripulantes deram um passo à frente e se apresentaram. Midori fez o que pôde para prestar atenção, mas a sessão já tivera informação demais, tudo de uma vez, e logo ela já misturava a pessoa anterior à seguinte. Os únicos cujos nomes não teve problema para fixar foram os dois adolescentes. O dr. Lewis os chamou e eles se aproximaram. Antoine, o cara da França, era um garoto muito alto e magro, de cabelo preto e nariz grande, até que bonitinho. (Bem bonitinho, na verdade, agora que ela parava para pensar.) E depois veio Mia, da Noruega, bem mais alta que ela, com o cabelo preto caído sobre os olhos. Usava óculos escuros enormes e parecia uma gótica de verdade. *Não é exatamente original, mas é legal mesmo assim*, pensou Midori. Então, foi a vez dela de ir até a frente, dizer seu nome e de onde era, apertar as mãos dos outros jovens e dos tripulantes.

— Bom, por hoje foi só — concluiu o dr. Lewis. — Agora, presumo que vocês queiram voltar e ver suas famílias no centro de visitantes. Amanhã veremos vocês de novo aqui às nove em ponto.

Midori se levantou, pegou a mochila e se dirigiu à saída. Junto da porta, apanhou um folheto de informações com os nomes de cada um dos participantes da missão. *Pode ser bom ficar com um desses*, pensou. *Pelo menos até eu conseguir lembrar de todo mundo. Se é que vou conseguir.*

RETORNO À LUA

EXPEDIÇÃO 69 — RETORNO À LUA
18 DE JULHO — 8 DE AGOSTO, 2019
ESPAÇONAVE: MÓDULO DE COMANDO CERES
MÓDULO LUNAR: DEMETER
FOGUETE: SATURNO V

TRIPULAÇÃO

CIVIS

YOSHIDA, MIDORI
16 ANOS, YOKOHAMA, JAPÃO

NOMELAND, MIA
16 ANOS, STAVANGER, NORUEGA

DEVEREUX, ANTOINE
17 ANOS, PARIS, FRANÇA

ASTRONAUTAS

CAPITÃO NADOLSKI, LLOYD — COMANDANTE (COM)
42 ANOS, CLEVELAND, OH

TENENTE HALL, CAITLIN — PILOTO DO MÓDULO LUNAR *DEMETER* (PML)
32 ANOS, NOVA YORK, NY

CAPITÃO COLEMAN, ALDRICH — COMANDANTE DO HABITAT (COMH)
59 ANOS, NOVA YORK, NY

WILSON, SAMUEL — ENGENHEIRO ESPACIAL
34 ANOS, DETROIT, MI

STANTON, PETER D. — ENGENHEIRO ESPACIAL
33 ANOS, DULUTH, MN

SOZINHA

Mia estreitou os olhos enquanto saía do prédio após a primeira aula. Caminhões e empilhadeiras passavam por ela, que pôde ouvi-los entrando a ranger nos hangares próximos. O Centro Espacial Johnson consistia em mais de cem edifícios organizados em uma área grande o bastante para conter uma pequena cidade. Mesmo o estacionamento praticamente vazio diante dela impressionaria qualquer um com seu vasto tamanho. Isso a fez perceber pela primeira vez quanto o campo de viagens espaciais se expandira e a quantidade avassaladora de dinheiro que devia ter sido empregada ali.

Nesse momento uma das tripulantes que ela acabara de conhecer desceu os degraus do prédio. Mia não conseguia lembrar o nome, mas, por sorte, a mulher estendeu a mão.

— Caitlin — disse ela.

— Mia.

— Bom te conhecer, Mia. Aonde vai?

Ela não sabia ao certo.

— Acho que eu deveria voltar e ficar com meus pais — respondeu. — Mas não sei exatamente onde estão.

— Tenho certeza de que estão no centro de visitantes. Quer uma carona?

— Você tem carro?

Caitlin piscou para ela.

— Hã, sim, é claro que tenho carro. Quem quer andar a pé quando estamos cobrindo distâncias tão grandes? Vem, vamos lá.

Mia a seguiu, descendo os degraus e indo até a esquina, onde seu Volkswagen estava estacionado. No fim, era a ruína enferrujada de um carro. O que, na verdade, combinava com o estilo de Caitlin. Não havia realmente nada nela que a fizesse parecer uma astronauta. Era mais jovem que os outros, alta e magra, com *jeans* gastos enfiados dentro das botas. Usava uma camiseta gasta debaixo da jaqueta de couro, tão legal que Mia teve vontade de perguntar onde ela a comprara. Mas não fez isso.

— Não consigo abrir a porta — disse a garota, um pouco envergonhada, depois de erguer a maçaneta várias vezes.

— Tenta dar um chute.

Mia hesitou.

— Como assim?

Caitlin veio até o lado dela e meteu a bota na porta, que abriu.

— Assim.

A garota sentou-se no banco do passageiro e fez o melhor que pôde para encontrar espaço para as pernas entre o amontoado de revistas de música que haviam sido jogadas no chão.

— É só jogá-las para o lado, não importa se pisar em alguma. Já li todas mesmo. Tudo bem se eu fumar? — perguntou Caitlin. Mia não teve chance de responder antes que ela acendesse o cigarro e ligasse o carro. Segundos depois, saíra da vaga de estacionamento e acelerava em direção ao centro de visitantes. Um ritmo simples, mas muito distinto, saía dos alto-falantes, e Mia reconheceu a música na mesma hora.

— Você gosta *deles*? — perguntou ela, surpresa.

— Gosta dos Talking Heads? — respondeu Caitlin.

— Adoro.

— *Psycho Killer* — cantou a mulher junto com o refrão. — Não é demais quando ele faz isso? É minha faixa favorita do álbum.

Mia concordou e imaginou se deveria mencionar o fato de que também tinha uma banda. Mas decidiu fazer isso mais tarde. Haveria muito tempo quando estivessem na Lua.

— Então, vamos ver quanta velocidade esta lata velha aguenta? Acho que uns cento e dez por hora. O que acha? — perguntou Caitlin.

— Sem chance — respondeu Mia.

— Boa resposta. — A astronauta riu alto enquanto trocava a marcha e pisava fundo. O carro se sacudiu enquanto corria pelo asfalto rumo ao centro de visitantes. Mia tinha certeza de que ele explodiria a qualquer minuto.

— Não entre em pânico! — gritou Caitlin por sobre o ronco do motor. — Ele aguenta. Além do mais, isso não é nada. Espere só até estar sentada na ponta de um foguete. *Aquilo*, sim, chacoalha!

Cinco segundos se passaram, quatro, três, dois, um. Então, Caitlin pisou no freio. Os motores guincharam quando ela virou o carro para ocupar uma vaga perto da entrada.

— Pronto. Cento e quinze quilômetros por hora. Nada mau para uma velharia, hein?

— Você não parece velha — respondeu Mia rapidamente.

— Estou falando do carro — respondeu a mulher, sorrindo. — Mas obrigada mesmo assim.

Ela tinha outros assuntos dos quais cuidar por ali, então despediu-se de Mia, apontando a porta do centro de visitantes antes de desaparecer na direção oposta. A garota subiu os degraus e entrou no saguão espaçoso. Havia algumas pessoas lá dentro, mas nem sinal de seus pais. Andou por ali algumas vezes, sem encontrá-los, até desistir e resolver falar com um dos guardas. Ele fez alguns telefonemas, mas não foi capaz de achar nenhuma informação. Depois de um tempo, Mia decidiu voltar ao hotel da tripulação e esperar por eles lá. O guarda fez outra ligação, desta vez chamando um motorista, que a pegou na frente do prédio alguns minutos depois.

O hotel da tripulação não era exatamente um hotel. Era um edifício grande e quadrado no meio de uma base enorme onde todos eles viveriam pelas próximas semanas. Não era longe dos hangares onde fariam o resto do treinamento e dos preparativos. Ela sabia que Sander e seus pais estavam hospedados em um hotel civil a mais ou menos um quilômetro e meio dali, e poderia ter ido para lá. Mas imaginou que logo eles apareceriam mesmo.

No balcão da recepção deram-lhe uma chave e informaram que sua bagagem já estava no quarto, no terceiro andar. Também havia uma carta para ela.

Uma carta?

Presumiu que Sander tivesse escrito mais uma. Ele frequentemente fazia a mesma coisa de novo e de novo depois de aprender como era. Ela ainda não lera a primeira carta.

— Aqui está — disse o recepcionista, entregando um envelope. Mia o abriu no mesmo instante e leu a carta em pé diante do balcão.

Mas não era de Sander.

Era de sua mãe.

Ela dobrou a carta e enfiou-a firmemente no bolso traseiro. *Fala sério*, pensou.

— Más notícias? — perguntou o recepcionista em tom gentil.

Ela o olhou nos olhos.

— Não, na verdade são boas. Só inesperadas.

Mia deixou o saguão e foi procurar o quarto. Sua primeira reação fora de tristeza. Sentia-se abandonada. Mas, ao mesmo tempo, não podia evitar a sensação de alívio. Depois, de alegria. Uma liberdade concedida por seus pais. Melhor que isso não poderia ficar.

Encontrou o quarto, entrou, deitou na cama e logo os Talking Heads explodiam em seus fones de ouvido.

Querida Mia,

Quando estivemos no alto da Estátua da Liberdade em Nova York aquele dia, de repente percebi que você não tem mais nove anos. Não sei por que aconteceu de eu pensar nisso aquela hora. Talvez tenha a ver com o fato de que a gente estava lá. De qualquer jeito, me ocorreu que talvez nos últimos tempos a gente não tenha te dado liberdade e espaço suficientes. Pode soar estranho, mas para a mãe uma filha nunca cresce. Ela vai ser sempre criança, e talvez eu andasse pensando em você e no Sander do mesmo jeito, e tratando os dois exatamente da mesma forma. Mas você não tem nove anos como ele, tem dezesseis, e, embora isso não queira dizer que é adulta, ainda assim você vai fazer uma jornada realmente muito mais adulta do que qualquer coisa que seu pai e eu já fizemos. Sei que ganhar esse sorteio não era seu sonho e ainda não é. Sei que você preferiria estar em Stavanger com a sua banda e que lhe custou muito tomar a decisão que tomou. Mas ainda acho que foi a escolha certa e que você nunca vai se arrepender dela. Vai mudar sua vida.

A questão é que seu pai e eu percebemos que provavelmente lhe faria bem passar um tempo sozinha, sem nós três interferindo o tempo todo, para você ter uma noção de como é estar por conta própria. Então, vamos levar o Sander para Los Angeles por um tempo. Como você sabe, o tio Harald mora lá, e vamos ficar na casa dele. Acho que vai ser bom para todos nós — para nós, férias, e, para você, um tempo para relaxar. E você bem que precisa disso, com tudo o que a espera. Não quisemos dizer nada antes de ir embora para você não se sentir culpada e obrigada a nos pedir para ficar. Tenho certeza de que compreende, mas precisa saber que, se tivermos entendido tudo errado e você quiser mesmo que fiquemos aí com você, tudo o que precisa fazer é telefonar e a gente volta na mesma hora.

Enquanto isso, espero que a gente possa conversar um pouquinho por telefone às vezes e receber notícias suas. Isso significaria muito, principalmente para o Sander. Ele mandou um oi. O leão também, é claro. Você sabe como é.

Finalmente, só quero dizer mais uma coisa: seu pai, o Sander e eu estamos muito orgulhosos de você, Mia, e te amamos muito. Cuide-se, não se esgote, conheça os outros jovens que vão com você e telefone se acontecer alguma coisa. Eu avisei o comandante Nadolski sobre isso e pedi que ele ficasse de olho em você. Não que você precise, mas... mesmo assim. Sua viagem vai ser maravilhosa.

Voltaremos a tempo para a decolagem.

Abraços,

Mamãe

DECOLAGEM

O sr. Himmelfarb estava sentado na beira da cama, fitando os dois sapatos de couro marrom no chão. Significava que era manhã e ele precisava se levantar. Ou poderia significar que era noite e alguém logo entraria para colocá-lo na cama. Olhou pela janela. A palmeira lá fora dividia a luz do sol em sete raios nítidos que o atingiam no meio do rosto. Era à noite que ela se iluminava? Ou era de dia? Melhor esperar que alguém viesse dizer a ele o que fazer. Seria difícil dizer quanto teve de esperar, mas finalmente uma das pessoas vestidas de branco apareceu no quarto.

— Pronto, voltei — disse ela. — Não demorei muito, né? — Ela indicou a porta. — Está pronto?

Ele murmurou uma resposta. Estava pronto. Estava pronto todo dia. Porque todo dia era igual.

— Se formos rápidos, podemos ouvir o discurso do presidente. Amanhã é o grande dia, Oleg. Eles vão à Lua! — E, com essas palavras, ela tomou sua mão e o guiou pelos corredores brancos até a sala de TV da casa de repouso.

Ele já esquecera como havia reagido ao ver os desenhos da base lunar, mas havia algo de familiar no foguete atrás dos homens em trajes formais parados na sala de TV. Cada vez que tentava se concentrar, a imagem fugia. Como é que tinham colocado aquele foguete enorme na sala sem ter de destruir o teto? Ele nem tinha ideia. Certamente tinham precisado tirar tudo de lá.

Todos os funcionários da casa sabiam que o sr. Himmelfarb havia sido um administrador no observatório Goldstone Deep Space, mas ninguém sabia exatamente o que ele fizera ou o que vira ao longo dos anos. O sr. Himmelfarb fora um homem muito quieto e reservado a vida toda, fiel ao seu acordo de confidencialidade como se este fosse uma escritura sagrada. Nem mesmo a falecida esposa e os filhos, que nunca o visitavam, jamais souberam detalhes da natureza de seu trabalho.

Quando se mudara para a casa de repouso, os filhos vinham visitá-lo uma vez por semana. Mas, depois que sua condição avançara, ele se tornara cada vez mais retraído e, em dado momento, finalmente parara de falar para sempre. E, quando por fim deixara de reconhecê-los ou mesmo perceber sua presença, as visitas terminaram por completo. A última coisa que o sr. Himmelfarb conseguira pensar antes de adentrar o vale profundo do esquecimento era em como sentia falta dos filhos e como estava feliz por saber que em breve nem perceberia que eles não o visitavam mais. E que ele os amava mais que qualquer coisa no mundo.

DESPEDIDA

Dezesseis de julho havia chegado. Algumas semanas antes, eles haviam mudado de Houston para o Centro Espacial Kennedy, na Flórida, de onde o foguete seria lançado. O Centro Espacial Kennedy era enorme, maior até que o centro espacial de Houston. Localizava-se em Merritt Island, com a Base da Força Aérea de Cabo Canaveral como vizinha mais próxima. Da janela do quarto, Mia conseguia ver o Oceano Atlântico e seguir com o olhar as ondas que arrebentavam lentamente na praia lá embaixo. E, se ela se inclinasse na janela e olhasse para a esquerda, podia ter um vislumbre da plataforma de lançamento, onde o foguete com quase trezentos metros de altura jazia pronto.

Faltavam menos de vinte e quatro horas para partir. Em apenas dezesseis horas ela estaria lá fora. E o foguete decolaria com ela a bordo. Em uma velocidade de onze quilômetros por segundo, eles deixariam a atmosfera terrestre e se afastariam de tudo o que ela conhecia.

Ela estava no quarto vendo uma comédia americana na TV, mas não ria. Fizera o que sua mãe havia pedido na carta e telefonara uma vez por semana para contar como estava. E, como a mãe havia sugerido, fora bom para Mia passar um tempo sozinha. A distância havia melhorado seu relacionamento com os pais. Pela primeira vez em anos eles tiveram longas conversas, e a única diferença era que agora elas aconteciam por telefone, entre a Flórida e L.A. Haviam falado de quase tudo — sobre a expedição, a incerteza quanto à banda, e sobre Midori e Antoine.

Haviam falado bastante de Antoine, especialmente na última semana. Ela própria não percebera, mas tinha a tendência de tocar no nome dele em meio a qualquer assunto que estivessem discutindo. *O Antoine falou sobre isso ontem* ou *O Antoine é bom nisso*. Mia também fazia questão de conversar com Sander toda vez que ligava, mas ele nem sempre falava muito. Às vezes, era impossível convencê-lo a emitir uma palavra. Mas isso não a incomodava. Sabia que ele estava lá, segurando o telefone, ouvindo a voz da irmã, e se ficasse quieto demais ela simplesmente decidia contar-lhe os menores detalhes do seu dia.

De vez em quando, descia ao saguão para verificar o e-mail ou ver se as amigas estavam *on-line*, mas a diferença de fuso horário entre a Noruega e a Flórida significava que nunca estavam conectadas ao mesmo tempo, e os poucos e-mails que chegavam apenas desejavam boa sorte e não davam nenhuma informação sobre o que ela queria saber: como estava a banda e o que estava rolando em Stavanger esses dias. Ela nunca respondia aos e-mails. Então, no fim, foi ficar no quarto, puxando uma cadeira até a janela com vista sobre o Cabo Kennedy, ouvindo Talking Heads e tentando escrever letras que fossem ainda melhores. Na maior parte do tempo, escrevia poucas linhas, que depois rabiscava e das quais desistia, mas convenceu-se de que pelo menos estava no caminho certo, que isso era só o começo e que voltaria da Lua com mais letras muito, muito boas.

Ela, Midori e Antoine treinavam com a tripulação o tempo todo. Repassaram as manobras centenas de vezes, estudaram intensamente para memorizar todos os detalhes e praticaram em simuladores. Ela treinava com os outros em uma piscina enorme para simular como seria caminhar na Lua. Forçara-se a ler os três manuais de cabo a rabo duas vezes. Estava pronta para ir. Agora, só restava a espera. E o medo.

Olhou para o relógio. Era quase como se estivesse funcionando no sentido anti-horário ou tivesse parado completamente. Assim que assumissem seus lugares no foguete, tudo seria mais fácil. Aí seria tarde demais para recuar, tarde demais para desistir.

Mas ainda faltavam dezesseis horas.

A contagem regressiva havia começado.

16:14:32.

16:14:31.

16:14:30.

Tentou se concentrar no programa de TV, forçando-se a não olhar para o relógio. A trama do programa era a mesma de sempre. Três ou quatro pessoas discutindo sobre alguma coisa trivial em uma sala de estar com um sofá no meio. E a cada dez segundos ouvia-se uma salva de risadas pré-gravadas, enlatadas, de forma que houvesse ao menos um sinal de que era para a cena ser engraçada. Por um tempo, ela pensou em ligar para Silje e se despedir, mas logo rejeitou a ideia. A última coisa de que precisava eram más notícias, e falar com a amiga ou qualquer outra integrante da banda era um jeito quase definitivamente garantido de não melhorar o seu humor.

Mia olhou para o relógio de novo: 16:03:22.

Só onze minutos se passaram desde a última vez que verificara. O tempo era uma lesma grudenta e preguiçosa.

Ela colocou os fones nas orelhas e navegou rapidamente entre seus arquivos de computador até a pasta com as demos que a banda havia gravado na casa de Leonora. Tentou acompanhar algumas músicas cantando para refrescar a memória, mas não foi bem. Era como se aquelas não fossem mais suas canções. A música parecia estranha, como se tivesse sido gravada em uma era completamente diferente. Desligou no meio daquela com a qual haviam ficado mais satisfeitas na época e percorreu o resto das pastas. Por fim, abriu caminho de volta aos Talking Heads. Diversamente da música de sua própria banda, para ela eles não soavam estranhos. Exatamente o oposto. Ultimamente, a cada vez que os ouvia, sentia como se os entendesse ainda melhor. Colocou uma de suas músicas favoritas, "Life During Wartime": *This ain't no party, this ain't no disco, This ain't no fooling around*[3].

Ela precisava se concentrar agora, precisava estar pronta. Precisava se preparar, expulsando da mente todos os pensamentos sobre a família e os amigos. *A Lua*, pensou. *Concentre-se na Lua.*

Se você for bem lá em cima, poderá passar o resto da vida fazendo exatamente o que quer.

Colocou o volume no máximo. A música rugiu nos ouvidos. Talvez por isso não tenha ouvido as batidas na porta. De repente, ergueu o olhar e viu Antoine e Midori sorrindo para ela na soleira da porta.

— Todo mundo no Centro Espacial Kennedy está te ouvindo — riu Midori.

Será que estivera cantando alto e não percebera? Mia sentiu-se envergonhada e arrancou os fones.

[3] *Isto não é festa, não é balada, não é brincadeira.* (N.T.)

— Desculpa — disse.

— Tenho certeza de que ninguém liga. De todo jeito, é ótimo ouvir você cantar. Aqui é tão silencioso que me deixa paranoica.

— O que resolveu ouvir? — perguntou Antoine com seu sotaque estereotipicamente francês: *O que resolveu ouvirrr?*

— Talking Heads.

Antoine e Midori se entreolharam. Nenhum dos dois conhecia o nome.

— É a sua banda? — Midori perguntou.

Mia negou, balançando a cabeça. Já havia contado que tinha uma banda em Stavanger, mas nunca lhes mostrara nenhuma gravação.

— Mas você trouxe algumas das suas músicas, né? Da sua banda? — Midori foi diretamente até a cama e pegou os fones de ouvido, colocando-os. — Vamos ouvir, então.

Mia escolheu sua melhor música e apertou o *play*. Midori ficou quieta enquanto esperava o som começar. Antoine se aproximou, cheio de expectativa, observando as duas garotas.

— Uau, isso é legal mesmo — comentou Midori, marcando a batida com o pé.

— Você acha? — respondeu Mia.

Midori começou a fazer movimentos de dança.

— Vocês vão lançar um álbum ou coisa assim? — perguntou.

— Sei lá.

— Tem de lançar! — gritou a garota, dançando rumo ao banheiro. — Vai vender milhões de cópias. Pelo menos.

— Me deixa ouvir? — pediu Antoine, aproximando-se para interceptar Midori. Ela entregou os fones e logo o garoto também estava se movendo ao ritmo da música. Tinha um corpo duro e era cômico de se ver, mas a visão alegrou Mia incrivelmente. As dúvidas que tivera de repente foram embora. É claro que suas músicas eram boas. É claro que suas letras e voz eram uma grande parte disso. Elas poderiam ser estrelas internacionais.

E, nesse instante, ficou mais determinada do que nunca a, quando voltasse à Noruega, levar a Rogue Squadron ao estrelato. Seria a melhor banda do país.

Midori e Antoine passaram várias horas no quarto de Mia. Ela gostava da companhia dos dois. Dava-lhe uma sensação de segurança. Eles não exigiam nada dela.

— Seus pais vêm para o lançamento amanhã? — perguntou Antoine.

— Acho que sim. Não sei. Na verdade, não falei com eles sobre isso.

— Que esquisito — comentou Midori.

— Bom, *eles são* estranhos — riu Mia. — Os seus pais vêm, Antoine?

— Ah, sim — respondeu o garoto.

Na verdade, ela já sabia disso. Os pais de Antoine estavam ali todo dia. Eram do tipo bem barulhento. Mia achava que a NASA talvez já estivesse começando a enjoar deles. Mas eram boas pessoas, é claro.

Os pais de Midori também haviam passado pelo Centro Espacial Kennedy todo dia desde que o treinamento começara na Flórida. Eram mais quietos, provavelmente por não falarem bem o inglês, então, ela não chegara a falar muito com eles. A única vez fora depois da primeira e única coletiva de imprensa que ocorrera na base. Equipes de meios de comunicação de todo o mundo estiveram ali. Cada emissora de TV e jornal os havia entrevistado. Mia deixara que Antoine e Midori falassem mais, e felizmente a equipe lidara com as perguntas difíceis. A principal contribuição de Mia fora dizer que estava ansiosa para tentar caminhar na Lua com gravidade tão baixa.

— Você está com medo? — perguntou Midori.

Mia demorou a responder.

— Não sei ao certo. Você está?

— Acho que sim. E você, Antoine?

O garoto confirmou movendo a cabeça lentamente, várias vezes.

— Sim. Muito.

— Olhem por esse lado — começou Mia. — A gente vai. Fica um tempinho ali. Depois volta. É só isso. A única diferença é que a gente vai um pouco mais longe do que o normal.

— E vamos viajar em um foguete que queima vinte toneladas de combustível no primeiro segundo em vez de ir de carro.

— E passamos meses treinando e estudando tudo que possa dar errado.

— Nada vai dar errado — afirmou Mia, sem a menor ideia da origem de toda essa súbita autoconfiança.

— Tem certeza? — questionou Midori.

— Prometo. Eu cuido de você — garantiu Mia.

— E eu? — protestou Antoine, irritado. — Quem vai cuidar de mim, hein?

Mia riu.

— Você tem de cuidar de si mesmo. Além disso, não é o mais velho? É você quem deveria tomar conta de nós duas.

— Verdade, verdade — respondeu ele, contente com a ideia.

Mia olhou para o relógio: 00:32:56.

O tempo começara a passar outra vez. Hora de dormir um pouco.

— Mia?

— Sim, Midori?

— Posso dormir aqui com você?

— Por quê?

— Acho que não vou conseguir dormir lá no meu quarto sozinha. Não esta noite. Por favor? — implorou Midori.

Mia consentiu:

— Tá bom.

— Ei! — protestou Antoine mais uma vez. — Se é assim, vou dormir aqui também. Não vou passar a noite virando pra lá e pra cá, sozinho no quarto, enquanto vocês duas dormem em paz.

— Tá, tudo bem! — Mia riu. — Vão buscar seus colchões para poderem dormir aqui. Mas sem sacanagem, entenderam? E, Antoine, você espera no corredor enquanto a gente muda de roupa e fica debaixo do seu cobertor a noite inteira. De acordo?

Ele sorriu, fingindo estar desapontado.

— De acordo.

— Bom, vão lá, então. Eu vou pra cama em quinze minutos. E aí quero silêncio total aqui dentro.

Família e amigos chegaram para o lançamento no dia seguinte. Mia viu os pais de Antoine e Midori parados atrás da cerca no centro de lançamentos, acenando. As famílias dos astronautas também estavam lá: esposas, filhos. Mas nada de mãe. Nada de pai. Nada de Sander. Ficou parada junto da *van* por alguns minutos, procurando por eles, mas não apareceram. Então, os funcionários informaram que era hora e ela embarcou na traseira da *van*.

Foi então que os viu e percebeu que estiveram ali o tempo todo, quase ocultos na multidão, para não envergonhá-la. Por um breve momento ela percebeu que os amava, afinal de contas. Acenaram para ela com as mãos bem ao alto. E

Sander estava entre os dois, com o leão na mão, a cabeça do boneco pendendo de um lado para o outro enquanto o menino acenava.

Mia subiu no veículo e este partiu, afastando-se das pessoas que acenavam e carregando os tripulantes rumo à plataforma de lançamento. Enquanto se aproximavam, o enorme foguete *Saturno V* foi ficando cada vez maior. Era como se estivesse abrindo um buraco no céu.

Quando a *van* estacionou perto do foguete e desapareceu na sua sombra, a garota percebeu pela primeira vez qual era exatamente o tamanho dele. Era como um navio — estava mais para um porta-aviões gigante — colocado em pé.

Era quase difícil absorver a visão. Só a parte superior do foguete era de fato a espaçonave. Apenas a pequena cápsula localizada logo acima da última faixa preta no topo. O resto era só combustível. Combustível explosivo. A cápsula era uma cópia quase idêntica daquela que a NASA usara da primeira vez, em 1969. Mas na época havia só três pessoas a bordo. A nova cápsula era duas vezes maior, pois agora haveria oito pessoas. O espaço seria apertado, e passariam quatro dias nele.

— Está pronta? — perguntou Antoine, olhando de relance para ela. Parecia um adulto, parado ali em seu traje espacial completo, com o capacete sob o braço. — Vai correr tudo bem — garantiu ele, sorrindo.

Mia não respondeu. Ainda estava olhando o foguete. *Hoje é o começo de uma nova era*, pensou. *A Mia que o mundo conheceu vai deixar a Terra agora. E, quando eu voltar, tudo vai ser diferente.*

E estava mais certa do que imaginava.

Um elevador os levou até o topo do foguete. Mia, Midori e Antoine esperaram na passarela móvel entre a cápsula e a estrutura fixa de serviço enquanto os adultos assumiam seus postos primeiro. Foram logo em seguida. Mia se alojou ao lado de Midori. A ponta da cápsula estava virada em um ângulo de noventa graus, de modo que todos ficaram deitados de costas ao sentarem nas poltronas. Era uma sensação estranha, como se não existissem mais o lado de cima nem o de baixo. Botões brilhantes e telas e instrumentos com números piscando cercavam-na por todos os lados. Ficou ali ouvindo as vozes estalarem nos fones de ouvido enquanto os astronautas se comunicavam com a torre de comando.

Disseram-lhes que faltavam quinze minutos para o lançamento.

— Como vocês estão? — perguntou uma voz pelo intercomunicador. Era Caitlin. — *Status*?

— Tudo bem — respondeu Antoine.

— Tudo bem — repetiu Midori.

— Tudo bem — concordou Mia.

— Ótimo.

— Doze minutos para o lançamento.

— Agora não tem mais volta. — Mia não sabia ao certo quem dissera isso. Não reconheceu a voz.

— Cinco minutos para o lançamento.

Caitlin analisava os indicadores e medidores no computador diante de si e informava as leituras para a torre de controle.

— Dois minutos para o lançamento.

— *Ceres*, nenhum impedimento. Decolagem liberada.

— Um minuto para o lançamento.

— Ainda sem impedimentos. Decolagem liberada. Todos os departamentos confirmam o *status*?

As diferentes cabeças nos diferentes departamentos do controle fizeram-se ouvir no intercomunicador quando deram o sinal:

— TELMU, o.k.

— Controlador da missão, o.k.

— FIDO, o.k.

— EECOM, o.k.

— GNC, o.k.

— Cirurgião de voo, o.k.

— CAPCOM, o.k.

— Cinquenta segundos.

O comandante Nadolski apertava botões no painel adiante com rapidez e foco total.

— Trinta segundos.

— Quinze segundos.

— Doze segundos.

— Dez.

Antoine voltou-se para Mia, olhando-a.

— Nove, oito, sete.

Ele manteve o contato visual. Um olhar simpático e caloroso.

— Seis.

Esse pode ter sido o exato momento em que ela se apaixonou por ele.

— Cinco, quatro… sequência de ignição!

— Três. — Dentro do capacete, ele sorriu para ela.

— Dois, um…

— Decolamos!

A pressão os jogou contra o encosto dos assentos. O sorriso de Antoine transformou-se em uma careta, e um som avassalador, ressoante, tomou a cabine. Os imensos motores do foguete os propeliram rumo ao céu com força incompreensível, até passarem pela camada de nuvens, indo mais e mais rápido. Haviam treinado incontáveis vezes para esse momento da expedição. Receberam explicações sobre todos os sistemas e sabiam o que significava cada som, o que estava acontecendo segundo a segundo. Tudo corria como deveria. Ainda assim, uma onda feroz de medo passou por Mia. Ela agarrou os braços da poltrona e fechou os olhos.

Por favor, que eu possa voltar, pensou.

Os residentes da Casa de Repouso Parson's estavam entre os milhões de pessoas em todo o mundo que acompanharam o lançamento durante esses exatos segundos. Todos os idosos que estavam bem o bastante para ficar sentados reuniram-se na sala de TV. O volume foi aumentado ao máximo para que aqueles com problemas auditivos pudessem acompanhar. Então, quando a contagem regressiva chegou a zero e os motores do foguete foram acionados, o próprio chão vibrou.

Os enfermeiros e auxiliares bateram palmas e alguns dos idosos deram vivas. O sr. Himmelfarb olhava ansioso os próprios sapatos. A *Ceres* decolou da plataforma no Centro Espacial Kennedy. Ele fechou os olhos e tentou afastar todos os ruídos.

A cápsula toda sacudia como se fosse desmontar a qualquer momento. Mia achou que tinha gritado, mas havia barulho demais para ter certeza. Tentou virar a cabeça para o lado e olhar para Midori, mas a pressão era forte demais — não conseguiu se mover.

Então, ouviu uma pancada. Por um instante, teve medo.

— Primeiro estágio do foguete desconectado — ouviu Nadolski dizer. — Estamos prosseguindo.

— É bom ouvir isso, *Ceres*. Boa sorte e que Deus esteja com vocês!

Não havia sentido em resistir à força do foguete. Tudo o que podiam fazer era deixar o corpo seguir os movimentos da nave. E, assim que ela passou a aceitar aquele chacoalhar ensurdecedor, fez-se silêncio completo.

Agora, conseguia olhar através da janelinha do lado direito. Mas tudo o que podia ver era um nada absolutamente negro.

Caitlin soltou seus cintos de segurança e se voltou para Mia, Midori e Antoine. Tirou uma caneta esferográfica do bolso perto da poltrona e segurou-a diante deles. Então, soltou-a. A caneta inclinou-se lentamente, pairando sem peso e afastando-se dela.

Mia ergueu a mão direita, deu um empurrão leve na caneta e viu-a girar na direção de Midori.

Estavam no espaço.

2

O CÉU

MAR DA TRANQUILIDADE

Passaram quase quatro dias confinados. A falta de gravidade não era mais um problema. No começo, fora difícil adaptar-se às novas condições e garantir que nada saísse flutuando pelo módulo de comando e que todas as diretrizes de consumo de comida e bebida fossem cumpridas. Agora, podiam se deslocar sem o menor esforço. A diferença entre em cima e embaixo não importava mais; sem gravidade, não havia nada para sinalizar ao corpo se ele estava de pé ou deitado.

Mia estivera preocupada que essa perda de pontos de referência a deixasse nauseada, mas isso não havia acontecido. Felizmente. Não só a NASA teria se recusado a deixá-la partir na missão se achassem que ela desenvolveria enjoo espacial, mas qualquer vômito potencial em um ambiente onde instrumentos insubstituíveis cobriam cada superfície disponível, e não haver jeito de controlar fluídos flutuantes teria — para dizer o mínimo — consequências desagradáveis. O vômito teria flutuado por aí livremente, lento e grudento, e eles seriam forçados a tentar coletá-lo com os dedos, pedaço por pedaço, antes que atingisse a tudo e todos, criando um odor intolerável — e, pior de tudo, ameaçando a possibilidade de nausear o resto da tripulação também.

À noite, eles se prendiam aos beliches e dormiam de pé. Dessa forma, ocupavam menos espaço do que se dormissem deitados. De dia, espremiam-se na pequena sala de controle e observavam enquanto o comandante Nadolski, Caitlin, Wilson e Stanton faziam cálculos, inspeções e ajustes e falavam com a torre de controle da NASA pelo rádio. Era uma mensagem sem sentido atrás da outra:

— Houston, *Ceres* aqui. Vamos mudar para 34/5, CR IN PX.

— Recebido, *Ceres*, mudando para 34/5, CR IN PX. Tudo pronto para drenar o bocal do DMV.

— Recebido. Bocal do DMV drenado, simenologia paralela implementada. TVI é de 74.56.

— Certo. Um momento. OTY é de 54-5, 54-5, 54-5, 89-7, 89-8...

No começo fora interessante ouvir tudo isso e tentar adivinhar o que significava. Mas agora o tagarelar incessante e repetitivo nas linhas de comunicação tornara-se apenas irritante. Mia fazia o possível para bloquear o barulho.

As janelas estavam enevoadas. A respiração de oito pessoas criava condensação na cápsula, e Mia tinha de esfregar o vidro em intervalos regulares para conseguir ver o exterior. Não que houvesse muito para ver. As estrelas que tanto a haviam atraído e transfixado no dia anterior estavam começando a entediá-la. Não mudavam; nada mudava. Era incrivelmente estranho sentir-se na imobilidade total, embora soubesse que na verdade estavam viajando a mais de quarenta e oito mil quilômetros por hora.

As primeiras horas após deixarem o Centro Espacial Kennedy haviam sido as melhores. Ela se amontoara na maior janela com Midori, Antoine e Caitlin e observara a Terra enquanto a cápsula espacial a orbitava. A visão havia sido indescritível. Ela não só fora capaz de ver a forma da Terra com clareza total, como se fosse uma enorme bola de praia, como também vira países inteiros — sim, quase continentes inteiros. A Itália parecia mesmo uma bota, e Caitlin mostrou a eles incêndios florestais em Portugal. A fumaça se espalhava por sobre o terreno em linhas brancas. Era estranho pensar que mais de sete bilhões de pessoas viviam na Terra e ainda assim era impossível ver os edifícios. Nenhuma das grandes cidades era visível. O mundo todo parecia deserto.

Mas Caitlin adivinhara o que ela estava pensando.

— À noite, fica diferente — afirmou. — Só então vocês vão ver as luzes acesas onde as pessoas vivem. E as partes desabitadas do planeta.

Mia lembrou na mesma hora que não havia lido ainda a carta escrita por Sander em Nova York mais de três meses antes. Aqueles primeiros dias em Houston haviam sido tão corridos que ela esquecera de tudo que não fosse parte do treinamento. Lembrara-se de trazer a carta quando deixaram Houston, mas guardara-a no armário. Naquela agitação toda, não lembrava nem se a trouxera para a missão. Mas a trouxera, não? Vasculhou rapidamente a pequena bolsa com itens particulares que tivera permissão de trazer, mas não a encontrou. Queria virar a bolsa e jogar tudo no chão para ter certeza de que a carta não estava escondida entre os diários e outras coisas, mas sabia que isso era impossível. As coisas sairiam rodando sem controle e seria complicado guardar tudo depois. Além do mais, não seria uma manobra particularmente popular diante da tripulação.

Resignada, teve de aceitar o fato de que a carta do irmão provavelmente ficara na Flórida. Talvez o conteúdo fosse bobo, mas, até onde ela sabia, poderia ser muito inteligente. Sander podia não ser como as outras crianças da sua idade, mas às vezes, quando menos se esperava, ele a surpreendia com uma súbita onda de inspiração. Mas a carta teria de simplesmente esperar mais algumas semanas. Intocada.

Antoine estava reclinado atrás de Mia, cochilando. Nadolski e Caitlin estavam debruçados sobre uma pilha de papéis, murmurando em voz baixa um para o outro enquanto tomavam notas em cadernos pretos. Aldrich Coleman, a pessoa mais velha a bordo, estava sentado com a cabeça nas mãos, olhando pela janela. Era um homem forte de cinquenta e nove anos, barba curta e pouco cabelo. Parecia ainda mais entediado que Mia, e esse poderia muito bem ser o caso. Ele também não tinha nada a fazer no momento. Seu trabalho só começaria quando pousassem na Lua e entrassem na base lunar. Seria responsabilidade de Coleman garantir que a base funcionasse e que todos seguissem as regras. Mas, até lá, era só um passageiro.

Midori estava sentada do lado esquerdo de Mia, lendo um livro. Mia a tocou levemente no ombro.

— O que está lendo? — perguntou, esperando iniciar uma conversa para matar o tempo.

Midori baixou o livro, virou-o e olhou para a capa, como se não tivesse muita certeza do que lia.

— *Robinson Crusoé* — respondeu. — Conhece?

— Conheço a história, pelo menos.

— Já imaginou como seria ir parar em uma ilha deserta um dia? Ou como seria se todas as pessoas do mundo desparecessem e só restasse você, e tivesse de se virar totalmente sozinha? Já parou para pensar nesse tipo de coisa? Que talvez você nunca mais visse outras pessoas? — Ela não esperou resposta antes de acrescentar: — Eu penso nisso o tempo todo.

Caitlin se aproximou e se espremeu ao lado de Mia.

— Como vão vocês?

Mia deu de ombros.

— Tudo bem.

— Estão vendo aquela tela ali? — perguntou a mulher, apontando para uma pequena tela de vídeo que exibia o número 122 brilhante. As garotas confirmaram. — Significa que faltam cento e vinte e dois minutos para a gente se desconectar da *Ceres*. E isso, senhoritas, significa que logo vamos pousar na Lua. Então, a não ser que vocês tenham outros planos melhores, sugiro que comecem a vestir seus trajes e colocar suas coisas no módulo de alunissagem.

Ela abriu um grande sorriso amigável para elas ao dizer a última frase, mas nem Mia nem Midori notaram. Já estavam acordando Antoine e começando a percorrer a espaçonave até onde eram guardados os trajes espaciais herméticos.

As horas seguintes passaram com tremenda velocidade. Os trajes foram vestidos, os tubos conectados e as válvulas fechadas. Caitlin guiou-os pela espaçonave até a escotilha oval, agarrou a enorme roda no meio dela e girou-a. A escotilha se abriu.

— Entrem. Tomem cuidado para não bater em nada. Sentem-se nos fundos e afivelem os cintos de segurança. — Caitlin desapareceu por um segundo e depois reapareceu com os outros tripulantes. Um por um, eles entraram no módulo lunar: Midori, Antoine, Caitlin, Mia, Stanton, Wilson e Coleman. Só Nadolski ficou na *Ceres*, confirmando os detalhes finais com a Terra.

— O.k., Houston, tudo pronto para a separação aqui. LOWP está ajustado em 6658. A *Ceres* vai prosseguir na órbita definida até nos reconectarmos de novo, daqui a cento e setenta e duas horas. Estou indo para o módulo lunar *Demeter* agora.

— Entendido, *Ceres*. Boa sorte.

— Aqui é a *Ceres*. Câmbio e desligo.

Então, Nadolski entrou no módulo lunar. Mia ficou surpresa ao ver que a tela da *Ceres* — onde ela lera 122 da última vez que olhara — agora mostrava restar apenas um minuto. Nadolski fechou a escotilha de aço e girou a roda firmemente até selá-la. Voltou-se para as outras sete pessoas apertadas na cápsula microscópica.

— Espero que ninguém aqui tenha medo de contatos imediatos. — Ele riu. — Vocês parecem sardinhas enlatadas.

Caitlin colocou os fones de ouvido e o microfone.

— Houston, *Demeter*. Pronta para desconectar.

— Entendido, *Demeter*.

— Vamos nos desconectar em cinco, quatro, três, dois, um. — Ela apertou um interruptor e ouviu-se um *clunk* baixo. — Desconexão bem-sucedida — informou.

— Certo, *Demeter*. Vocês têm permissão para descer.

Caitlin dirigiu-se aos outros passageiros:

— Tá legal, pessoal, é agora. Estamos prontos para começar a descer e pousar na Lua. Vamos pousar daqui a cinquenta e cinco minutos. Como vocês sabem, sou a piloto do módulo lunar e o comandante Nadolski vai me ajudar ao longo do processo. Isso significa que agora preciso pedir para vocês ficarem bem quietos até eu avisar que podemos conversar de novo. Vamos precisar de concentração total. Entendido?

— Sim — responderam Mia e Antoine em uníssono.

Caitlin não pareceu satisfeita.

— Vou perguntar de novo: entendido?

Desta vez, ninguém respondeu.

— Ótimo. Então, vamos começar.

Os cinquenta e cinco minutos seguintes pareceram mais um sonho que qualquer outra coisa. Foi como se todos estivessem segurando a respiração. Com exceção da conversa sussurrada entre Caitlin e Nadolski e dos informes regulares do centro de controle em Houston, o silêncio a bordo foi completo.

Então, a vista mudou. No lugar do nada escuro, Mia agora conseguia ver a superfície cinzenta da Lua pela única janela. A cada minuto que passava, os contornos se tornavam mais e mais distintos. Ela viu montanhas e vales, colinas e desfiladeiros.

Então, quando o módulo rolou de lado, ela teve a visão mais excepcional que já tivera: seu primeiríssimo nascer da Terra.

Enquanto o planeta azul emergia vagaroso no horizonte da Lua, de repente ela percebeu quão longe de casa realmente estavam.

Caitlin voltou-se para os três adolescentes.

— Bom, é hora de sorrir! Vamos ligar as câmeras e transmitir ao vivo para a Terra a partir de agora até pousarmos.

Nadolski apertou alguns interruptores, ligando duas câmeras de vídeo.

— Acenem para o pessoal lá em casa — disse ele.

Mas ninguém fez isso. Estavam ocupados demais observando o que acontecia do lado de fora.

— Vocês têm permissão para pousar — anunciou o centro de controle em Houston.

— Alunissagem em dois minutos e trinta segundos — informou Nadolski ao controle.

— Girar três graus para baixo — ordenou Caitlin, e Nadolski obedeceu ao comando.

— Dois minutos para alunissagem.

Mia podia ver a superfície muito claramente agora. Pensou que nunca vira nada tão inanimado. Tudo era apenas cinza. Cor de cinza mesmo, sem o menor sinal de vida.

— Um minuto!

Midori segurou-se a ela com força. Antoine parecia colado à janela.

— Ah, meu Deus! — exclamou ele. — É maravilhoso!

Caitlin olhou para ele duramente.

— Quieto, Antoine! Senão, vai ter de fazer o resto do caminho a pé!

— Trinta segundos — informou Nadolski.

— Dois e meio adiante, vire um pouco para a esquerda.

— Quinze segundos, levantando um pouco de poeira.

Teria sido possível ouvir um alfinete caindo.

— Dez segundos.

Teria sido possível ouvir a grama crescendo.

— Cinco segundos.

Teria sido possível ouvir Deus pensando.

— Contato. Motor desligado. Luz de contato acesa.

Caitlin estava de pé, voltada para Mia e Midori enquanto anunciava orgulhosamente para o Controle da Missão em Houston e os milhões de pessoas que certamente estavam assistindo à transmissão ao vivo:

— Houston, a *Demeter* pousou no Mar da Tranquilidade.

Mia olhou pela janela.

Eles haviam chegado.

ALDRIN

O capitão Nadolski abriu a escotilha. Ele verificara cada um dos trajes e garantira que os capacetes estivessem devidamente presos. Coleman tirou o ar da *Demeter*. Então, Nadolski girou a grande roda e abriu a escotilha para o vácuo.

— Vamos esperar que a Lua mostre sua face mais hospitaleira — foi a última coisa que ele disse antes de se virar e descer do módulo de costas.

Caitlin foi a próxima a sair. Demorou um pouco para encontrar a escada com os pés antes de finalmente sentir o degrau e começar a descer. Assim que colocou ambos os pés no chão, apontou uma câmera de vídeo para a escotilha aberta para filmar tudo o que acontecia.

E, um por um, eles foram descendo à superfície lunar.

Midori teve problemas para se deslocar. O traje era enorme e tornava cada movimento difícil. Constantemente, ela precisava dizer a cada um de seus membros o que fazer antes de eles se mexerem, e ainda assim não pareciam seguir muito as suas ordens. De repente, ela sentiu que uma mão pegava sua perna esquerda e a colocava na escada enquanto ouvia Nadolski dizer, pelo intercomunicador:

— Te peguei.

No minuto seguinte, ela estava com os pés plantados na poeira cinza.

A primeira coisa que percebeu foi o silêncio. Um silêncio morto, avassalador, como se o único som restante no espaço fosse o de sua própria respiração abafada. Isso lhe deu a sensação de ter saído do universo em si.

Midori imaginou se os pais estariam assistindo ao pouso neste momento. Provavelmente sim. Depois da decolagem, haviam sido enviados de volta a Houston com os pais de Mia e Antoine, e agora era quase certo que estavam sentados em algum ponto do centro de visitantes do Centro Espacial Johnson se gabando de que aquela era a filha deles. Não era difícil imaginar a mãe incessantemente preocupada ao pensar em tudo o que poderia dar errado na viagem.

Ao descer, Mia pensou em dizer algumas palavras bem escolhidas. Passara muito tempo tentando inventar algo que parecesse apropriado à ocasião, algo histórico. Mas não conseguira pensar em nada. Nem uma única palavra. E agora, de pé na superfície, tentando acalmar os batimentos cardíacos e se orientar, entendeu por quê. Seu recém-descoberto respeito por Armstrong e Aldrin apenas cresceu. Nenhuma palavra parecia capaz de captar a beleza e a lugubridade deste lugar. Mas eles haviam conseguido. Especialmente Aldrin. Ele saíra do módulo e comunicara à Terra as únicas palavras possíveis: *Magnífica. Magnífica desolação.*

Antoine foi o último dos três a sair do módulo. Fora ele quem passara mais tempo no laboratório de flutuação neutra em Houston, e deixou a nave como um profissional. Sem hesitação, sem dificuldade, ele simplesmente saiu de costas, encontrou a escada e desceu. Olhou ao redor, como se para ter certeza de que estava no lugar certo, antes de fazer sinal de positivo para Nadolski. Estavam todos ali, toda a tripulação, prontos para ir.

Então, um pensamento ocorreu a Antoine sem aviso, mas com grande intensidade. Era mais uma afirmação da verdade do que uma reflexão casual. *Nosso lugar não é aqui. Nem um pouco.* Mas ficou de boca fechada.

Nadolski instruiu-os quanto à maneira mais fácil de se deslocar no fraco campo gravitacional da Lua:

— Imaginem que estão debaixo d'água. Lembram do que praticamos na piscina? Ótimo. O jeito mais fácil de se mexer é se inclinar levemente para a frente, mas não muito. Se vocês caírem com esses trajes enormes, vão precisar de ajuda para levantar. E, pelo amor de Deus, para de pular pra todo lado, Midori!

Ele os deixou praticar por alguns minutos antes de sinalizar para Aldrich Coleman.

— Tá legal. Todo mundo aqui? Então, vamos para a base lunar — disse Coleman.

Mia nem havia percebido, mas, agora que Coleman os estava conduzindo para longe do módulo lunar, de repente ela notou uma enorme instalação a algumas centenas de metros de distância. Ele notou que ela olhava para lá.

— É, aquela é a DARLAH 2 — disse Coleman. — Não é linda?

Mia encolheu os ombros, espiando a construção branca. Era difícil saber o que parecia. Um contêiner de transporte oblongo, branco e absurdamente grande, talvez.

— Não sei bem se "linda" é a palavra certa — respondeu ela.

— Ah, espera só. Você vai ver. Depois que tiver passado uns dias lá. Além disso, garanto que é muito melhor estar lá dentro do que aqui fora, neste deserto.

— O que aconteceu com a primeira, afinal?

— Como assim? — perguntou Coleman.

— Quero dizer, se essa base é a DARLAH 2... bom, então, cadê a DARLAH 1?

Ele fez uma pausa, fechou a expressão e a voz adquiriu um timbre sério:

— Depois a gente fala sobre isso — foi tudo o que disse. Depois, afastou-se dela e dirigiu-se ao resto do grupo: — Vamos. Temos de entrar antes que o sol fique forte demais.

— Bom, pessoal — Mia ouviu Caitlin dizer pelo intercomunicador, dirigindo-se aos telespectadores na Terra —, vocês estão prontos para a grande revelação? Como podem ver, estamos sãos e salvos, e a caminho da DARLAH 2. É a base lunar fixa onde vamos passar as próximas cento e setenta e duas horas.

Enquanto caminhavam lentamente até lá, Caitlin narrou uma história que fora mantida em segredo do resto do mundo por quase meio século:

— A DARLAH 2 é composta de módulos construídos e transportados até a Lua por naves da NASA. Quatro equipes de seis astronautas, com a ajuda de *buggies* lunares e robôs altamente sofisticados, montaram a base durante um período de cinco anos entre o meio e o final dos anos setenta em um programa chamado Operação DP7. A existência do programa foi mantida em segredo do público porque tanto a NASA quanto o governo dos Estados Unidos temiam que os soviéticos não acreditassem que o motivo de construir uma base permanente na Lua não tinha nada a ver com trazer armas para o espaço. O objetivo dela era ser um local de pesquisas para a mineração de metais raros, assim como uma área de lançamentos para futuras expedições internacionais a Marte, que a NASA tinha imaginado poder empreender no fim dos anos noventa. Os astronautas da DP7 trabalharam a partir da estação espacial Skylab, que foi oficialmente abandonada em 1974. Em 1979, quando o trabalho na Lua já estava completo, a Skylab foi propositalmente levada à atmosfera da Terra, onde se desintegrou sobre a Austrália. Curiosamente, os astronautas nunca entraram na DARLAH 2 durante todo o tempo que passaram montando-a na superfície. Os módulos da base foram selados de forma a não corromper o ambiente. Os astronautas tiveram de ficar no compartimento apertado de seu módulo lunar enquanto estavam na Lua, trabalhando em turnos. Infelizmente, a NASA nunca mandou ninguém para Marte, então, a base esteve aqui, inativa, esse tempo todo. Uma peça de museu muito, muito bem escondida. Até agora.

— Agora? — perguntou Mia.

— Sim. A NASA, ao lado das agências espaciais do Japão, Europa e Rússia, planeja finalmente começar a usar este lugar.

— Então, finalmente nós vamos a Marte?

— Não em um futuro próximo. Seria preciso passar seis meses naquela nave para chegar lá. Acrescente outros seis meses para voltar. O plano é usar a DARLAH 2 como base na busca por tântalo setenta e três, um metal de transição muito raro usado em computadores e no desenvolvimento de nanotecnologia. Mas por enquanto chega disso. O mais importante agora são *vocês*. — Caitlin apontou para Midori, Mia e Antoine. — Estes três jovens vão ser as primeiríssimas pessoas a visitar a base desde que ela deixou a Terra, peça por peça.

Ela tem uma voz perfeita para a TV, pensou Mia. *É como se tivesse sido feita para isso.*

— A DARLAH 2 tem duzentos e quarenta e oito metros por noventa e seis metros, divididos em quatro módulos e um gerador de oxigênio. A base tem uma sala de estar, uma sala de comunicações, seis quartos, um banheiro, uma despensa e uma enfermaria. Também tem sua própria estufa conectada ao gerador de oxigênio, que não só cuida de reproduzir oxigênio como também fornece comida suficiente para alimentar os astronautas por um longo tempo. O plano é que a DARLAH 2 sirva como residência tanto para futuros astronautas que conduzirão pesquisas na Lua como para astronautas a caminho de Marte.

Ela virou a câmera para o chão e continuou:

— Estamos agora em um momento histórico, talvez o mais histórico de todos. Este é o local exato onde a *Apollo 11* pousou em 20 de julho de 1969. A marca da bota do astronauta Buzz Aldrin ainda está claramente visível no pó.

Eles olharam incrédulos para a pegada.

— A NASA decidiu preservar a pegada de Aldrin como um monumento ao primeiro pouso lunar. — Caitlin colocou uma caixa transparente de acrílico por cima dela para impedir que quaisquer outros astronautas adulterassem a marca histórica. — Por causa do vácuo aqui, essa única pegada poderá permanecer inalterada por milhões de anos. Assim como todas as nossas pegadas podem continuar aqui pela eternidade, já que não há chuva, neve ou vento para apagá-las.

A alguns metros da pegada, Midori encontrou algo que no início pensou ser lixo. Diversos objetos brancos estavam espalhados no chão. Ela se afastou um pouco do grupo para investigar mais de perto. Pareciam ser partes de um módulo de pouso semelhante àquele no qual haviam chegado. Talvez fossem restos da primeira alunissagem.

— Caitlin! — chamou pelo microfone embutido no capacete. — Você pode vir até aqui um instante?

A mulher chegou rapidamente com a câmera na mão.

— Ora, olha só pra isso. O trem de pouso do módulo lunar *Eagle*. Eles o deixaram aqui, sabe. O Armstrong e o Aldrin. Para perder peso. O mesmo vale para o resto do que você vê ao seu redor. Deixaram aqui tudo de que não precisavam.

Entre os restos havia dois itens que atraíram o interesse de Midori: um par de botas lunares.

— E isso aqui? — perguntou.

Caitlin aproximou-se e deu um *zoom* com a câmera.

— Sim. Essas são as verdadeiras botas lunares do Buzz Aldrin. Ele as deixou aqui também.

Midori estava cética.

— Está dizendo que ele voltou para a Terra só de meias?

— Bom, na verdade ele estava com um par de botas internas termoisolantes, mas… sim.

— Elas também vão ser preservadas para sempre, por acaso? — perguntou Midori.

Caitlin pensou um pouco.

— Hum, não sei. Houston? Qual é o plano para as botas do Aldrin?

Esperaram um segundo até receberem a resposta do controle.

— Não há… hã… nenhum plano especial para elas, não — chiou a resposta na caixa de som.

— Ótimo — disse Midori, pegando as botas. — Então eu vou ficar com elas. São superlegais. Embora meio grandes. — Virou-se e caminhou cuidadosamente de volta ao grupo.

— Houston, uma das adolescentes acaba de pegar as botas do Aldrin da superfície! — exclamou Caitlin.

Por um tempo houve silêncio do outro lado da linha.

— Bem — responderam finalmente —, ele deveria pensar melhor antes de jogar as coisas por aí. Deixe-a ficar com as botas. Até todo mundo voltar à Terra, pelo menos.

— Entendido — disse ela, voltando para perto de Midori, que estava tirando as próprias botas para calçar o velho par de Aldrin. — Se eu fosse você, não faria isso — avisou Caitlin calmamente, segurando-a. — As botas internas separadas que o Aldrin usava não são parte do seu equipamento. Sabe, as suas botas internas são uma parte embutida nas botas principais. E debaixo disso você só tem meias. A temperatura aqui fora é de cento e vinte graus Celsius agora. Não é uma temperatura na qual alguém deva tirar a roupa.

— Tem razão. — Midori parou imediatamente. — Obrigada.

— Não tem de quê. Vem, vamos entrar.

Midori seguiu Caitlin, entrando na base lunar, e o resto do grupo foi logo atrás delas, com Mia por último. Ela havia notado que Midori pegara as botas e não pudera deixar de sentir uma certa inveja. As botas italianas de paraquedista que se danassem — isso era totalmente diferente! Mas talvez ela pudesse ao menos ficar com as que usava agora. Isso também não seria nada mau.

A cada quatro ou cinco passos, Mia se virava e olhava para as pegadas que estava deixando. Já havia muitas delas agora, vinte pés uns por cima dos outros no pó lunar. Ela imaginou o que Aldrin deveria ter sentido quando se tornara o primeiro a deixar pegadas fora da Terra.

Não teve tempo para pensar muito mais antes de Caitlin parar. Diante delas assomava o enorme edifício cinza com o logotipo da NASA. Tinha só um andar, mas, pelo que ela podia ver, prolongava-se por dentro em um emaranhado de corredores e alas que se estendiam por várias centenas de metros de lado a lado. Um grande teto em forma de domo se erguia no meio, e atrás dele ela viu o imenso gerador de oxigênio — com pelo menos vinte metros de altura — que garantiria a eles acesso ilimitado ao ar fresco em seu interior.

Nadolski tomou a dianteira, digitando um código no teclado à esquerda de uma enorme escotilha, onde se lia ESCOTILHA 1, e girou uma grande roda para abri-la. Para surpresa de Mia, ela se abriu em absoluto silêncio. Ela esperara um som de raspar e ranger. É o vácuo que faz isso, pensou. É por isso que não há som.

A isso seguiu-se outro pensamento que ela nem tinha ideia de onde viera, mas abriu caminho à força em meio à sua consciência e deixou-a apavorada: *No espaço, ninguém pode te ouvir gritar.*

Depois de hesitar por um momento, ela seguiu Nadolski, entrando na câmara de descompressão com os outros. Ele fechou a porta e equalizou a pressão para que todos pudessem tirar o capacete e respirar o ar da base.

Estavam dentro da DARLAH 2.

O NOME

Puseram Himmelfarb na poltrona diante da TV no quarto. Às vezes, faziam isso quando não havia auxiliares suficientes para ficar de olho em todos os moradores. Sempre funcionava como um feitiço. Os idosos ficavam sentados lá, educada e impecavelmente, e esqueciam tudo a respeito do tempo e do espaço e do fato de que ninguém lhes dava um banho havia muitos dias.

O sr. Himmelfarb estava animado e feliz. Via um *talk show* e a câmera acabava de fazer uma panorâmica da plateia. De alguma forma, ele enfiara na cabeça que toda aquela gente apareceria de surpresa para tomar uma xícara de café com ele no quarto. Começou a revirar o guarda-roupa e os armários em busca de pratos e talheres para servir os convidados e arrumou os utensílios lindamente na cama. Jogou fora as flores que estavam no parapeito da janela e derramou a água do vaso em alguns copos.

— Aí está — murmurou inaudivelmente, voltando o olhar preocupado para a TV. Mas as pessoas ainda estavam sentadas lá. Por que não se levantavam?

Não havia copos suficientes para todas — era esse o problema. Ele colocou os sapatos, o chapéu, o rádio e os quadros da parede em fila na cama. Encheu o vaso e derramou água nos sapatos. *Pronto*. Virou-se para a tela outra vez. Por que os convidados não queriam se levantar?

O sr. Himmelfarb afundou na poltrona e ficou ali sentado por meia hora antes que uma das auxiliares viesse ver como ele estava e encontrasse a cama cheia de coisas. Ela pousou a mão cuidadosa no ombro dele.

— O senhor recebeu visitas de novo? — perguntou suavemente.

Himmelfarb assentiu em silêncio.

A auxiliar mudou de canal e a plateia desapareceu.

— Pronto. Veja, agora eles já foram embora de novo, cada um deles. — Nem notou que o velho estava chorando.

Um novo documentário sobre o espaço havia acabado de começar enquanto ela guardava tudo. Na tela diante de Himmelfarb, a atividade era frenética. Velhas imagens de arquivo mostravam pesquisadores empenhados no trabalho de juntar várias peças de equipamento e conduzir testes. Não era fácil ver exatamente o que eles estavam fazendo, ou onde as imagens haviam sido feitas, e a voz também não dizia nada sobre isso. Estava ocupada contando a história do programa espacial americano. O sr. Himmelfarb não absorvia nenhuma dessas informações, mas ainda assim continuava colado à tela.

Uma vaga sensação de reconhecer alguns dos rostos que sorriam para ele em uma foto tomou forma. Ele sabia onde aquela foto havia sido tirada, não? Fora em um dos hangares no observatório Goldstone, e as pessoas na frente trabalharam em um projeto sobre... sobre o que mesmo?

Ele tentou lembrar. A pessoa no centro da foto estivera no comando; na época, o sujeito mal tinha vinte anos. Mas... mas ele se tornara o responsável porquê... porque sabia de alguma coisa, não era isso? Sim, era isso. Ele fizera alguns cálculos excepcionais na faculdade e fora convocado a Goldstone para trabalhar naquilo que as pessoas chamavam simplesmente de "a questão da Lua". Qual era mesmo o nome dele? Cohen? Não... Kaufmann? Não, também não era isso.

O sr. Himmelfarb estava começando a ficar confuso novamente. Era difícil se concentrar, mas ele continuou tentando. Essa fotografia, o que estava mostrando? Ele a analisou mais atentamente, tentando ver além das pessoas, enxergar a estrutura atrás delas.

A foto desapareceu e foi substituída por outra tirada de um ângulo levemente diferente. A locução explicava que era o famoso veículo explorador lunar, o Lunar Roving Vehicle, ou LRV, fotografado com a equipe que o havia projetado e construído na fábrica da Boeing no Illinois. Mas estava errada. Essa imagem era de Goldstone. Sem dúvida. O sr. Himmelfarb continuou procurando o nome daquele homem, mas agora era quase totalmente impossível. Collins? Não. Kleinmann? Não tinha certeza. Uma terceira imagem apareceu na tela, desta vez tirada do outro lado da sala. Era uma fotografia mostrando a traseira do LRV e as costas dos "pesquisadores".

Mas não foi isso que subitamente aterrorizou o sr. Himmelfarb.

O medo veio de ver uma porta semiaberta no fundo da foto. Não era para ser uma parte importante da cena, mas foi o que chamou sua atenção. Mal foi possível ter um vislumbre de um homem baixo com uma caixa de ferramentas parado na entrada da sala. O rosto não estava nítido, e ele só seria percebido por quem soubesse que estava parado lá. Mas o sr. Himmelfarb o reconheceu. E percebeu que parecia aterrorizado.

O homem na foto era ele.

— Pronto — disse a auxiliar, desligando a TV. — Você não pode passar a noite em claro vendo TV, sabe.

O sr. Himmelfarb ficou ali, olhando para a tela preta, mas tudo o que viu foi a si mesmo. Parecia estar zombando dele no reflexo no vidro, o escárnio repugnante de um louco. Ele fechou os olhos e assim ficou por alguns segundos antes de abri-los. Agora, só restava o próprio rosto triste encarando-o. A pessoa mais solitária da face da Terra.

O *pager* da auxiliar bipou no bolso e ela o sacou.

— Pode ficar aqui um pouco, Oleg? Eu volto para ajudar você a ir para a cama em vinte minutos. — Ela deixou o quarto sem esperar resposta.

Mas o sr. Himmelfarb nem notou que ela saíra. Foi como algo pequenino que estalou em sua consciência. Em um clarão, as terminações nervosas no cérebro pareceram se reconectar, realmente se reconectaram, e a certeza passou sobre ele como um maremoto de consciência.

Este é o lugar onde eu moro, pensou.

Estas são as minhas coisas.

Eu moro em uma casa de repouso?

Foi lentamente até o espelho que a auxiliar voltara a pendurar sobre a pia antes de sair e se olhou. Lágrimas escorreram pelas bochechas quando viu o rosto envelhecido encarando-o. Era como se ano após ano sentindo falta dos filhos, da esposa, da vida inteira, da pessoa que costumava ser estivessem comprimidos em um segundo avassalador de discernimento. As portas da mente estavam escancaradas e o pensamento era claro como o mais fino cristal.

Coleman. O nome dele era Coleman. Não Cohen nem Kaufmann. Coleman.

Então, veio o desmoronamento. Ele se lembrou de tudo o que acontecera em Goldstone no dia em que a foto fora tirada. A memória o tomou de assalto, quase lhe roubando o equilíbrio.

Lembrou-se de Coleman, dos relatórios sobre os eventos na Lua. Pôde visualizar claramente a imagem granulada que os astronautas da *Apollo 17* haviam tirado nas montanhas lunares durante sua atividade extraveicular. Fora Coleman quem havia mostrado a foto a ele em uma tarde no outono de 1979, e só pensar nisso o fez tremer.

A imagem mostrara o astronauta Eugene Cernan subindo no LRV. Ele parecia desajeitado, como se estivesse com pressa e não conseguisse se mover rápido o bastante. E a menos de cem metros atrás dele, no vale Taurus-Littrow, estava a razão. Uma silhueta escura, de contornos difusos mas obviamente sem um traje espacial, usando roupas comuns, vinha em sua direção. O sr. Himmelfarb encontrara Eugene várias vezes. Um cara legal, que infelizmente nunca mais fora o mesmo após a missão Apollo.

Isso podia ter a ver com o fato de que a figura no fundo da foto, que estava indo direto para o veículo, mostrava uma semelhança notável com o próprio Eugene.

DARLAH. Eles vão começar a usar a base.

Mas nós concordamos em nunca mais voltar lá.

Nunca.

Ele tirou a carteira da jaqueta e encontrou os sapatos perto do guarda-roupa. Cuidadosamente, para não submeter o corpo frágil a nenhum movimento brusco, inclinou-se e pegou-os, sentou-se na beira da cama, calçou-os e saiu da sala. Caminhou pelo corredor tão rápido quanto pôde, dirigindo-se ao telefone junto das escadas.

Ainda há tempo. Eles ainda podem abortar a missão se não tiverem pousado.

Temos de contar tudo a eles. Tudo mesmo.

Não viu ninguém pelo caminho. Os poucos auxiliares que estavam trabalhando se ocupavam com os pacientes nas outras alas da casa de repouso, o que lhe deu acesso irrestrito ao telefone no corredor.

Com mãos trêmulas, ele inseriu algumas moedas no aparelho e teclou o velho número principal de Goldstone. Nem lhe ocorreu quão impressionante era que, nesse súbito estado de lucidez, ele conseguisse realmente lembrar a sequência — mas não importava. A memória era fútil.

— *O número chamado* não existe.

É claro. Fazia tanto tempo desde que ligara pela última vez. É claro que eles deviam ter números totalmente diferentes agora.

Ele folheou a lista telefônica presa ao telefone por um cabo de metal.

K. L. M. N.

Ali estava. *N.*

NASA.

Encontrou o telefone do Centro Espacial Kennedy. Teclou-o.

Havia uma mensagem gravada. Um menu com opções. Opções demais. Era confuso. Ele tentou apertar o zero na esperança de que um telefonista atendesse. Não... só gravações robóticas, inapropriadamente alegres.

Olhou o relógio. Deveria haver pessoas lá.

Tentou outra vez, mas não importava a sequência de números que usasse, não conseguia falar com um ser humano.

O desespero e o medo começaram a tomar o controle quando ele bateu o telefone. Sentia o coração acelerado e o peito dolorido. *Cabo Canaveral*, ocorreu-lhe. *Vou tentar Cabo Canaveral.* Folheou a lista novamente, encontrou o número, teclou.

Um homem jovem atendeu.

— Base da Força Aérea de Cabo Canaveral. Como posso ajudar?

Nessa hora, o sr. Himmelfarb deveria ter começado a explicar. Deveria ter explicado tudo, tudo o que sabia, o que eles precisavam fazer, por que a missão deveria ser cancelada imediatamente. Que precisava falar com o dr. ██████ pessoalmente, assim que possível.

Mas não conseguiu dizer uma palavra.

Sua memória voltara, mas o centro de fala do cérebro não obedecia. Nada saía de sua boca além de sons abafados, não importava quanto se esforçasse para pronunciar tudo corretamente.

— Senhor, há algo em que eu possa ajudar?

Ele gorgolejou e tentou ainda mais. Mas não funcionou.

Não faça isso comigo. Não faça isso comigo.

— Senhor, ainda está aí?

Me deixe dizer só uma frase. Só avisá-los. É tudo o que peço.

— Senhor, terei de desligar agora.

Não, não desligue, não desligue. Só me dê um tempo.

— Adeus.

Droga!

Sentiu uma muralha de raiva erguer-se dentro dele e quase desmaiou. Com mais força do que pensou que as velhas mãos tinham, atacou o telefone usando o bocal como arma. Causou enormes rachaduras no invólucro de plástico, lascas voando em todas as direções, e deu um puxão no bocal, arrancando o fio, mas não se deteve. O aparelho finalmente se partiu em pedaços nas mãos de Himmelfarb, os fragmentos caindo no chão. Mas ele continuou a bater, agora com os punhos. Arremeteu contra a placa de metal frontal usando o ombro, e moedas caíram, tilintando ruidosamente no chão. É tarde demais, pensou, erguendo as mãos acima da cabeça. A dor se estendeu pelos braços e ele bateu o corpo contra o telefone. Este caiu da parede, ficou pendurado por um segundo e depois foi ao chão com um baque. O sr. Himmelfarb ficou ali em silêncio, perto do aparelho, até os auxiliares chegarem correndo. Ainda assim, só conseguia pensar em uma coisa:

Não podiam voltar lá.

Tinham de ficar longe.

Nunca voltem lá.

DARLAH 2

Antoine levou a mão à garganta, tateando em busca do fecho do capacete.

— Me deixe ajudar. Só um segundo. — Coleman se aproximou dele e o ajudou a soltar o fecho. — Pronto.

Antoine tirou o capacete e inspirou fundo.

Havia algo no ar. Ele percebeu assim que emergiram da câmara de descompressão, entrando no primeiro dos antigos módulos. O ar parecia velho, abafado, como se tivesse desistido de um dia ser respirado por alguém. Nada além do tempo passara por aqui. As paredes pálidas estavam cobertas de equipamentos e aparatos eletrônicos que eram obviamente dos anos setenta. Grandes LEDs de diversas cores e padrões piscaram enquanto eles se dirigiam ao módulo dois. Computadores obsoletos guinchavam códigos numéricos e linhas de informação que nenhum deles conseguia interpretar.

Além disso, havia um silêncio desconcertante; só os pés dos astronautas na grade de aço do piso produziam ecos estrondosos a cada passo que davam. Isso fazia Antoine sentir como se estivesse em uma igreja, onde deveria ser respeitoso e reverente. Mas esse pensamento foi interrompido por outro, mais sombrio, que ele não pôde explicar.

Deus não está aqui. Deus nem sabe que este lugar existe.

— Sugiro que a gente se separe em dois grupos — disse Caitlin a Nadolski. — Eu fico com os jovens. Você leva o Wilson, o Stanton e o Coleman à sala de comunicações e informa nossa entrada à Terra.

Nadolski concordou, mas pareceu irritado. Quem estava mesmo no comando aqui? Era ele, não era? Afinal, era o comandante da missão. E aqui estava Caitlin, nada além de uma piloto, tomando as rédeas.

— Tudo bem — respondeu ele, conciso, sinalizando para os homens que deveriam segui-lo.

Caitlin entregou a câmera a Antoine e pediu que ele filmasse a jornada pelo módulo dois para a plateia na Terra. Ele foi para trás do grupo e incluiu-o todo no visor enquanto prosseguiam. Caitlin parou na primeira escotilha e falou diretamente à câmera:

— Alguns de vocês em casa devem estar surpresos pelo fato de haver gravidade aqui na DARLAH. Pelo fato de a base ter sido construída para longas estadas, um dos problemas que a NASA enfrentou foi como criar gravidade artificial. Isso foi importante para minimizar a atrofia muscular nos astronautas que passariam longos períodos aqui sob condições de gravidade próxima de zero. Um sistema altamente especializado, localizado debaixo do chão na sala dos computadores, gera um campo gravitacional local de 0,97 G. É mais ou menos o mesmo da Terra, onde a gravidade é de 1 G.

Os dois grupos de quatro pessoas agora marchavam pela base em seus rígidos trajes extraveiculares. Se andar pela superfície havia sido duro no começo, a transição de volta à gravidade logo em seguida foi ainda mais difícil. Tinham de caminhar lentamente, colocando um pé na frente do outro, concentrando-se em manter o equilíbrio. Para os telespectadores, a cena devia ser ridícula. Mas, para Mia, Antoine, Midori e os outros astronautas, não havia nada de engraçado aqui.

A tensão e a expectativa pesavam no ar enquanto eles caminhavam pela base pela primeiríssima vez. A cada dez metros, mais ou menos, encontravam uma nova escotilha de aço que Caitlin ativava ao apertar um botão na parede ao lado. Podiam ouvir as bombas hidráulicas que abriam as portas fazendo um som, *pifff*, cedendo-lhes entrada na próxima sala. Dentro dela, podiam ouvir todos esses sons muito mais claramente. Caitlin explicou o porquê: aqui, as ondas de som tinham ar para se deslocarem, possibilitando ao ouvido percebê-las.

— Tudo aqui é absolutamente pré-histórico — queixou-se Midori enquanto eles iam até a próxima porta de segurança. — Como vocês podem ter certeza de que tudo ainda está funcionando? — Ela parou diante de uma porta e olhou-a ceticamente por um minuto antes de se adiantar a Caitlin e apertar o botão ativador. A porta se abriu deslizando. *Pifff.*

— Só porque é velho não significa que seja ruim — retrucou Caitlin em tom alegre. — Pense no seguinte. Eu tenho trinta e oito anos. Comparada a vocês, sou velha, certo? Mas isso não significa que eu não funcione tão bem quanto vocês, né?

— Mas isso é totalmente diferente — protestou a garota, inspirando o ar. — Aqui tem um cheiro bem esquisito. Tipo abafado.

— Vai melhorar, Midori — respondeu Caitlin, passando pela porta e entrando no módulo três. — Espere só até o ar totalmente novo começar a circular pelos módulos. Aí, vai melhorar.

— Mas vocês testaram essa base, né? — perguntou Antoine. As palavras de Midori o haviam afetado, e agora, pela primeira vez na expedição, estava se sentindo menos confiante. — Quero dizer, tem certeza de que tudo está funcionando como deveria?

— Absoluta — afirmou Caitlin gentilmente. — Tudo o que vocês veem aqui pode parecer velho, e acho que é velho mesmo. Mas ainda está em plena forma. Cada pecinha e microchip foi completamente testado antes de ser enviado para o espaço. E depois da montagem cada coisa foi checada de novo. Então, posso garantir que funciona. Além disso, acham mesmo que a NASA aceitaria o risco de enviar vocês para cá se duvidassem da qualidade do equipamento? Para não falar do envio de câmeras e da transmissão ao vivo para o mundo todo! — A voz tremeu um pouco enquanto ela falava.

— Sei lá — respondeu o garoto mansamente.

— Afinal de contas, vocês precisam lembrar que os computadores que eles tinham em 1969 eram bons o bastante para ajudar as pessoas a pousar na Lua. E, da última vez que chequei, um PlayStation não era capaz de fazer isso.

A discussão terminou ali. Mas intimamente todos eles pensavam a mesma coisa: *Você pode mesmo ter certeza?* Continuaram pelo caminho até o corredor da ala B sem dizer nada uns aos outros.

Mia e Midori dividiriam um quarto. Antoine recebeu o quarto ao lado. Todos os outros ocupariam cômodos ao longo do corredor. Primeiro, um quarto para Caitlin, depois o quarto de Wilson e Stanton, em seguida um quarto só para o administrador da base, Coleman, e, lá no final do corredor, o quarto de Nadolski. Do outro lado havia uma grande cozinha e, depois, um banheiro espaçoso que todos compartilhariam.

Caitlin levou-os em uma breve turnê. A cozinha era estranhamente velha e futurista ao mesmo tempo. Era como se alguém tivesse tentado copiar um filme de ficção científica dos anos setenta, tudo cor de marfim com cantos arredondados. Duas portas grandes na mesma parede tinham placas indicando DESPENSA e CONGELADOR. Caitlin parou diante delas.

— Aqui está nosso suprimento de comida — disse ela, sorrindo.

Os adolescentes se entreolharam.

— Como assim? — exclamou Midori. — Quer dizer que a gente vai comer o que quer que esteja aí dentro? — Ela abriu a porta da despensa e espiou lá dentro. Havia várias prateleiras cobertas com latas e caixas, todas estampadas com o logotipo da NASA e da DARLAH. — Mas isso tudo é dos anos setenta, né?

— Claro — respondeu Caitlin. — É tudo liofilizado. Dura praticamente para sempre.

— Bom, eu é que *não* vou comer nada disso. Pode esquecer — Midori se irritou.

— Isso é com você. Mas não esqueça que vamos ficar aqui por cento e setenta e duas horas, Midori. É uma semana inteira, sabe.

A mensagem pareceu atingir a garota profundamente. Pensou por um minuto antes de acrescentar:

— Bom, então espero que vocês tenham um pouco de comida asiática estocada aqui também, e não só uma pilha de hambúrgueres.

— Duvido que vá encontrar *sushi* aqui, se é disso que está falando, mas talvez a gente encontre macarrão oriental. — Caitlin olhou para o relógio. — Tá legal, são cinco em ponto. Já vimos muita coisa. Sugiro que voltem aos seus quartos para poder tirar os trajes e relaxar por umas horas. Eu volto às sete e aí nós vamos para a sala de estar na ala A nos reunir com os outros antes de irmos jantar. Está bom para vocês?

Nenhum deles fez objeção; estavam mesmo ansiosos para tirar os trajes. Só agora haviam percebido como estavam cansados. Antoine se arrastou pelo corredor atrás de Midori e Mia em direção aos dormitórios. Os três pararam diante do das garotas, e Antoine ficou estático ali.

— Antoine? — chamou Mia, olhando-o desconfiada.

Ele lançou às amigas um olhar sombrio.

— Se alguma de vocês quiser um quarto só para você na Lua, fique à vontade para ficar com o meu. Não é exatamente... como eu tinha imaginado.

Mia entendeu o recado e deu um sorrisinho terno.

— Tá bom, Antoine. Vem. As meninas vão cuidar do pobre francesinho que tem medo de ficar sozinho.

O rapaz abriu os braços e olhou ao redor, como se dissesse *E eu tenho culpa?*, e seguiu-as quarto adentro.

Caitlin apareceu na porta por um segundo.

— Vocês têm duas horas a partir de agora, tudo bem? Sugiro que usem o tempo para dormir, não tagarelar. E Antoine?

— Sim?

— Sem segundas intenções com as meninas, tá?

— *Oui, madame* — respondeu ele educadamente, e, com um sorriso esperto, ela saiu.

O quarto parecia mais um pequeno *closet* com uma janelinha redonda e um armário ainda menor. Havia um beliche junto da parede, mas não tinha nenhuma mesa, nem cadeiras, nada mais.

— Onde eles esperam que eu durma? — perguntou Antoine.

— Foi você quem insistiu em ficar aqui com a gente, não foi? — retrucou Mia.

— Quer dizer que vou ter de dormir no chão?

As duas garotas se entreolharam.

— Pode dormir onde quiser — disse Mia no tom mais neutro possível.

Mas a verdade é que não estava indiferente a Antoine. Sabia muito bem o que ele escolheria. Já vira os sinais nos últimos dias: estava sempre por perto, acompanhando cada um dos movimentos dela.

— Bom, então, posso dormir do seu lado, Mia? — perguntou ele.

— Claro. — Ela percebeu que respondeu rápido demais, pois Midori girou os olhos e virou-se de costas enquanto se livrava do volumoso traje espacial.

Mia quis ficar com o leito de baixo. Tirou o traje e ficou de calcinha e camiseta antes de entrar debaixo das cobertas. Antoine foi logo atrás dela. Deitou-se cuidadosamente ao lado, bem na beira da cama. Midori subiu e deitou-se na cama de cima.

Mas nenhum deles conseguia dormir.

Não que tentassem. Por que raios fariam isso? Você chega à Lua e a primeira coisa que faz é dormir? Essa tinha sido a sugestão mais idiota da história.

Em vez disso, os três ficaram espiando pela janelinha redonda iluminada pela luz forte refletida na superfície da Lua lá fora. Era tão incrivelmente deserta. Quase linda. Nenhum deles conseguiu pensar em nada a dizer. Só ficaram ali, reverentes perante a vista.

O tempo passou, ninguém falou e foi como se a vista mudasse lentamente. Um véu de algo ameaçador, de alguma forma, dominou o belo silêncio. Todos perceberam, mesmo que ninguém pusesse a sensação em palavras.

Talvez tenha sido isso que fez com que Midori dissesse, do nada:

— Vocês já ouviram a história da Kuchisake-onna?

— A história do quê? — perguntou Antoine.

— Kuchisake-onna, a mulher da boca cortada.

— Não. Por quê?

— É que acabei pensando nela — disse Midori do leito no alto. — Ela viveu em Hokkaido no século onze e foi casada com um samurai poderoso. Vocês sabem o que é um samurai, né?

— Lógico — respondeu Mia rapidamente, e então percebeu que talvez não entendesse exatamente o que era.

— É tipo um soldado contratado por um nobre, não? — sugeriu Antoine.

— Mais ou menos. Enfim: a esposa desse samurai era incrivelmente linda, uma das mais lindas mulheres de todo o país. Também era extremamente vaidosa. E infiel.

— Estou gostando cada vez menos dela — comentou o garoto.

— É, né? O samurai também não ficou contente, porque descobriu sobre as infidelidades dela. Querendo se vingar, ele a atacou e cortou sua boca de uma orelha à outra enquanto gritava: "Quem vai te achar bonita agora?".

Midori fez uma pausa de alguns segundos antes de continuar:

— De acordo com a lenda, ela ainda perambula pelo Japão à noite. E o rosto está sempre coberto por uma máscara cirúrgica.

— Achei que quase todo mundo no Japão usasse máscaras cirúrgicas — disse Mia.

— É exatamente por isso — respondeu Midori. — Muitos japoneses usam máscaras cirúrgicas quando estão em lugares cheios de gente para evitar espalhar bactérias ou pegar um resfriado ou coisas assim. Por isso é que é tão difícil achar essa mulher. Mas você percebe quem é quando ela para e pergunta: "*Watashi kirei?*".

Mia estava prestes a perguntar o que significava quando Midori se adiantou e traduziu:

— "Eu sou bonita?"

— Eca — disse Antoine.

— E se você responder que sim, ela tira a máscara, mostra o rosto mutilado e pergunta: "E agora?".

Mia espichou a cabeça para fora da cama e olhou para a garota no leito de cima.

— Midori, por que está nos contando isso? É horrível.

Mas ela fingiu não ouvir.

— Se você responder que não — continuou —, ela te mata. E, se disser que sim de novo, ela segue você até em casa e te mata na frente da porta.

— Em outras palavras, ela te mata de qualquer jeito — resumiu Antoine.

— Não — retrucou Midori. — Tem dois jeitos de escapar. Um jeito é responder que ela é mediana. Isso vai fazê-la parar e pensar, o que vai te dar tempo para fugir.

— E o outro? — perguntou Mia.

— O outro é segurar um frasco de pomada para cabelo bem na frente da cara dela. Isso vai lembrá-la do cheiro de um cirurgião que uma vez tentou ajudá-la.

— É a história mais besta que eu já ouvi — comentou o garoto.

— Para mim não importa o que vocês acham, mas ouçam isso: no verão de 1979, três adolescentes de Hokkaido desapareceram sem explicação. Tinham catorze, quinze e dezesseis anos e estavam a caminho de casa depois de um treino de futebol. Nunca mais foram encontrados. E olhem que a polícia vasculhou a área por semanas, com cachorros e policiais uniformizados. Lembram quando contei que meu tio trabalha para a polícia de Tóquio na área de Shibuya? Eu estava falando com ele sobre essa história no último inverno e ele já a conhecia. Então, pedi para ele fazer uma pesquisa sobre o caso no banco de dados, e sabem o que ele descobriu?

Antoine estava começando a ficar pálido. De repente, não parecia a história mais besta que ele já ouvira. Mia ficou preocupada. O que mais a afligia não era a história em si, mas o fato de *ele* estar tão evidentemente apavorado.

Midori sentou-se lentamente na cama e desceu até os dois amigos, parando de pé no chão diante deles.

— Ele descobriu um relatório policial sobre um acidente de carro envolvendo uma mulher. O carro foi encontrado tarde da noite. Estava chovendo muito e foi pura sorte terem ao menos achado o carro, mas acharam. Havia capotado e estava virado de cabeça para baixo no acostamento, e, quando o policial tirou a mulher, descobriu que sua boca tinha sido cortada de orelha a orelha. De acordo com o relatório que ele escreveu, ela estava consciente, mas não respondeu quando ele perguntou qual era o nome dela. Tudo o que disse foi: "Eu ainda sou bonita?". De novo e de novo e de novo. Ele correu até a viatura e chamou uma ambulância, mas quando voltou ela tinha ido embora. O mesmo policial foi encontrado morto depois, na mesma noite. Bem na porta do prédio onde morava.

— E onde isso aconteceu? — perguntou Antoine.

Midori olhou-os fixamente.

— Onde você acha que foi?

— Hokkaido? — Ele estremeceu.

— Exatamente. *Hokkaido*. A poucas centenas de metros de onde aqueles adolescentes foram vistos pela última vez.

Midori ficou ali, perdida em pensamentos, como se também não soubesse ao certo por que contava a história.

— De todo jeito — disse ela, subitamente de volta ao humor de sempre —, eu simplesmente lembrei disso. Vou ao banheiro. Não façam bebês enquanto eu estiver fora, tá?

E, com isso, desapareceu porta afora.

Mia e Antoine a viram sair, completamente sem fala. Nenhum dos dois se mexeu. Mia notou que Antoine estava deitado bem na beira da cama e prestes a cair no chão.

— Não precisa deitar tão longe se não quiser — disse ela. — Aqui tem bastante espaço.

Ele a olhou.

— Tem certeza?

— Anrã.

O garoto se aproximou e Mia sentiu o pé dele tocar no seu. Instintivamente, assustou-se e encolheu os pés, mas depois se arrependeu e voltou a encostá-los nos dele.

— Sabe… eu, hã, bom, desde que, hã… — Antoine lutava para encontrar as palavras certas, mas de repente parecia tê-las deixado no outro quarto.

— Não precisa falar nada — disse Mia, colocando um braço ao redor dele. Então ele a beijou, a mais ou menos trezentos e oitenta e quatro mil quilômetros do lugar onde ela pensara que isso aconteceria.

ALARME

Midori voltou ao quarto poucos segundos depois de aquele primeiro beijo acontecer, o que acabou evitando mais beijos. Ela mal notou que algo havia mudado enquanto estivera no banheiro; mas, se estivesse prestando atenção aos detalhes, teria percebido que Antoine e Mia faziam questão de ficar perto um do outro o tempo todo. E, se estivesse mesmo prestando atenção, teria percebido que a forma como ele olhava Mia deixava claro que não dava a mínima para a Lua ou para a missão ou para toda a fama do mundo, desde que pudesse ficar perto dela.

Mia, por sua vez, fez o que pôde para fingir diante dos outros que nada de diferente estava rolando. Já havia algum tempo, pensava que algo poderia acontecer entre eles. Ainda assim, fora tão de repente que ela sentia precisar de um tempo antes de estar pronta para ser provocada por Midori ou qualquer outra pessoa. Mas, no fim, todos acabariam percebendo o sorrisinho que fixara residência em seu rosto. E, pela primeira vez, ela estava muito, muito feliz por participar dessa viagem.

Antoine, Midori e Mia estavam prontos quando Caitlin bateu à porta exatamente às sete horas. Os três adolescentes a acompanharam pelo longo corredor que conectava os módulos um e dois por meio da sala dos computadores no centro. Ao chegar à ampla sala de estar no módulo um, encontraram o resto da tripulação, que já esperava por eles. Midori sentou-se perto de Coleman, enquanto Mia e Antoine se acomodaram perto de Caitlin, do lado esquerdo da sala.

Nadolski olhou para a decoração antiquada com desdém e tomou a palavra:

— Senhoras e senhores, meninas e meninos, agora estamos finalmente reunidos, todos nós, aqui na DARLAH 2. Bem-vindos! Como sabem, o administrador da base, Aldrich Coleman, está no comando enquanto estivermos aqui. Ainda sou responsável pela missão como um todo, mas quero que vocês sigam todas as instruções e ordens do Coleman enquanto estivermos aqui dentro. Está claro? — Vários *sins* e *tá bons* se fizeram ouvir pela sala. — Ótimo. Aldrich?

Coleman se levantou e foi até o centro da sala.

— Obrigado, Lloyd. Bom, vou ser breve. Vocês sabem quase tudo que há para saber sobre este lugar depois do treinamento em Houston, mas me deixem repetir as coisas mais importantes. A DARLAH 2 é composta de quatro módulos. Número um, no qual estamos agora; número dois, onde vocês vão dormir e onde ficam a cozinha e o banheiro; número três, onde ficam a sala dos computadores, a estufa e o gerador de oxigênio; e número quatro, que contém a enfermaria, o equipamento para expedições e a câmara de descompressão. Foi por lá que nós entramos. O módulo quatro foi construído e instalado no outono de 1976. Os outros são do período entre 1974 e 1976. Apertando esses botões perto de cada escotilha, vocês podem se deslocar livremente entre os módulos um, dois e três, mas peço que não entrem no módulo quatro sem a permissão do comandante Nadolski ou da minha. Vale o mesmo para a sala dos computadores, a estufa e o gerador de oxigênio no módulo três. O acesso a eles é restrito e só pode ser feito com autorização. Vou dar a cada um de vocês um mapa da DARLAH 2 para que possam se localizar. Caitlin?

— Opa — respondeu ela. Foi até um armário, de onde tirou uma pilha de mapas, que distribuiu.

Mia pegou um, agradeceu e analisou os desenhos.

— Então, o que mais? — Coleman pensou por um momento. — Ah, sim. A sala ao lado desta é a de comunicações. É onde vamos manter contato com a Terra e onde vocês também vão poder ligar para casa via rádio, se precisarem. Mas só se for absolutamente necessário. Não é uma cabine telefônica. Também agendamos uma coletiva de imprensa por dia. Vamos participar delas usando uma conexão da sala de comunicações. O Nadolski vai dar a vocês listas das coletivas das quais cada um deve participar. Eu não deveria precisar dizer isso, mas digo mesmo assim: façam o melhor que puderem para parecerem positivos. Quer estejam aqui para trabalhar ou porque ganharam um sorteio, estamos todos no mesmo barco. Para retomar… — Ele fez uma pausa longa demais, procurando as palavras certas. — Para retomar os estudos da Lua e buscar apoio e recursos financeiros para a NASA fazer exatamente isso.

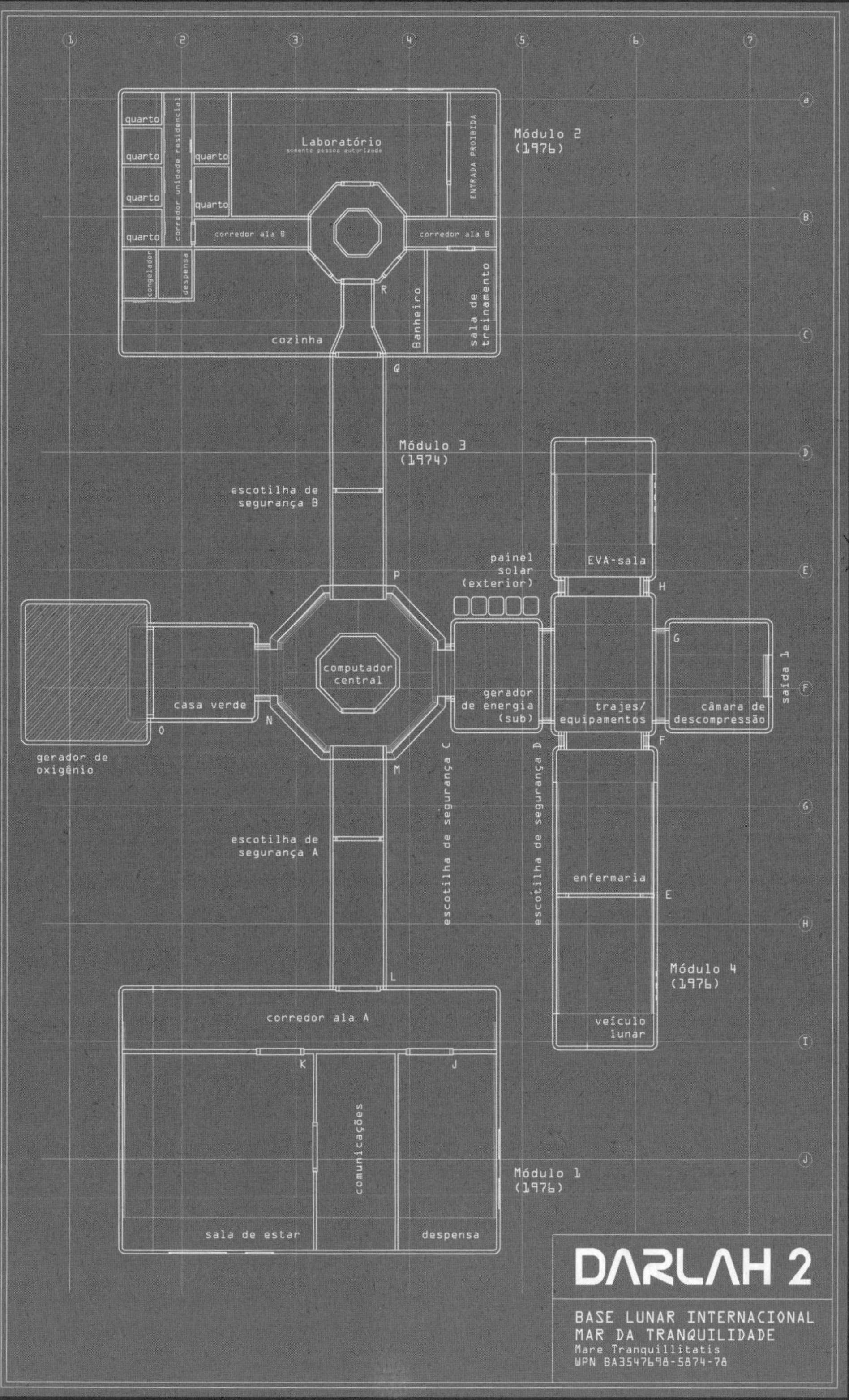
quarto
quarto
quarto
quarto
corredor unidade residencial
quarto
quarto
Laboratório
somente pessoa autorizada
ENTRADA PROIBIDA
Módulo 2
(1976)
corredor ala B
corredor ala B
congelador
despensa
R
Banheiro
sala de treinamento
cozinha
Q
Módulo 3
(1974)
escotilha de
segurança B
painel
solar
(exterior)
EVA-sala
P
H
G
computador
central
saída 1
casa verde
gerador
de energia
(sub)
trajes/
equipamentos
câmara de
descompressão
N
O
F
gerador de
oxigênio
M
escotilha de segurança C
escotilha de segurança D
escotilha de
segurança A
enfermaria
E
L
Módulo 4
(1976)
veículo
lunar
corredor ala A
K
J
comunicações
Módulo 1
(1976)
sala de estar
despensa
DARLAH 2
BASE LUNAR INTERNACIONAL
MAR DA TRANQUILIDADE
Mare Tranquillitatis
WPN BA3547698-5874-78

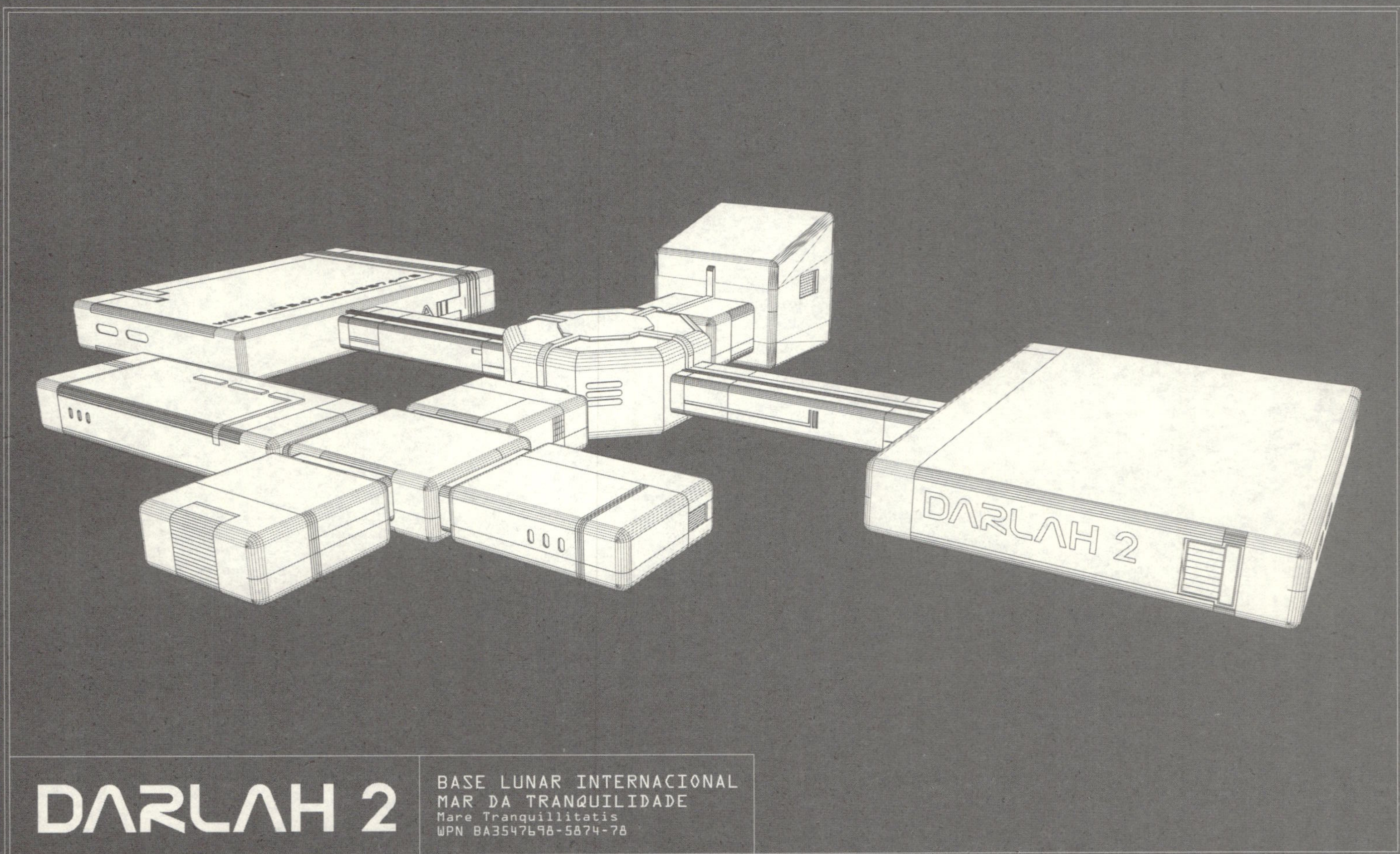
DARLAH 2
BASE LUNAR INTERNACIONAL
MAR DA TRANQUILIDADE
Mare Tranquillitatis
WPN BA3547698-5874-78
DARLAH 2

Foi mais ou menos nesse momento que Mia começou a cochilar. Coleman continuou a repetir detalhes sobre a base, o que eles tinham permissão para dizer durante as coletivas de imprensa e o que era informação confidencial. Ele tinha uma voz suave, profunda e agradável, mas também sonífera. O tom a fazia pensar em um carro seguindo em linha reta pelo deserto.

Nadolski voltou a falar depois dele, e a voz mais áspera e dinâmica acordou Mia. Ou talvez tenha sido culpa de Antoine, pois ele havia acabado de pegar na mão dela. O que quer que tenha chamado sua atenção, ela ouviu que amostras de rochas seriam coletadas, ventos solares seriam estudados e a gravitação seria mapeada nas áreas do Mar da Tranquilidade até a cratera Plinius e o grande vale próximo ao Mar da Serenidade. E o magnetismo — tinha muita coisa sobre magnetismo. Mia se esforçou para prestar atenção sem chegar a entender. Midori, por outro lado, fazia anotações freneticamente.

Antoine inclinou-se para Mia e sussurrou-lhe no ouvido:

— Eu estava pensando se você… se você gostaria de ir para a cama, quero dizer, hã, dormir no meu quarto… comigo?

Pensar nisso deixou-a desconfortável e, por isso, surpresa. É claro que queria ficar no quarto com ele. Mas ao mesmo tempo também tinha vontade de dividir o outro quarto com Midori. E o que esta acharia de ter de dormir sozinha? A caminho do módulo dois, Mia sentira que estava no controle total da situação, mas agora, de repente, tudo parecia estar acontecendo rápido demais.

— Talvez — respondeu. — Vamos ver.

O rapaz pareceu um pouco desapontado e voltou a se encostar na própria cadeira. Mas não soltou a mão dela.

Novamente, Coleman foi para o meio da sala.

— Tudo bem. Já falamos das coisas mais importantes. Agora eu sugiro irmos todos à sala de comunicações para a nossa primeira coletiva de imprensa. Separamos meia hora para isso e vocês vão responder às perguntas dos jornalistas reunidos em Houston. Depois disso, vamos para a cozinha… — ele abriu os braços — e vamos comer nossa primeira refeição lunar juntos! — O gesto desajeitado parecia enfatizar quão absurdo e maravilhoso ele considerava finalmente usar essa base que ficara à espera de astronautas desde os anos setenta.

Foram em bando para a sala de comunicações e sentaram-se em bancos diante das duas câmeras apoiadas em tripés. Os engenheiros, Wilson e Stanton, prepararam o equipamento, e um minuto depois a transmissão estava acontecendo. Nadolski cuidou de dizer quase tudo; os outros responderam a algumas perguntas técnicas dos jornalistas.

Antoine foi escolhido para falar em nome de si mesmo, Midori e Mia. Esta ficou envergonhada por estar na TV dessa forma, como se de repente tivesse se transformado em algum tipo épico de *nerd*. Pensou nas amigas, na banda, nas outras pessoas da escola que certamente estavam sentadas em casa vendo e comentando cada coisinha que ela fizesse. Instintivamente, recolheu a mão quando Antoine tentou segurá-la.

— Comandante Nadolski — começou um repórter em Houston, e a pergunta saiu pelo alto-falante no teto. — Qual será o principal objetivo da NASA nas próximas cento e setenta e duas horas?

Ele começou a responder, mas foi interrompido por mais sinais da Terra.

— Comandante Nadolski — recomeçou —, qual será o principal objetivo da NASA nas próximas cento e setenta e duas horas?

— Desculpe, obviamente estamos passando por dificuldades técnicas aqui. Coleman, acho que a Terra não está nos ouvindo.

O administrador se aproximou do painel de comunicações enquanto Wilson e Stanton verificavam o microfone.

— Não entendo. Aparentemente tudo está funcionando bem aqui — informou Stanton.

— Tente transferir o sinal a um dos outros canais — sugeriu Wilson.

Segundos se passaram.

— Comandante Nadolski — recomeçou a voz. — Não sei se o senhor consegue ouvir, mas minha pergunta foi: qual será o principal objetivo da NASA nas próximas cento e setenta e duas horas?

— Estamos ouvindo, estamos ouvindo! — gritou um Nadolski frustrado ao microfone e depois voltou-se ao colega. — Que droga, Stanton — resmungou. — O que está havendo?

Mas o engenheiro não teve chance de responder. Naquele mesmo segundo as telas de TV ficaram negras e as luzes fluorescentes no teto piscaram algumas vezes antes de se apagarem também. A sala ficou completamente escura por alguns segundos antes de as luzes de emergência se acionarem e banharem o ambiente em um tom vermelho-escuro. Mia olhou nervosa para Caitlin, que por sua vez olhava o comandante.

Então, o alarme soou.

— O que é isso agora? — rosnou Nadolski. — Será possível que nada funcione aqui? — Desligou e religou os transmissores de rádio, mas nada aconteceu.

Coleman mandou que todos voltassem à sala de estar.

— *Perigo. Perigo. Falha no gerador de energia local. Código do erro F548* — zumbiu a voz metálica e automática do sistema de alarme.

— Mas que…?

Dezesseis olhos se encararam na fraca luz vermelha, percorrendo a sala, como se todos estivessem esperando que alguém assumisse o comando.

— Temos de sair para consertar — disse Coleman em voz baixa, deixando claro que não estava muito à vontade com a ideia. — O gerador de energia local fica lá fora, entre os módulos três e quatro.

— Cuidaremos disso — responderam Stanton e Wilson. — Vamos consertar.

— Têm certeza? — perguntou Coleman.

— Sim. Vamos agora — afirmou Stanton com sombria determinação.

— Só vamos precisar de ajuda para vestir os trajes — acrescentou Wilson.

Coleman nem lhes deu chance de mudar de ideia, respondendo rapidamente:

— A Caitlin vai ajudar. O resto de vocês espera aqui.

Mia agarrou a mão de Antoine.

— Não falei que tudo aqui era velho? — reclamou Midori em voz baixa. — Não admira a coisa ter quebrado antes mesmo de a gente encostar!

— Midori! Agora, não — disse Nadolski, lançando-lhe um olhar duro que fez com que ela e todos os outros ficassem quietos.

O comandante pediu que todos se sentassem.

— Não era para ser assim, é claro. Mas não há perigo. Sério. Isso vai ser resolvido depressa. Coleman — gesticulou para o astronauta mais velho —, pode vir comigo?

Os dois saíram juntos pelo corredor. Nadolski parou bem debaixo de uma das luzes vermelhas e, na penumbra, perguntou:

— Me diga, Coleman. Pode me explicar uma coisa?

— O quê?

— Se as luzes de emergência se acionam… e o sistema se ativa…

— Sim?

— Então, por que o equipamento de rádio não funciona?

Coleman encarou-o.

— Não sei — respondeu. O comandante olhou-o duramente, como se não acreditasse que estava dizendo toda a verdade.

De volta à sala de estar, os seis que restavam permaneceram em silêncio, mas todos estavam pensando a mesma coisa: quando as luzes de emergência se ativam, é porque a coisa é séria.

Se o sistema de energia principal não voltasse a funcionar, talvez eles nunca retornassem para casa.

REPAROS

Stanton e Wilson foram com Caitlin ao módulo quatro. As luzes vermelhas de emergência que inundavam os corredores faziam com que o lugar parecesse irreal. Para Stanton, era como um aviso de que ele nunca deveria ter dito sim ao homem que viera falar com ele naquele sábado dois anos atrás. Bem que sua esposa lhe pedira para recusar, não? Sim. Mas, na verdade, ele nunca havia acreditado mesmo que alguém lhe daria a oportunidade.

Peter D. Stanton era um astronauta da NASA havia seis anos, mas ainda não passara nem um único segundo no espaço. Não havia muitas missões espaciais que requeressem alguém com seus conhecimentos específicos de engenharia, e as duas expedições para as quais fora escolhido haviam sido canceladas devido a cortes orçamentários. Ficara contente em ser um astronauta que nunca fora ao espaço, ainda que seu nome estivesse na lista de tripulantes da próxima expedição lunar. Mas isso foi há anos, e Stanton estava na NASA havia tempo suficiente para saber que não adiantava nutrir grandes esperanças. Muita coisa poderia acontecer nesse período.

Para muitas pessoas no programa espacial, ser um astronauta sem jamais ter deixado a Terra era sinônimo de fracasso. Mas Stanton não se via como um fracassado. A preparação para missões espaciais levava uma quantidade de tempo extraordinária. Astronautas mal viam as famílias por um ano inteiro antes de partir. Mês após mês de turnos de trabalho de dezesseis horas eram a rotina. E isso não se encaixava mais no calendário de Stanton. Agora ele podia passar muito mais tempo com as três filhas de três, cinto e sete anos, pois durante grande parte do ano, enquanto ficava no norte no Minnesota, seu estado natal, ele quase nunca voltava do trabalho para casa depois das três da tarde. Stanton encontrara um equilíbrio na vida que o fazia realmente feliz, e, enquanto acompanhava Caitlin até o módulo quatro, desejou outra vez ter feito uma escolha diferente naquele dia fatídico, dois anos atrás.

Fora uma manhã de sábado totalmente normal em agosto. Stanton e a esposa, Yvonne, andavam por um corredor do Walmart local com as crianças a tiracolo, procurando tomates enlatados. Quando o homem de terno escuro surgira, Stanton soubera na mesma hora quem era. Não o conhecia pessoalmente, mas ouvira muito sobre ele e sabia que ocupava um alto posto na hierarquia da NASA. Mas não pudera imaginar que raios esse homem estava fazendo ali, no norte do Meio-Oeste, e, enquanto se aproximava do módulo quatro com Caitlin, ocorreu-lhe que ele também nunca havia perguntado.

O homem havia apertado a mão de Stanton, depois se voltara para Yvonne e dissera:

— Perdão, mas a senhora se incomodaria se eu pegasse seu marido emprestado por um segundo? — Não havia esperado resposta.

Sem hesitar, Stanton seguira o homem pela loja até sair no estacionamento. Estava chovendo. O homem tinha dois guarda-chuvas pretos na maleta. Abrira um e o entregara a Stanton antes de abrir o outro sobre a própria cabeça.

— Deixe-me ir direto ao assunto, sr. Stanton. Não temos muito tempo. Eis a questão: tenho certeza de que o senhor sabe que a NASA planeja mandar pessoas à Lua outra vez.

Stanton assentiu.

— Decidimos que isso acontecerá muito em breve. Serão cinco astronautas. E três adolescentes.

— *Adolescentes*? — perguntou Stanton, olhando-o estranhamente.

— Sim. O plano é mandá-los em julho, daqui a dois anos. O foguete será um — bem, como posso dizer? — uma versão atualizada dos foguetes *Saturno V* do programa Apollo dos anos sessenta e setenta e...

— Vocês vão lançar um foguete velho? — duvidou Stanton, incrédulo.

O homem negou com um gesto de mão.

— Não, não, não, é novo em folha. Só *parece* o *Saturno V*. Vale o mesmo para o módulo de comando e o de alunissagem. Versões atualizadas e um tanto ampliadas daqueles usados na *Apollo 11*. Sabe, a TV ama esse tipo de coisa. Mas, de todo modo, sim, onde eu estava? Certo. A missão incluirá uma estada de cento e setenta e duas horas na Lua e usar a DARLAH 2 como *habitat*.

— Dar… quê?

— DARLAH 2. Uma base lunar inativa perto do Mar da Tranquilidade. Construída nos anos setenta.

Stanton ergueu as sobrancelhas. Simplesmente não podia acreditar no que estava ouvindo.

— Você saberá quem, o que, onde, quando e o porquê disso *depois*, Stanton. A questão imediata é que nosso engenheiro, Riley, teve de se retirar da missão. A esposa dele está esperando o terceiro bebê.

— Parabéns para ele — respondeu Stanton, ainda perplexo por tudo que o homem acabava de dizer. Mal sabia que perguntas começar a fazer.

O homem pareceu irritado e comentou sarcasticamente:

— Sim, claro, vamos todos colocar chapeuzinhos de papel e dar uma festa pra ele, que tal? De todo modo, não é isso que importa. O que importa é: sr. Stanton, nós realmente gostaríamos que no próximo verão o senhor viesse integrar a equipe dessa missão lunar. Aceita?

Stanton não sabia o que responder. O que esse homem estava dizendo? Que no final das contas ele iria à Lua? Mas havia desistido disso. Total e completamente.

Ou será que não?

Yvonne encontrou os dois ali no estacionamento e entendeu instintivamente, da forma como só um cônjuge é capaz, sobre o que era a conversa. Ela não arriscaria perder o marido no espaço. Finalmente o ajudara a esquecer esse sonho. Aproximou-se apressada, balançando a cabeça vigorosamente.

— Não. O que quer que o senhor esteja pedindo, ele não vai fazer.

O homem da NASA fingiu não notar.

— Lamento por ter de ser tão impaciente, mas receio que o tempo seja curto. Então, Stanton, o que vai ser?

Se ao menos ele tivesse ouvido Yvonne nesse dia.

Caitlin, Wilson e Stanton chegaram à sala dos equipamentos um minuto depois. Pesados trajes espaciais de diversos tamanhos estavam pendurados nas paredes, com notas, luvas, capacetes e contentores de oxigênio. Caitlin logo separou o equipamento de que eles precisavam e começou a ajudá-los a vestir os trajes.

— Precisamos de ferramentas — anunciou Wilson. — E do projeto do gerador.

Ela desapareceu na sala ao lado e voltou com o que ele havia pedido. Ajudou-os a prender os tanques de oxigênio e pediu que colocassem os capacetes antes de fixá-los aos trajes. Então, segurou no braço dos dois.

— Estão me ouvindo?

Ambos confirmaram.

— Ótimo. Estão vendo esse medidor no seu braço? Isso mostra a quantidade de oxigênio disponível. Ainda não tivemos tempo para encher os tanques completamente, então, cada um só vai durar trinta e cinco minutos. Prestem atenção aos medidores e mantenham contato por rádio, entendido? Quero que informem tudo o que acontecer lá dentro.

Stanton olhou Caitlin, inseguro.

— Como assim, *lá dentro*? Estamos indo para fora.

— Vocês têm de sair para chegar à porta que dá acesso ao gerador. Fica um nível abaixo de nós, o que significa que vão precisar descer a escada e entrar pelo corredor. Usem as lanternas e procurem por qualquer defeito óbvio na fonte de energia antes de começarem a solucionar problemas. E, por favor, lembrem-se: sei que vocês já sabem disso, mas não tirem o capacete lá embaixo sob nenhuma circunstância. Não há suprimento de ar naquela sala e vocês acabariam sufocados em segundos. Entenderam?

Dois capacetes assentiram lentamente.

— Então, está na hora. Vamos.

Stanton e Wilson acompanharam Caitlin até a câmara de descompressão, onde ela pediu que se preparassem. Voltou à sala de equipamentos, fechou a porta e iniciou o procedimento que tirava todo o ar da câmera. Depois disso, abriu a porta externa e os dois homens saíram.

O céu acima deles era mais negro que qualquer coisa que já tivessem visto, e ainda assim o sol se refletia brilhante na superfície cinza.

Sentiram-se, de fato, muito longe de casa.

Stanton e Wilson saíram e observaram atentamente o módulo quatro, procurando pela escotilha que dava acesso ao gerador de energia. Logo a avistaram, bem no nível do chão, logo ao sair. Encontraram uma roda no alto da escotilha de aço inoxidável e tentaram girá-la juntos. Mas estava muito apertada, como se tivesse sido trancada, e as desajeitadas luvas dos astronautas não facilitavam nem um pouco o trabalho. Tiveram de se agachar e forçar a roda com toda a força — finalmente, a escotilha se abriu.

Wilson apontou a lanterna para a entrada.

Teria visto alguma coisa?

Forçou a vista e sentiu o suor escorrendo por trás do pescoço. *Sim.*

Ali.

Havia uma escada lá, exatamente como Caitlin dissera. Descia de doze a quinze metros pela escuridão.

Os dois trocaram olhares.

— O que acha? — perguntou Wilson.

Stanton inclinou-se por sobre a entrada.

— Vou primeiro.

— Tem certeza?

— Tenho. Espere até eu estar lá embaixo antes de entrar. Eu te dou um sinal.

— O.k. Caitlin, está na escuta? O Stanton vai descer a escada agora.

— Entendido, Wilson — chiou uma voz feminina nas caixas de som embutidas nos capacetes. — Stanton, fique de olho no seu tanque de oxigênio quando passar pela abertura. Você não vai querer ficar preso nela. A entrada é bem estreita.

— Sim, estou vendo. Vou tomar cuidado.

Ele se ajoelhou junto à porta baixa, inclinou-se para trás e colocou os pés no primeiro degrau.

— Achei um ponto de apoio. Vou descer agora — informou. Com cuidado, sacudiu levemente o tanque de oxigênio às costas para entrar e foi descendo, degrau após degrau. A passagem em si era só um pouco maior que ele com todo o equipamento, mas com algumas acrobacias conseguiu chegar ao último degrau lá embaixo. Apontou a lanterna para o interior e viu o corredor estreito que Caitlin mencionara. Não podia ter mais que três metros e meio de comprimento, e Stanton enxergou o gerador no final.

— Cheguei. Tudo certo — informou ele. — É apertado, mas tem espaço suficiente para dois.

— Estou indo — respondeu Wilson, e começou a descer.

Enquanto isso, Stanton investigou o corredor com mais atenção. Grossos cabos cobriam o teto e as paredes, mas, até onde ele podia ver, não havia nada de errado com eles. Continuou pelo corredor, verificando o medidor de oxigênio. Ainda restavam vinte e oito minutos. Não havia ar de sobra, mas deveria bastar.

Notou o facho de luz da lanterna de Wilson atrás dele e sentiu-se aliviado por ver que o colega também descera em segurança.

— Encontrou alguma coisa? — perguntou Wilson.

— Nada. Vamos dar uma olhada nas máquinas.

Aproximaram-se do gerador e lançaram as luzes no painel.

— Você... está vendo o mesmo que eu? Está vendo aquilo? Ali? — perguntou Wilson, apontando para onde o principal interruptor deveria estar. Metade do painel parecia ter sido esmagada.

— Estou — respondeu Stanton, impressionado. Usaram as lanternas para iluminar o teto, mas não encontraram nenhum sinal de nada que pudesse ter caído e atingido o painel.

— Está simplesmente destruído, Wilson.

— Wilson, qual é o *status*? — perguntou a voz de Caitlin pelo intercomunicador.

— Só um segundo, estamos investigando. Parece que...

— Talvez possamos consertar as coisas dentro do painel? Remover a cobertura? Isso facilitaria o trabalho, não acha?

— Caras, o que está acontecendo?

— Caitlin, temos um problema.

— Problema? Que problema?

Stanton passou a informação:

— Vamos tentar tirar a cobertura para ver se conseguimos reconectar tudo por dentro.

— Verifiquem o oxigênio — ela os lembrou. — Quanto resta?

— Vinte e dois minutos — informou Stanton.

— O.k., vejam o que podem fazer.

Wilson tirou duas chaves de fenda da caixa de ferramentas. Stanton ficou com uma e começou a soltar o lado esquerdo do painel, enquanto o colega cuidava do direito. Ambos trabalharam o mais rápido possível, mas mesmo assim levaram quase dez minutos para tirar toda a cobertura. A aparência ainda não era nada boa. O que quer que tivesse atingido o painel viera com tanta força que destruíra quase todas as conexões e disjuntores e transformara tudo em uma verdadeira salada.

— Não sei se vamos conseguir, Stanton — disse Wilson. — Está totalmente destruído, e o tempo está acabando.

— Espere um minuto. — Stanton empurrou Wilson para o lado. — Me deixe tentar. Me passe um par de alicates. E apronte o maçarico.

— O que vai fazer?

— Vamos abrir e cortar caminho até o disjuntor principal. Com um pouco de sorte, podemos soldá-lo em uma nova linha.

Wilson estava paralisado.

— Wilson? Os alicates? — insistiu Stanton.

— Não vamos conseguir — respondeu o outro, aturdido.

Stanton recusou-se a ouvir.

— Os alicates, por favor.

— Stanton, olha o seu medidor. Onze minutos. E precisamos de pelo menos seis para voltar à DARLAH. Sinto muito, mas essa missão lunar acaba de ser cancelada.

— Que diabos, Wilson! Não desista! Os alicates. *Agora*! Cada segundo conta!

— Caitlin, nós vamos voltar — informou Wilson. — Não há nada que possamos fazer.

— Entendido — ouviram a piloto responder.

No fundo, Stanton sabia que Wilson estava certo. Soldar o disjuntor a uma nova linha levaria tempo. Pelo menos meia hora, talvez mais. Isso se conseguissem encontrar o lugar certo para fazer a conexão. A única escolha possível era voltar. Não conseguia nem se forçar a pensar no que os outros diriam. E os adolescentes, aqueles pobres jovens…

— Stanton, temos de *ir*. Agora!

A contragosto, ele acompanhou o colega de volta à escada. Wilson parou no primeiro degrau.

— Stanton? — disse lentamente. — Eu não fechei a escotilha quando desci.

— E daí?

— Está fechada agora.

Eles se entreolharam.

— Talvez tenha… — Stanton mordeu a língua. A porta não se fechara com o vento; não existia vento no vácuo. — Tem certeza?

— Total. Restam sete minutos no seu medidor de oxigênio. Vamos abrir essa belezinha.

E eles tentaram. E tentaram.

Poderiam ter jogado o próprio corpo contra a porta até se matarem, mas isso não teria adiantado. Pois ela estava trancada.

Pelo lado de fora.

— Caitlin?

Ela ouviu o pânico prestes a tomar a voz de Wilson. Ele estava hiperventilando dentro do capacete.

— Que foi?

— Notícias… ruins. A porta está trancada.

Ela se recusou a acreditar no que ouvia.

— Mas isso é impossível — protestou.

— Só temos mais cinco minutos de oxigênio, Caitlin.

— Tem certeza? Tenta de novo! Rápido!

A voz de Wilson tornou-se histérica.

— Nós já tentamos tudo! Está *trancada*, diabos! Está ouvindo?

Caitlin sentiu o desespero alcançá-la.

— E o maçarico? — perguntou. — Podem cortar uma saída com ele!

— O aço é grosso demais. Você sabe disso.

— Nós vamos sair para buscar vocês!

— Não há tempo. Quatro minutos.

— Há tempo, sim. Há tempo, *sim*! Se vocês respirarem com calma e a menor quantidade possível de ar. Fiquem completamente calmos, entenderam? O Nadolski e eu estamos indo!

— Caitlin? — Era a voz de Stanton.

— *Sim?*

— Vocês vão levar vinte minutos para se vestirem e saírem, e talvez mais uns minutos para abrir a porta. — Diferentemente de Wilson, ele estava totalmente tranquilo, quase relaxado. — Parece que essa foi uma passagem só de ida. Sinto muito, Caitlin. Muito mesmo. Mas acho que é melhor vocês aí irem para casa.

— Stanton? Stanton? Está me ouvindo? Stanton? Wilson? Diabos! Respondam! Estão me ouvindo?

Eles a ouviam. Mas não adiantava responder. Desceram a escada lentamente, sem dizer uma palavra um ao outro. Voltaram ao gerador e sentaram-se lado a lado. Stanton segurou a mão de Wilson. Olharam um para o outro, sorriram fracamente. Então, levaram as mãos aos capacetes, abriram os fechos e os tiraram.

Stanton só teve tempo de imaginar uma última coisa antes que o vácuo o deixasse inconsciente.

Imaginou Yvonne, naquele dia em que ela comprara uma bicicleta no mercado de pulgas. Uma dessas bicicletas antigas com pneus grossos. Ela estivera na garagem bombeando ar para encher os pneus quando ele chegara em casa. Um segundo depois, sentara-se no selim e saíra pedalando em círculos ao redor dele, repetindo que havia custado apenas cinco dólares.

Um evento total e completamente comum na vida de qualquer pessoa.

E, mesmo assim, agora não poderia estar mais distante.

JANTAR

O sr. Himmelfarb estava sentado à mesa do jantar na casa de repouso, trêmulo. Sua febre havia aumentado nas últimas vinte e quatro horas. Ele suava frio e olhava com expressão vazia para o nada, o prato de purê de batata intocado diante de si.

Os funcionários pareciam pensar que havia uma explicação simples para seu ataque ao telefone pago. Talvez estivesse exausto por acreditar que as pessoas na tela da TV estavam realmente no quarto com ele. Mas, se pudessem enxergar dentro da sua mente, se pudessem ver o que ele havia visto, certamente teriam lidado com a questão de outra forma. Provavelmente teriam largado tudo o que estivessem fazendo e fugido para salvar a própria vida; teriam sumido, desaparecido, evaporado.

Mas tudo o que fizeram foi tirar a TV do quarto e garantir que ele não ficasse na sala de TV com os outros residentes. Agora não lhe restava praticamente nada para fazer além de ficar sentado na poltrona olhando a parede. E até pouco tempo atrás ele teria ficado perfeitamente contente com isso. Mas algo havia mudado na mente de Himmelfarb. O corpo estava perto do fim — a respiração era mais difícil, o rosto estava abatido, e um fio constante de saliva pendia do canto da boca —, mas aquela névoa densa, persistente e impenetrável no cérebro meio que se esvaíra, deixando-o mais lúcido do que nunca.

Ele não gostava nada disso.

Himmelfarb nem sequer havia provado a comida. Tudo o que fizera fora mover a ponta da colher para a frente e para trás em meio ao purê em um padrão do qual só ele tinha conhecimento. Estava no processo de morrer, sim, e ainda assim entendia tudo. A nova missão lunar não tinha nada a ver com levantamento de fundos ou relações públicas. Não tinha nada a ver com pesquisas científicas na Lua.

A mente lhe dizia que devia informar os funcionários, mas não adiantava. As palavras estavam lá, mas ele não conseguia pronunciá-las. Vinham na forma de uma saliva que borbulhava e escorria.

Imaginou aqueles pobres adolescentes dentro da DARLAH agora. O que seria deles? Não queria pensar nisso. Não era problema seu. Não era culpa sua, era? Ou era? Ele nunca havia contado a ninguém o que acontecera.

Você deveria ter feito isso quarenta anos atrás, Oleg. Sabe que vai queimar no inferno por isso.

Não havia nada que pudesse fazer.

Ele tossiu. De novo. Tossiu com todas as forças e duas pequenas gotas de sangue pousaram na toalha de mesa diante dele sem que ninguém percebesse.

Agora ele morreria. E sabia disso. Tossiu novamente e mais gotas de cuspe pousaram na toalha.

Agora estavam olhando para ele. Todos eles. Trinta e dois olhos o fitavam enquanto cuidadosamente baixava a colher sobre a mesa, afastava a cadeira, ficava de pé e, em voz baixa, dizia:

— Ninguém vai sobreviver.

O som da própria voz formando as palavras o surpreendeu mais que tudo. Estava falando. Estava conseguindo. Ainda havia tempo! Tempo para dizer tudo, tudo mesmo!

Depois disso, ele deu dois passos vacilantes à frente, girou, perdeu o equilíbrio e caiu.

Uma das auxiliares já havia se levantado quando ele empurrara a cadeira para longe da mesa, e ela quase o agarrou antes que a cabeça atingisse o chão. O último dos sentidos que ainda funcionava bem no corpo do homem, a visão, de repente foi substituído por uma escuridão retinta.

O administrador Oleg Himmelfarb não fazia mais parte deste mundo.

Não demoraram a removê-lo, e a única pessoa que restou na sala de jantar foi a auxiliar que havia tentado segurar o sr. Himmelfarb. Os outros pacientes foram levados ao salão, onde foram colocados imediatamente diante da TV. Para alívio de todos, ligaram-na no Weather Channel.

Fazia poucas semanas que a auxiliar trabalhava lá, e essa fora a primeira morte que testemunhara. Mas a visão não a assustou, pois, no final das contas, a morte de idosos era a coisa mais natural do mundo. Afinal, se parássemos para pensar, era por isso que estavam aqui, ainda que a maior parte do trabalho dos auxiliares fosse convencer os velhos de que era o oposto.

Ela se levantou para ir à sala de descanso. Mas algo a deteve. Algo chamou sua atenção pelo canto do olho.

O prato do sr. Himmelfarb.

Ainda estava cheio de purê de batata.

Mas no meio da comida pôde ver que ele escrevera algo. Letras, algum tipo de código, rabiscadas no purê. Ela viu a colher deixada junto do prato, ainda com um resto de comida na ponta estreita.

Leu o que ele havia escrito:

6EQUJ5

SILÊNCIO

Poucas horas antes, oito pessoas estavam sentadas na sala de estar. Agora havia apenas seis, mas o silêncio que as cercava parecia colossal. Caitlin fora forçada a fazer o caminho sombrio de volta do módulo quatro, e teve de lutar para manter o próprio pânico sob controle.

Quando se viu cara a cara com o resto da tripulação, todos perceberam na mesma hora que algo estava errado, mas ninguém imaginou que alguém tivesse morrido.

A notícia não foi bem recebida.

Alguns choraram, incluindo Antoine. Midori estava quase inconsolável. Outros, como Coleman, se isolaram completamente. Assim também Nadolski, que agora apenas olhava a parede. Mia não controlou a emoção e gritou com ele, depois com todos os astronautas, insistindo que não tinham escolha senão ir lá fora e resgatar os engenheiros.

Ela não acreditava totalmente que já não restasse ninguém a resgatar.

Os dois homens dentro daquela escotilha não existiam mais. Eram apenas dois corpos sem vida, condenados a jazer no frio irrespirável até a chegada da próxima missão. Foi difícil tomar a decisão de deixá-los, mas na verdade o comandante Nadolski não tinha outra escolha. Nem a DARLAH 2 nem a *Demeter* tinham uma sala refrigerada. Seria contra todas as normas, para não dizer contra o bom senso, trazer os dois corpos e mantê-los no calor pelos quatro dias que a viagem de volta levaria. Quem sabe que tipo de bactéria poderia se espalhar nesse período?

Mia olhou para as pessoas naquela sala solene, todas curvadas, cabeça nas mãos, sem esperança. A iluminação vermelha, indicando que as luzes de emergência ainda estavam ativas, apenas aumentava a atmosfera sombria. Poucas horas antes ela tivera certeza de que sua vida finalmente estava para começar, e que Antoine era quem a colocaria em movimento. Agora, estava cercada de pessoas que supostamente deveriam tomar conta dela, e nenhuma estava à altura da tarefa. E, ainda por cima, o silêncio.

Só se ouvia o som dos ventiladores no sistema de ar. Um zumbido baixo e constante.

Finalmente, alguém se levantou. Nadolski. Foi até o meio da sala, esfregou as mãos no rosto.

— Não há absolutamente nenhuma explicação lógica para isso. Aquela porta, como todo o resto aqui, foi testada, retestada e testada de novo.

— E quando foi isso? — perguntou alguém. Mia não percebeu quem foi.

— Não é essa a questão — disse Coleman. — Perder o sinal de rádio e até o sinal de vídeo para transmitir à Terra é uma coisa. Isso eu posso entender.

— Isso você pode *entender*? — interrompeu Nadolski.

— Posso aceitar. Já aconteceu antes. Em uma das missões Apollo, por exemplo. O que não consigo entender é que o gerador todo possa ter sido destruído por causas naturais. E que a porta aberta pelos engenheiros possa ter se fechado e trancado depois que eles passaram.

— O que está tentando dizer, Coleman?

— Não estou tentando dizer nada, Nadolski. Só acho que deveríamos... tomar cuidado.

Mia virou-se para olhar Antoine. Ele estava pálido, e ela segurou firme em sua mão, colocando-a no colo. E daí se alguém notasse? Nada disso importava mais.

— Ótimo. Vamos tomar cuidado. Agora, escutem. A questão é esta: em meu nome, em nome da missão e da NASA, eu sinceramente peço desculpas por estarmos nessa situação. Acabamos de perder dois sujeitos ótimos, Sam Wilson e Peter Stanton. A morte deles é chocante e incompreensível, mas não podemos desmoronar e desistir por causa disso. Do jeito como as coisas estão agora, precisamos focar as soluções, não os problemas. Coleman?

— Sim?

— Ainda estamos funcionando com a reserva de energia de emergência. Quanto ela ainda vai durar?

— De acordo com os meus cálculos, vinte e duas horas. Doze horas depois disso, o gerador de oxigênio vai parar de funcionar.

— O.k. Temos pouco mais de trinta horas para sair daqui. Isso significa que estamos cancelando a missão imediatamente. Imagino que ninguém faça objeção a isso, certo?

Não houve resposta.

— Ótimo. Não sabemos o que a NASA e o controle acham disso, já que todas as comunicações foram encerradas. Mas não temos escolha. Como vocês todos sabem, estamos por conta própria. Isso significa que: Coleman, você ajuda os adolescentes a colocar os trajes. Depois disso, leve-os para a enfermaria no módulo quatro. Caitlin, você vem comigo até a *Demeter* para preparar nossa partida. Vamos nos encontrar na enfermaria dentro de exatamente oito horas. Isto é, às três e vinte e cinco da manhã. Horário de Miami. Vamos lá.

Mia se levantou e olhou para Midori. Estaria assustada também?

— Mia?

Alguém estava falando com ela. Tentou entender de onde vinha o som.

— Mia, por favor!

Ela se virou de um lado para outro, confusa.

— Mia, solta! — Era Antoine. Estava de pé ao seu lado. Ela soltou a mão dele, que estava claramente vermelha pelo aperto dos dedos da garota.

Coleman guiou os jovens pelos corredores, de volta a seus quartos. Fez o melhor que pôde para acalmá-los e explicar que todos os astronautas haviam recebido muito treinamento para situações como esta.

Mas não importava o que dissesse, não ajudou nem um pouco.

Pois os três notavam que havia muito mais medo nos olhos do homem do que nos deles e percebiam que ele não acreditava em nenhuma palavra do que estava dizendo.

Nadolski saiu da base seguido de perto por Caitlin. Puderam ver claramente o módulo de pouso lunar *Demeter* algumas centenas de metros adiante. A cada passo que davam, um pó fino lhes rodeava os pés, girando, e lentamente voltava a assentar na superfície.

Para Nadolski, este era o dia mais importante de todos. Ele construíra toda a sua vida ao redor da agência espacial, e agora tudo que já fizera antes ficara em último plano: a namorada com quem se casara doze anos atrás, os filhos que tivera com ela, tudo fora guardado e suprimido. Seu único objetivo no momento era levar os tripulantes de volta para casa em segurança. Esta era sua grande missão de vida. Seria recebido como um herói. Não que essa fosse a parte mais importante, mas ele *queria* isso também, não?

Sim.

Precisava levar aquelas pessoas de volta.

Não importava o custo.

A *Demeter* foi uma visão bem-vinda, parada ali como um monumento branco na paisagem cinza. Nadolski deixou Caitlin subir a escada primeiro. Ela estava se preparando para abrir a escotilha quando esbarrou em alguma coisa com o cotovelo. E a escotilha se abriu.

Ah, não, pensou ela. *Não. Isso também, não.*

— Caitlin?

Ela terminou de subir e ajudou Nadolski nos últimos degraus, até ele entrar também. Esperou alguns segundos antes de fazer mais uma coisa. Adiando-a. Então, agarrou a escotilha, fechou-a, torceu a roda para trancá-la e soltou. Esperou alguns segundos, que pareceram uma eternidade.

E a escotilha lentamente se abriu mais uma vez.

Não não não não não não não.

Tentou outra vez. E novamente a escotilha se abriu. Caitlin xingou baixinho.

Nadolski cutucou-a no ombro.

— Problemas?

Ela se virou para ele.

— O mecanismo da escotilha foi destruído. — Ambos sabiam o que isso significava, mas ela disse mesmo assim: — Não vamos conseguir a compressão.

Fez uma última tentativa e depois xingou de novo quando a porta não permaneceu trancada, escancarando-se. Todo o módulo lunar se abria avidamente ao espaço.

Nadolski afundou no assento do piloto e xingou também.

— Caitlin, me diga uma coisa: quais são as chances de danos como esse ocorrerem nesse tipo de escotilha?

Ela abriu os braços.

— Nem tenho ideia. Uma em vários bilhões, sei lá. Isso nem é algo que a gente pratique no simulador. Estou começando a... — Interrompeu a própria frase. — Nada.

— Está começando a quê?

A piloto hesitou por um longo tempo antes de responder:

— Estou começando a achar que não deveríamos mesmo ter voltado à Lua.

Ele não respondeu, pensando com afinco. Teve uma ideia. Era arriscada, mas valia tentar.

— E se ficássemos com os trajes e decolássemos mesmo assim, com a escotilha aberta? Se enchermos os compartimentos traseiros, todo mundo vai ter oxigênio suficiente até nós nos reconectarmos com a espaçonave em órbita.

Mas Caitlin balançou a cabeça, negando.

— Não vai funcionar. A escotilha está ligada ao computador para a decolagem. Não vai nos deixar decolar até a entrada estar trancada.

— E não podemos reprogramar? Ou substituir os comandos?

— Não! Sinto muito, Nadolski. É simplesmente impossível. — Ela parou. — Parece que… — Forçou as palavras a saírem em um sussurro: — Talvez estejamos encalhados.

Foi como se a palavra "encalhados" despertasse algo em Nadolski. Ele se levantou.

— De jeito nenhum! Não enquanto eu for o comandante. Venha. Temos de voltar para a DARLAH.

Mia estava sentada na enfermaria com um braço ao redor de Antoine e outro ao redor de Midori quando Nadolski e Caitlin voltaram. Tentou fazer contato visual com Caitlin para ter uma ideia do que estava havendo, mas a piloto desviou o olhar. Fitou o chão. Nadolski também não os encarou. Sussurrou alguma coisa para Coleman e gesticulou para que Caitlin o seguisse.

— O Coleman, a Caitlin e eu temos de discutir uns detalhes. O resto de vocês espera aqui. E ninguém sai desta sala sem a minha permissão, está *completamente* claro?

Os adolescentes assentiram, embora a ordem fosse totalmente desnecessária. Nenhum deles conseguia se mover.

Os três astronautas voltaram poucos minutos depois e fizeram uma breve declaração:

— Tirem os trajes, pendurem-nos na sala de equipamentos e encontrem conosco na cozinha, no módulo dois. Vamos ficar aqui por um tempo.

DARLAH 1

Tinham sido alertados de que o módulo lunar estava inutilizado.

Midori havia ajudado Coleman a preparar uma sopa simples para os seis restantes, mas ninguém tinha muito apetite. A sopa agora fria ficara praticamente intocada. Mia estava sentada com a cabeça apoiada na mão, tamborilando com os dedos na borda da mesa, e Antoine permanecia sentado diante dela, olhando para o nada, repassando mentalmente tudo o que tinham acabado de ouvir.

Fora Coleman quem se dirigira ao grupo.

— O comandante Nadolski e eu conversamos. Há uma solução. Não podemos garantir que vá funcionar, mas, da forma como vejo, não temos outra escolha. — Olhou bem nos olhos de cada um deles. — Todo mundo vai precisar trabalhar duro. — Não ficou em silêncio por muito tempo. Era como se não tivesse decidido se deveria contar tudo ou não. Mas, então, disse: — Existe uma outra base DARLAH.

Desde que saíram de Houston, Midori estivera imaginando por que a base à qual se dirigiam se chamava DARLAH 2, mas decidira não perguntar por medo de parecer burra. Provavelmente era só um número que não significava nada demais. Como com carros. Eles sempre tinham números e letras como 340 SL ou 240 GTI, ou coisa assim. Para ela, não queriam dizer nada.

— O que estou prestes a contar agora é estritamente confidencial, vocês precisam entender. Nem mesmo o comandante Nadolski sabia disso antes. Sob circunstâncias normais eu teria de pedir permissão à NASA e aos líderes militares antes de dizer qualquer palavra, mas, dada a situação, não tenho essa opção agora. Portanto, só me resta pedir, nos termos mais fortes possíveis, que vocês nunca mencionem a ninguém nem uma palavra do que vou contar. Se fizerem isso, o governo vai negar tudo completamente, e vocês serão considerados inimigos do Estado. Sua entrada nos Estados Unidos será rejeitada e todas as portas se fecharão para vocês. Nenhum de nós será capaz de garantir sua segurança.

Mia ficou insegura por um momento. Talvez devesse sair da sala? Isso era essencialmente uma ameaça de morte por parte do governo americano? Imaginou sua existência como inimiga número um dos Estados Unidos, uma vida às escondidas, sempre em movimento, com medo constante de que a qualquer momento alguém pudesse aparecer à sua porta, pronto para acabar com ela. Mas que escolha tinha? Não é como se ela tivesse para onde correr.

— A DARLAH 1 é uma instalação militar da NASA construída para a Força Aérea dos Estados Unidos em 1974. Fica trinta metros abaixo da superfície, cerca de onze quilômetros daqui. Foi construída na mesma época que o módulo três da DARLAH 2. A instalação contém seis mísseis nucleares, cada um com uma força explosiva equivalente a cinquenta megatons de TNT. Se esse número não significa muito pra vocês, posso dizer que é três mil vezes mais forte do que a bomba usada em Hiroshima. Os mísseis foram instalados pela administração Nixon durante a Guerra Fria como uma defesa final caso houvesse guerra entre os Estados Unidos e a URSS. Em outras palavras, se a guerra chegasse ao espaço. Na época, as pessoas acreditavam nessa possibilidade.

Coleman parou e inspirou. *Na época, as pessoas acreditavam nessa possibilidade*. O que ele pretendia ao falar assim? Estivera ensaiando essa explicação por um longo tempo, e estava mesmo tentando não falar rápido demais, o que daria a todos o sinal de que ele havia memorizado esse discurso. Pois nem tudo o que estava dizendo era verdade. A informação sobre os mísseis certamente era, mas nem eles nem nada mais na DARLAH 1 haviam sido construídos para protegê-los contra os soviéticos. A instalação e os armamentos foram colocados ali para aniquilar toda a Lua, se fosse necessário. Como uma solução final.

Mas sobre isso ele não diria nada.

— A DARLAH 1 também contém uma cápsula de evacuação — continuou ele —, uma mininave criada como meio de deixar a Lua e voltar à Terra caso algo desse errado. Infelizmente para nós, a cápsula só tem lugar para três pessoas, o número de astronautas considerado adequado para viver aqui de forma permanente. Isso impede que nós a usemos. Além disso, não temos certeza de que ela ainda esteja em condições de uso.

Midori se perguntou por que, nesse caso, Coleman a princípio não parecera nada inseguro sobre as "condições de uso" do resto dessa base idiota.

— E agora o último item, e o mais importante — prosseguiu ele, finalmente chegando ao que interessava. — A DARLAH 1 é basicamente uma estação de energia, e tanto a base de mísseis como a cápsula de evacuação são meros equipamentos adicionais. Supostamente há uma linha de alta voltagem indo diretamente da DARLAH 1 à DARLAH 2, um cabo de emergência para o caso de a DARLAH 2 acabar na situação em que estamos agora. Assim, precisamos mandar uma equipe à DARLAH 1 para ativar a estação de energia. Então, podemos religar a energia aqui e talvez também as comunicações via rádio, para podermos pedir socorro. Mas peço que todos vocês se preparem para a possibilidade de termos de ficar aqui por um longo tempo.

Mia fez a pergunta óbvia na mente dos jovens:

— O que quer dizer com *longo tempo*?

— Possivelmente meses, talvez perto de um ano. Até a NASA mandar uma equipe de resgate.

Mia ouviu ansiosamente o que Coleman dizia, e essas frases finais afundaram como pedra na boca do seu estômago. Durante um ano, ninguém viria buscá-los. Ela pensou em tudo o que perderia, em tudo o que não poderia ver no futuro próximo: florestas, oceano, praias, ruas, cidades, carros, pessoas... Pensou nas amigas, que seguiriam com a vida sem ela. Na banda, nos consertos dos quais não faria parte. E, depois que a bateria do iPod acabasse, e isso aconteceria em breve, talvez ficasse um ano inteiro sem ouvir música. Esse pensamento era insuportável, chegando a fazê-la sentir-se pior do que a ideia de que talvez nunca mais voltasse para casa.

Passou a mão pelo cabelo de Antoine. *Pelo menos ele está aqui*, pensou. E Midori. E Caitlin. Já era um começo. E talvez, só talvez, tudo acabasse bem, se a promessa de que eles seriam resgatados se cumprisse. Pelo menos ela escaparia de alguns anos na escola.

Precisava ver o lado bom da coisa.

Mas ver o lado bom da coisa tinha o hábito desagradável de levar à decepção.

Algumas horas depois, os seis ainda estavam na cozinha quando Nadolski se preparou para escolher quem o acompanharia na expedição à DARLAH 1.

— Infelizmente, neste ponto as opções são limitadas — começou ele. — Eu... bom, espero que vocês entendam como é difícil dizer isso, mas... precisamos da Caitlin e do Coleman aqui, na DARLAH 2. Depois que eu ativar a estação de energia, eles vão ter de trabalhar juntos para restabelecer imediatamente o contato com a NASA e informá-los da nossa situação. Essa é nossa necessidade mais urgente, e se um deles viesse comigo perderíamos minutos preciosos nos quais poderíamos estar recebendo instruções de Houston. Isso significa... — Ele fechou os olhos e deixou que assimilassem a ideia. — Significa que tenho de pedir para um de vocês três ir comigo. — Olhou para os adolescentes. — Não é uma situação ideal. Nenhum de vocês deveria receber um pedido como esse. Meu Deus, nenhum de vocês deveria estar nessa situação, para começar. Mas acho que todos vão concordar que o problema aqui exige medidas drásticas. E seria muito imprudente da minha parte ir sozinho, com apenas um veículo, caso algo acontecesse...

Antoine se levantou.

— Eu vou.

Mia instintivamente agarrou a camiseta dele e o puxou para baixo, forçando-o a sentar de novo na cadeira.

— O que está *fazendo*? — sussurrou em tom urgente, sentindo a garganta se apertar. — Isso está fora de questão.

Ele a olhou gentilmente.

— Mas, Mia, não lembra o que o Coleman disse? Todos vamos ter de trabalhar duro. Essa vai ser a minha contribuição. Eu tenho de ir. Você sabe disso.

Nadolski analisou o garoto francês atentamente. Pareceu entender a situação. Diria que ele estava assustado. Mas todos estavam, e o que o rapaz dissera era verdade.

— Obrigado, Antoine. Obrigado. — O comandante voltou-se para Coleman. — Você vai estar no comando do grupo enquanto eu estiver fora. Caitlin, cuide para que todo mundo tenha comida e água. E vocês todos deveriam dormir um pouco, quatro horas cada um, até nós voltarmos. O Coleman e a Caitlin dormirão em turnos. Antoine Devereux, compareça ao módulo quatro junto aos veículos daqui a quarenta e cinco minutos.

A reunião estava encerrada.

SIMONE

O sol ainda não se erguera completamente sobre Paris quando a chuva acordou a garota de dezessete anos. Ela não sabia quanto havia dormido, mas ainda era madrugada lá fora e ela se sentia um lixo, como sempre se sentia ao acordar depois de só umas poucas horas de sono. Era um sentimento ao qual se acostumara ultimamente. Fazia duas semanas que estava assim, mas não tinha ideia do porquê. Ia para a cama cedo, comia alimentos saudáveis e se exercitava três vezes por semana. Fazia longas caminhadas pela cidade com Noël e bebia chá meia hora antes de ir para a cama. Nada ajudava. No máximo, seus problemas de sono haviam piorado.

Ela esfregou os olhos, doloridos pela falta de sono, e se arrastou para fora da cama.

— Acordada de novo? — ouviu uma voz sonolenta perguntar. Virou-se para Noël, deitado na cama, e confirmou em silêncio antes de voltar a atenção para a janela. Chovia há quatro dias sem parar, e logo o parque junto da Torre Eiffel se tornaria uma poça gigantesca.

Os dois estavam juntos havia pouco mais de um ano, e tudo ainda ia bem entre eles. Pelo menos era o que ela pensava. Ele estava aqui já fazia um mês agora, dormindo em seu quarto e jantando com seus pais. Todo dia. Com ela. Todo dia. O tempo todo. As roupas de Noël estavam penduradas no armário ou jogadas pelo chão; os livros também. E os copos que ele sempre trazia da cozinha, mas nunca levava de volta. À noite, ele sentava na poltrona de Simone e assistia à TV dela com o controle remoto nas mãos.

Agora que parava para pensar, era quase como se ele tivesse se mudado para cá silenciosa e lentamente, mas sem dúvida assumindo o controle do quarto e a expulsando dele. A garota ficou ali junto à janela pensando se talvez, no final das contas, fosse por culpa de Noël que ela não dormia mais. Mas rejeitou a ideia rapidamente.

Não era ele. Era outra coisa. Alguém que ela pensara estar fora de sua vida para sempre.

Isso tinha a ver com Antoine.

E, de certa forma, ela sempre soubera disso. Mas por quê? Não fazia sentido. Haviam terminado o namoro mais de um ano atrás e ela não estava mais apaixonada por ele. Havia superado isso séculos atrás e esperava que, a esta altura, ele também tivesse superado. Haviam tentado sinceramente, mas simplesmente não funcionavam bem juntos. Essas coisas acontecem. Depois, você segue em frente.

Mas ela não tinha certeza de que já conseguira isso. Noël roncava a seu lado na cama, um ronco áspero e lento que deixaria qualquer um maluco se durasse muito tempo.

A chuva ficou mais forte, assim como o barulho de Noël. Simone vagou pelo quarto, sentando na poltrona baixa junto ao aparelho de som. Perto dela havia uma velha caixa de vinho contendo discos. Ela sempre gostara do som caloroso e claro que os álbuns de vinil produziam quando os punha no toca-discos que o pai lhe dera. Remexeu entre os discos, a maioria dos quais o pai lhe dera, e, distraída, deixou que a mão escolhesse um da caixa de vinho enquanto ligava o aparelho de som. E, quando percebeu qual era o álbum que pegara aleatoriamente, quase ficou triste.

Era *Somethin' Else*, um disco de jazz de Cannonball Adderley, presente de Antoine. Por um segundo ela não soube se queria mesmo ouvi-lo, mas finalmente decidiu que sim.

O piano e a bateria começaram cautelosos, hesitantes, como se estivessem se esgueirando pelo quarto, antes de um instrumento de sopro furioso se envolver por um breve instante. Desapareceu e ficou quieto novamente durante algum tempo, e então houve uma rápida pausa, um momento musical de contemplação. Então ele chegou: o trompete abafado que soava como o instrumento mais triste do mundo, e aqui estava ele, neste disco. A música era *Les feuilles mortes (Autumm Leave's)*, as folhas mortas. Era como se o verão tivesse acabado e o outono vagasse a mancar pelo campo, encontrando o inverno no meio do caminho.

A música saía das caixas de som e pairava como uma camada macia sobre as paredes sem acordar Noël, e Simone afundou na poltrona, achou um maço de cigarros no chão ali perto, acendeu um e fechou os olhos. Era o álbum mais belo de todos, e ela se lembrava do dia em que Antoine o trouxera. Tinham ido ao cinema na rue Laplace para ver um velho filme francês chamado *Acossado*, e era assim que ambos se sentiram — sem fôlego —, como se tivessem descoberto algo inteiramente novo.

É estranho pensar em como se davam bem na época. E como isso não havia durado.

Fora pior para ele, pobrezinho. Depois que terminaram, ela o havia descoberto parado na Torre Eiffel, no primeiro deque de observação, usando um daqueles telescópios operados a moeda. Sabia que ele havia apontado um deles para seu prédio. Mais tarde, naquela noite, ela havia escapulido do apartamento e ido à torre, subido as escadas e encontrado o telescópio, intocado desde que ele partira. Havia inserido um euro e percebido, sem surpresa, que estava olhando para o interior do próprio quarto. Fizera o mesmo trajeto mais algumas vezes depois, só para confirmar suas suspeitas de que ele passava por ali toda noite. A cada vez que ela subia ao telescópio, encontrava-o apontado para seu quarto.

Um dia, muitos meses depois, quando decidira verificar o telescópio novamente, vira-o apontado em uma direção completamente diferente. É claro, isso significava que outra pessoa o havia usado nesse meio-tempo, mas, sem saber realmente por que, ela havia encarado isso como um sinal de que ele encontrara outro passatempo. E agora, agora, quando ela mais queria que Antoine estivesse lá fora, na chuva, observando-a, sabia que ele se fora. Havia mandado uma mensagem de texto para ela pouco antes de ir para Nova York. Fora a única notícia que recebera dele desde que terminaram:

Oi, Simone. Vou para a Lua em julho.
Verdade verdadeira.
Espero que você esteja bem.
Te vejo no lado escuro da Lua.

E agora ele está lá no alto, em algum lugar, muito, muito longe. É claro que ela soubera do sorteio e da viagem espacial como qualquer outra pessoa. Até brincara com a possibilidade de se inscrever. Mas nunca o fizera. Imaginava suas chances como tão minúsculas que nem compensava tentar. Mas ele havia tentado. O que era algo estranho de pensar.

O que ele estaria fazendo agora?

Com quem estaria na Lua? Simone pensou lembrar do que ouvira sobre as duas outras ganhadoras serem garotas. Vira alguma foto delas? Tanto fora escrito sobre eles *on-line* desde que os nomes foram anunciados. E o jornal *Le Figaro* havia publicado informações a partir dos Estados Unidos quase todo dia. Mas, não, ela não sabia como eram as garotas.

Talvez devesse entrar em contato com Antoine quando ele voltasse. Ou pareceria que só estava fazendo isso porque agora ele era, tipo, mundialmente famoso? Não, ele entenderia, achava ela. Ligaria para ele. Assim que soubesse que ele voltara a Paris.

Voltou para a cama e puxou o lençol para cima. Noël havia se espalhado desde que ela se levantara, e teve de empurrá-lo um pouco. O rapaz resmungou baixinho quando ela o tocou e rolou de lado, fazendo *humpf*. Finalmente, ela voltou a dormir — mas foi um sono tumultuado, carregado de pesadelos tão reais que poderia jurar que haviam realmente acontecido.

Estava presa em um corredor escuro. Era difícil respirar. Havia alguém atrás dela. Não conseguia ver ninguém, mas ouvia os sons que eles faziam, alguém ou alguma coisa aproximando-se passo a passo. E de algum lugar distante ela pensou ter ouvido Antoine gritar seu nome. E então outra coisa. Esforçou-se para entender o que era. Mas foi como se a voz dele estivesse sob a água, como se não houvesse meio pelo qual o som pudesse ser transmitido. Algo se aproximava cada vez mais dela. Ele gritou de novo, e ela pensou ter entendido desta vez. A figura se aproximava mais, e mais, e mais. Algo roçou sua mão. Antoine gritou outra vez e ela ouviu claramente: *Sai daqui!*, dizia ele. Nessa hora o corredor foi iluminado por holofotes, e Simone deu de cara com…

Acordou de um susto, suando frio. Sem fôlego.

Foi pouco depois, naquela manhã, que ouviu a má notícia. A missão lunar estava em crise.

Antoine…

Simone e Noël ficaram paralisados diante da TV a manhã inteira e também a tarde, enquanto o noticiário ao vivo fazia o melhor que podia para lançar alguma luz sobre o que acontecera na Lua. Especialistas defendiam teorias complicadas, e na Casa Branca ocorreu a primeira de muitas coletivas de imprensa, conduzida por um presidente que não pôde oferecer nada além da esperança de que tudo se resolvesse. Ninguém sabia ao certo, e tudo o que podiam fornecer eram suposições, modelos gráficos e previsões do que poderia acontecer. Mas, no final, todas as conclusões eram a mesma: a não ser que os adolescentes e astronautas conseguissem voltar por conta própria, não havia nada que ninguém pudesse fazer.

Noël sabia que Antoine era o ex-namorado de Simone e um dos três adolescentes, e também ficara absorto na cobertura ao vivo, mas agora começava a chegar ao limite. Estava se cansando do assunto. Ficavam passando a mesma gravação de novo e de novo, acrescentando pouca ou nenhuma informação. Nenhuma das tentativas de restabelecer contato com a DARLAH tivera resultado, e não havia muito mais a fazer senão esperar.

— Por que a gente não vai fazer outra coisa, Simone? Não sei quanto mais aguento ouvir isso. Não seria melhor a gente sair e fazer uma caminhada? Talvez pegar um cinema ou coisa assim? É uma pena desperdiçar o dia inteiro, não acha?

Simone manteve o olhar na tela por um minuto inteiro antes de finalmente se virar e olhar para ele. Algo em que estivera pensando havia um longo tempo agora finalmente ficava claro para ela.

— Noël — disse —, acabou. Acho que talvez seja melhor você voltar para a sua casa agora.

CONTATO

Os veículos lunares não foram uma visão inspiradora. Haviam sido construídos sem um corpo, tornando-os tão leves quanto possível, e Antoine espiou os carros com certo grau de ceticismo. Nadolski, por sua vez, sabia que eles serviriam; certamente haviam levado os astronautas da *Apollo 15* e *Apollo 16* aonde precisavam ir.

Antoine ficou parado perto do LRV esperando que Nadolski terminasse alguns cálculos. Com o capacete espacial e aquele traje enorme, era impossível distingui-lo do comandante, um homem-feito. Ambos pareciam astronautas experientes ao caminhar por entre os veículos. Mas dentro do traje de Antoine não havia nenhum homem-feito. Havia um garoto francês de dezessete anos que acabara de conhecer a garota mais linda do mundo. Sua vida anterior em Paris com Simone parecia ter sido cem anos atrás. De repente, percebeu que estava tendo dificuldade para visualizar mentalmente os amigos. Já havia esquecido qual era a rota mais curta entre a estação de metrô Clemenceau e Lafayette, um caminho que antes teria feito de olhos vendados. Tudo o que ele já havia sido parecia estar desaparecendo, devagar mas definitivamente, de sua consciência. E tudo estava sendo substituído pela única coisa que ainda importava: voltar para casa. Voltar para casa com Mia.

— Está pronto? — perguntou Nadolski pelo intercomunicador, interrompendo o fluxo de pensamentos do rapaz. — Se estiver, pode pegar o carro à esquerda, ali.

Como um sonâmbulo, Antoine marchou até o outro veículo e sentou-se atrás do volante.

— Venha logo atrás de mim e grite se tiver algum problema — ordenou o comandante. — Fique longe de pedregulhos e crateras. Nós vamos para o norte!

E, com isso, partiram em silêncio, cruzando as planícies cinzentas e deixando a DARLAH 2 para trás. Só as vibrações do assento indicavam que os veículos estavam sendo impulsionados por motores. Antoine não pôde evitar o temor pela experiência como um todo.

Fizeram um bom progresso, embora os LRVs só se movessem a pouco mais de dezesseis quilômetros por hora. Por causa da gravidade mais baixa, que fazia com que os carros quase flutuassem sobre o chão, a velocidade parecia muito maior. Como se estivesse no mar, Antoine sentia-se sacudir lentamente de um lado para outro enquanto as rodas giravam sobre o terreno irregular. Estava começando a sentir um certo enjoo.

Minutos depois, Nadolski pisou fundo, forçando o veículo a subir um leve declive. Antoine virou assim que chegou ao topo. Teve um último vislumbre da base onde Mia estava antes de descer do outro lado.

Quanto tempo passaram dirigindo?

Nadolski não sabia, mas a sensação era de que certamente já fora o bastante. Ele verificara o mapa o tempo todo ao longo do caminho. Talvez os veículos só estivessem indo mais devagar do que ele pensara. Afinal, ninguém os usava havia quarenta anos. Mas, por outro lado, não é como se tivessem sido expostos ao ar ou à água, então, a rigor, deveriam estar nas mesmas condições de antes.

Primeiro, ele escolheu ignorar a sensação incômoda e prosseguiu, atravessando o vale profundo da cratera. Mas a sensação não sumia e aquela dúvida finalmente o forçou a olhar o relógio. Ergueu a mão para sinalizar a Antoine que deviam parar.

Nadolski observou o relógio embutido no traje espacial. *Mas que m...?* Sim, a esta hora eles definitivamente já deveriam ter chegado. Deveriam pelo menos ter avistado a área que Coleman havia mostrado no mapa antes de saírem. Acenou para Antoine, chamando-o.

— O que diz o seu relógio? — perguntou.

— Que estamos dirigindo há quase cinquenta minutos — respondeu o rapaz. — Tem algo errado?

— Fomos longe demais — declarou Nadolski.

— Longe demais?

— Ou para o lado errado, não sei. Algo não está certo.

— O quê? — perguntou Antoine, a voz carregada de insegurança.

O comandante não sabia bem como responder.

— Estamos, hã… estamos tendo uns problemas com o mapa. Mas vai dar certo. Não há nada a temer.

— Está tentando tranquilizar a mim ou a si mesmo? — retrucou Antoine, tentando rir despreocupadamente. Não deu muito certo.

Nadolski fingiu não ouvir e voltou a se concentrar no mapa. O fato de o garoto estar parado ali esperando que ele dissesse para que lado deveriam ir tornava ainda mais difícil manter o foco. Ele passara anos treinando para esta missão e sabia que não havia nada que Antoine pudesse fazer. Dependia de Nadolski tirá-los dessa encrenca.

Mas isso não mudava este fato impossível: não conseguia perceber nenhuma semelhança entre o que via no mapa e o que deveria ver na Lua.

— Antoine, está vendo uma colina em algum lugar aqui perto, talvez com uns sessenta metros de altura?

O garoto olhou os arredores daquela terra de ninguém.

— Não.

— Bom, você disse que estamos dirigindo há cinquenta minutos? — perguntou Nadolski. Antoine confirmou. — Certo. Vamos ver… Se achássemos que nossa velocidade média era de uns quinze ou dezesseis quilômetros por hora… isso significaria que percorremos doze quilômetros e meio, treze, mais ou menos, certo?

— Acho que sim.

— Certo, é isto que vamos fazer: vamos virar e voltar pelo mesmo caminho que viemos por cerca de quinze minutos, daí vamos parar e nos orientar a partir de lá. Provavelmente só passamos direto pela entrada. Afinal, a coisa toda é subterrânea.

Retornaram aos LRVs, ligaram os motores, deram meia-volta e seguiram o rastro das próprias rodas voltando por onde vieram.

Naquele momento, Caitlin estava sentada com Coleman na penumbra vermelha das luzes de emergência na cozinha da DARLAH 2. Mia e Midori haviam sido mandadas de volta ao quarto e instruídas a dormir por algumas horas. Coleman fazia o melhor que podia para ferver água para o café liofilizado que havia encontrado na despensa do módulo um. Havia algo no cheiro do café que fazia tudo parecer seguro. Como se o medo que ele sentira ao perceber que a *Demeter* estava inutilizada fosse de alguma forma reduzido pelo aroma do café liofilizado. Devia ser porque esse aroma lembrava a Terra. E daquele café na esquina da Second Avenue com a Seventy-Ninth Street, onde ele sempre tomava o café da manhã quando estava em casa, em Nova York. Eles voltariam para casa. Seriam resgatados. Tinham de ser.

Seus pensamentos se voltaram a Nadolski e Antoine. Chegariam à DARLAH 1 em breve. Com um pouco de sorte, o comandante seria capaz de ativar rapidamente a estação de energia e começar a viagem de volta sem mais... problemas. E, depois que ele e Caitlin restabelecessem contato com a Terra, Coleman sabia o que faria. Convocaria todos à cozinha e juntos beberiam copos de agradável café quente. Os adolescentes também. Nunca se é jovem demais para aprender a beber café.

Notou que a água estava fervendo e passou-a da chaleira para dois copos, que levou até a mesa. Caitlin pegou um dos saquinhos e esvaziou-o em seu copo. Coleman passou-lhe uma colher e ela a usou para remexer o café algumas vezes, distraída, antes de tomar um gole.

— Ai, meu Deus, Coleman, até o café tem gosto de coisa velha.

Ele sentiu uma pontada de irritação com o comentário. *Que diabos* há de errado com essa mulher? Agora vai começar a reclamar de coisas triviais também? Se ao menos soubesse o que está enfrentando, Caitlin Hall. Acredite em mim, café velho é o menor dos seus problemas.

— Bom, os antibióticos e a morfina lá na enfermaria também estão velhos — respondeu ele friamente. — Imagino que você não reclamaria disso se tivesse de usá-los.

Caitlin colocou o copo na mesa e empurrou-o como se para enfatizar o que dissera. Então, acrescentou:

— Sei que nada disso é novidade pra você, Coleman. Tenho certeza de que você sabia da DARLAH 1 e da DARLAH 2 há anos. Se sabe mais alguma coisa que o resto de nós não sabe sobre esse corte de energia ou a falha nas comunicações, é melhor dizer... agora.

Ele tentou rir para manter as aparências, mas não conseguiu disfarçar.

— Não há nada para saber, Caitlin. Estamos com problemas aqui. Tentando resolvê-los em grupo. Só isso.

— Não gosto do seu estilo, Coleman. Não gosto nem um pouco. Vocês, mocinhos das antigas, com toda a sua lealdade e honra. Se souber alguma coisa sobre essa merda de situação, Coleman… se estiver tentando guardar um segredo…

— Caitlin, não dá. Talvez eu tenha lido alguns relatórios que não estejam disponíveis para o público, ouvido alguns rumores aqui e ali, mas isso não vai nos ajudar agora.

— Rumores sobre o quê?

Ele bebericou o café bem devagar.

— Em resumo? Rumores de que não somos os primeiros astronautas e encarar problemas inexplicáveis na Lua.

— Como é que é?

— Não posso contar mais nada. E não quero. Não vai adiantar nada; só vai te deixar mais preocupada. Até onde sabemos, já estão planejando uma missão de resgate.

Ela fixou o olhar nele. Viu a mesma passividade de sempre, o mesmo meio-sorriso dissimulado.

— Você acredita nisso, Coleman?

— Não, Caitlin. — Apoiou a cabeça nas mãos. — Eles acham que estamos mortos, não entendeu ainda?

Ela balançou a cabeça, negando.

— Você está errado. Eles nunca presumiriam isso. Fariam todos os esforços… sem falar que você *sabe* o pesadelo que seria para as relações públicas da NASA se não tentassem…

Coleman ignorou a falsa esperança de Caitlin. Sabia que, a portas fechadas, a missão — assim como todos a participarem dela — era tida como encerrada até que recebessem algum tipo de confirmação do contrário.

Pois, a portas fechadas, eles sabiam o que havia acontecido aqui no passado.

O sentimento momentâneo e quase crível que ele tivera ao sentir o cheiro do café, de que tudo daria certo, de repente se fora.

Nadolski seguiu o rastro das rodas tão de perto quanto pôde, mas ainda não reconhecia nada. Na verdade, nem conseguia se lembrar de ter passado por essa mesma área alguns minutos antes. Estava prestes a verificar o mapa outra vez quando ouviu alguém xingar pelo fone de ouvido. Era Antoine.

— Devereux, o que foi?

Levou alguns segundos para obter uma resposta:

— Acho que passei por cima de alguma coisa.

— Fique onde está, vou voltar.

— O.k.

O comandante fez uma curva ampla e descobriu o outro LRV uns cem metros atrás dele. Ao fazer a volta, viu logo de cara qual era o problema. Antoine havia atingido uma grande rocha com o pneu esquerdo frontal e quebrado o eixo. A roda estava jogada na poeira cinza.

— Sinto muito por isso. De verdade. Não sei o que aconteceu.

Nadolski avaliou o estrago. Não podia fazer nada a respeito dele aqui fora.

— O que a gente faz agora? — perguntou Antoine desesperadamente, saindo do carro e pegando a roda solta.

Equipamento velho, pensou Nadolski. *Tudo nesta expedição é antiquado pra caramba.*

— Não é nenhuma crise — anunciou ele. — Os veículos foram construídos para aguentar cerca de quatrocentos e cinquenta quilos extras, então, você pode vir comigo no meu. Era exatamente disso que eu tinha medo...

Não pôde completar a frase. Algo na poeira chamou sua atenção. Ajoelhou-se e sentiu o suor frio escorrer pelas costas dentro do traje espacial. Agora, fazia sentido.

— Devereux!

Antoine soltou a roda e voltou para perto de Nadolski o mais rápido que pôde, mas o traje enorme tornava seus movimentos vagarosos. Isso, aliado à baixa gravidade, tornava difícil para ele manter o equilíbrio.

— Está vendo os rastros? — perguntou o comandante. O rapaz assentiu. — Ótimo. Só estou perguntando para ter certeza absoluta. Já faz um bom tempo desde que qualquer um de nós pôde dormir direito. E agora pergunto o seguinte: está vendo estes rastros de rodas? — Apontou para outro padrão que corria paralelo ao primeiro.

Novamente, Antoine confirmou.

— São os rastros que estamos seguindo desde que fizemos a volta — explicou Nadolski.

— E significa que...?

O homem olhou para ele. Era fácil perceber que estava preocupado, como se já soubesse que receberia más notícias.

— Não são os nossos rastros.

— O que… o que quer dizer? Não entendo. São exatamente iguais, não são? — perguntou Antoine.

— Não. Olhe com atenção — pediu Nadolski. — Este é um dos nossos rastros, está vendo? Agora, olhe para o outro. Está vendo a faixa no meio? Nenhum dos nossos veículos forma esse padrão.

— Talvez seja de outra missão lunar? — sugeriu o garoto. — Como quando instalaram a estação de energia, por exemplo.

O comandante ergueu a mão para ele.

— Não, Antoine. De acordo com o Coleman, ela foi instalada remotamente, sem nenhum dos astronautas chegar ao chão. A NASA nunca esteve aqui. E nem nós, onde quer que estejamos agora. Esses rastros não existiam uma hora atrás.

— O que está querendo dizer? — perguntou Antoine, a voz trêmula.

— Estou querendo dizer que acho que estamos em perigo.

Poucos segundos depois, avistaram duas figuras a uns trezentos metros de distância. Caminhavam na direção deles, lenta mas, inegavelmente, cada vez mais perto.

Nenhuma delas usava traje ou capacete espacial.

Também não lutavam contra a baixa gravidade da Lua.

Caminhavam tão naturalmente como se estivessem na Terra. E estavam vindo para perto deles.

Não havia onde se esconderem. Era impossível fugir.

A última coisa que Antoine notou foi que um deles se parecia com Nadolski.

E que o outro tinha exatamente a mesma aparência *dele*.

Então, tudo ficou branco e ruidoso, e Antoine Devereux sentiu que perdia a consciência.

Coleman bebia o café e tamborilava com os dedos da outra mão na mesa. Eles já deveriam ter voltado há muito tempo. Ele já lhes dera duas vezes mais tempo do que acreditava que precisavam, mas ainda não os vira chegar nem recebera notícias. Havia-os chamado repetidas vezes pelo intercomunicador de um dos capacetes, mas, se estivessem a mais de um quilômetro e meio, não poderiam mesmo ouvi-lo.

Algo devia ter dado errado. A tentativa de colocar a estação de energia em funcionamento devia ter fracassado. *Será que… não…*

A garganta de Coleman se apertou e a mente enegreceu, como se alguém a tivesse enchido de breu quente e viscoso. Precisou fazer um esforço para se conter e respirar normalmente. Não se sentia assim havia cinquenta anos, desde que tinha nove anos.

Fora em um sábado de julho, ele se lembrava. A mãe lhe dera permissão para visitar um amigo que morava na East Sixty-Fifth Street, embora fosse pequeno demais para ficar vagando por Nova York sozinho. Ela lhe havia dado dinheiro e pedido que o porteiro o ajudasse a chamar um táxi. Mas em vez disso ele decidira caminhar e usar o dinheiro para outra coisa. Talvez para comprar doces. Resolvera atravessar o Central Park e quem sabe parar no zoológico para ver se havia animais novos. Mas, no caminho, dentro do parque, uma figura surgira de repente de dentro dos arbustos e o agarrara. Coleman fora puxado para trás de uma árvore e no momento seguinte lembrava-se de um homem encostando um revólver na sua cabeça. Tentara dar a esse homem o dinheiro do táxi, mas o estranho apenas rira e inclinara a arma.

— Que idade você vai ter quando morrer? — perguntou o homem.

O menino não respondeu, apenas sentiu o revólver roçando-lhe a têmpora e a urina escorrendo pela perna da calça.

— Você não vai ficar mais velho que isso, sabe — disse o estranho, e atirou.

Coleman ouviu o clique da arma e soube que o tambor estava vazio.

— Sentiu isso?

O homem empurrou a arma com mais força contra a cabeça do menino, que teve certeza de que o cano lhe perfuraria o crânio.

— Senti — sussurrou.

— Este revólver aguenta seis balas. Mas só tem uma neste momento. Quanto tempo você acha que vai viver?

— Não sei.

— Quero que você conte comigo. Tá bom?

Coleman não respondeu.

— Já disparamos o número um, certo?

O homem atirou outra vez. Novamente, a arma produziu apenas um clique.

— Dois.

Clique.

— Três.

Clique.

— Quatro.

Clique.

— Cinco. É agora que acontece, sabe.

Foi aí que ele sentiu. A mesma sensação que tinha agora, parado no corredor da DARLAH 2. A sensação de que não havia esperança. E de que nem toda a bondade do mundo poderia salvá-lo do mal bem ali, próximo dele.

Nunca houve um sexto disparo. O homem segurou a arma contra a cabeça dele por um longo tempo antes de afastá-la de repente e seguir seu caminho. Coleman afundou na grama, e o que recordava a seguir era o rosto de uma mulher jovem perguntando-lhe se estava bem. Ela o acompanhou de volta ao apartamento e a mãe do menino serviu-lhe café. Coleman ainda se lembrava agora de como o cheiro do café se espalhara devagar pela casa e tornara o mundo normal outra vez, lenta, mas certamente.

Ficou parado no corredor escuro, sem saber direito aonde estava indo. De algum ponto distante, ouviu passos, sapatos correndo pelo piso de metal. *Devem ser as duas garotas*, pensou. *O que estão aprontando? Deviam estar descansando.* Sem pensar, virou-se e voltou à cozinha no módulo dois. Caitlin ainda estava lá sentada diante da mesa grande e redonda.

— Vou sair para procurá-los — anunciou ele.

A piloto o olhou preocupada.

— Coleman, o que está dizendo?

— Já faz mais de quatro horas — respondeu. — Eles já deviam ter voltado há muito tempo. Receio que a tentativa possa ter falhado.

— Eles levaram os dois LRVs, Coleman.

— Vou a pé. Fique de olho nas garotas — disse ele, virando-se e saindo do recinto.

Coleman foi rapidamente até a sala de equipamentos, pegou um traje e o vestiu. Apanhou um tanque de oxigênio e o prendeu às costas antes de entrar na câmara de descompressão.

Era a sua vez.

Abriu a caixa de metal junto da porta e digitou um código no teclado. Um código que só ele conhecia. Uma luz verde apareceu perto do teclado e ele ouviu o pequeno motor começar a zumbir. Apertou o botão na parede e a porta atrás dele se fechou. *Meu Deus, pelo menos isso ainda funciona*, pensou. Então, apertou um dos outros interruptores na parede e o ar foi eliminado da câmara. A saída para a superfície lunar se abriu e ele partiu.

SAPATO

Mia estava zonza quando acordou. Por quanto tempo havia dormido? Não sabia. Em algum canto da mente, ouviu música. Alguém estava cantando. Levou alguns segundos até perceber que ainda estava usando fones de ouvido. Calmamente, sentou-se na cama e pegou o iPod. Eram os Talking Heads. A música se chamava "(Nothing but) Flowers", e ela a conhecia praticamente de cor. Era sobre um mundo pós-apocalíptico. A pessoa na canção perambulava a céu aberto, sentindo falta de tudo o que não existia mais: lojas de conveniência, tortas de cereja, cookies com gotas de chocolate, *shopping centers* e imobiliárias. Conseguia imaginar o cara vagando por aí em um planeta abandonado onde a grama tinha um metro de altura. "Se isto for o paraíso, quero um cortador de grama." Ela imaginou a busca desesperada do homem por sinais de algo que ele pudesse reconhecer. "Isto era um Pizza Hut, agora está coberto de margaridas."

A Lua era muito pior, pensou ela, pois nada crescia aqui. E se tivesse de passar um ano inteiro neste lugar? Seria ao menos possível?

A música parou de repente.

Olhou para o aparelho. As palavras BATERIA FRACA apareceram por alguns segundos antes do desligamento total. Já esperava que isso acontecesse. Estava preparada para isso, mas ainda assim doía. De agora em diante não haveria música em seu mundo.

Mia pegou rapidamente caneta e papel e começou a escrever a letra em seu caderno de anotações. Assim, pelo menos conseguiria manter a música viva por mais tempo. Mas esse pensamento foi interrompido por outro: *Eles já devem ter voltado. O Antoine e o Nadolski devem ter voltado da DARLAH 1.*

Isso a fez sair da cama e vestir-se velozmente. Por impulso, foi até a janelinha redonda e olhou para fora, talvez esperando ver algum sinal de que os dois tivessem voltado. Mas não havia nada para ver. Nada mesmo. Só a superfície morta e cinza até onde o olhar alcançava.

Mas então surgiu outra coisa.

Primeiro, pensou que fosse o cérebro privado do sono pregando-lhe peças. Mas colou o rosto contra o vidro e se empenhou em olhar para o que pensava ter visto...

Pegadas.

Havia pegadas óbvias lá fora.

Mas não só isso.

As pegadas eram tão claras que ela conseguiu reconhecer o padrão distintivo. *Botas de paraquedista*, pensou, abismada. *Iguais às minhas.*

— Midori? Midori! — Mia cutucou a colega de quarto que dormia profundamente no alto do beliche. — Acorda!

Midori abriu os olhos devagar e pareceu confusa.

— Que foi agora?

— Tem alguém lá fora!

A garota bocejou e esfregou os olhos.

— Como assim? Eles voltaram? A gente vai ser resgatada?

Segundos depois, Midori estava de pé ao lado de Mia, olhando para o solo lunar. Ela via também.

Pegadas vividamente claras na poeira.

Correram pelos corredores.

Passaram pela sala dos computadores, entraram no módulo um e não pararam até encontrar Caitlin na sala de comunicações. Ela estava sentada, debruçada sobre os transmissores de rádio, tentando fazê-los funcionar. Sem fôlego, as duas contaram o que haviam descoberto pela janela do quarto e esperaram uma reação. A piloto ergueu a cabeça e olhou-as com ar entediado.

— Ah. Sim, eu vi — respondeu, voltando a trabalhar no rádio.

— Como assim, "eu vi"?" — gritou Mia freneticamente. — Que diabos tá *acontecendo*?

Caitlin olhou-a inexpressiva e encolheu os ombros, dizendo:

— Eu vi aquilo quando fui com vocês até o seu quarto.

— Mas… — começou Midori. — O que isso quer dizer? O que nós vamos fazer?

— Não há nada a fazer, na verdade. Não mais.

Mia ficou furiosa.

— Caitlin, o que há de errado com você? Tem alguém lá fora, não entendeu? A porta que se fechou por fora, e o Wilson e o Stanton não puderam mais sair. O módulo lunar que foi sabotado.

— E o Nadolski e o Antoine, que nunca mais voltaram — acrescentou Caitlin em tom sombrio.

Mia sentiu o coração afundar como um objeto afiado rasgando-a por dentro.

— Eles não… voltaram?

— Não.

— Mas… você tentou falar com eles?

— O intercomunicador deles está fora de alcance. O Coleman saiu para procurar os dois.

— Graças a Deus — disse Midori com um suspiro de esperança e alívio.

Mas Mia olhou ao redor e disse lentamente:

— Quanto tempo faz que ele saiu, Caitlin?

Os olhos da piloto estavam sem foco.

— Não sei… muitas horas atrás, eu acho. — Era como se ela estivesse em transe. Não parecia alarmada, nem esperançosa, nem triste, nem ansiosa. — Receio que seja tarde demais para fazer alguma coisa pelo nosso querido Coleman. Ele era um cara legal.

Mia agarrou Caitlin pelos ombros e a sacudiu.

— Que *diabos* aconteceu aqui? Por que você tá agindo como se o Coleman tivesse *morrido*? E o Nadolski e o Antoine?

— Não há razão para imaginar que estejam vivos. Cada pessoa que saiu desta base nunca mais voltou. Sinto muito, meninas. Acho que somos só nós três agora. Vamos ter de ficar juntas e ser corajosas.

As duas olharam para Caitlin, pasmadas. Essa mulher estava *drogada* ou o quê? De repente, ela mudou de assunto e sorriu.

— Querem alguma coisa enquanto a gente espera?

— Enquanto a gente espera *o quê*? — perguntou Mia, agora quase em pânico.

— Bom, a reserva de energia de emergência vai acabar em algum momento, e o gerador de oxigênio vai se desligar. Depois disso o oxigênio vai desaparecer em algumas horas. Talvez a gente possa cozinhar alguma coisa. Ou contar histórias.

Sei lá. — Era como se Caitlin tivesse bloqueado todas as emoções e estivesse apenas navegando em um mundo de sonhos.

— Você perdeu totalmente a cabeça, Caitlin! — gritou Mia.

A mulher a ignorou.

— Mia, me diz uma coisa, ainda tem bateria no seu iPod?

— Não!

— Tá bom. Então a gente vai ter de se virar sem música. É claro que sempre dá para cantar…

— Você é responsável por nós, não entendeu?! — berrou Midori. — Tem a obrigação de fazer tudo o que estiver ao seu alcance!

A resposta de Caitlin foi apática e baixa:

— Não há nada a fazer.

— Então você já desistiu, é isso que está dizendo? — gritou Midori.

Caitlin fixou o olhar nela, e isso a assustou.

— Sim. Vocês não? — foi a resposta murmurada.

Midori deu um soco no ombro dela, desesperada.

— Não é *justo*! Não é, não é!

Caitlin levantou-se, agarrou o braço da garota, afastou-o e sibilou:

— Bom, que pena. Pobre de você. Talvez devesse ter ficado em casa!

Derrotadas, as adolescentes saíram da sala de comunicações. Mia insistiu que deveriam passar pela enfermaria, embora não soubesse bem o que estava procurando. Mas tinha uma teoria, e depois de alguns minutos de procura ela se confirmou: várias das caixas de pílulas que Coleman havia mostrado a eles no armário de medicamentos estavam vazias. *Caitlin. A Caitlin esteve aqui. Começou a se dopar para aguentar passar por isso.*

Mia examinou as caixas. Havia uns comprimidos bem fortes e morfina para dor extrema. Mostrou-os a Midori, que apenas balançou a cabeça, sem nada dizer. Afinal, não havia mesmo nada que pudessem fazer por Caitlin, além de deixá-la em paz com a própria indiferença. Não no momento, pelo menos. Mas isso significava que Caitlin estava certa? Que não havia nada que pudessem fazer por si mesmas senão esperar? Esperar que a eletricidade acabasse? Que todas elas sufocassem e morressem?

Mal falaram enquanto seguiam de volta à cozinha. Tinham um plano, mas a conversa não foi longa — só umas poucas frases de uma delas e a concordância da outra.

Assim que começassem a ter dificuldade para respirar, iriam à sala de equipamentos. Vestiriam trajes espaciais e sairiam à superfície.

Encontrariam um lugar adequado, talvez uma colina, um ponto com vista ampla do espaço. E ali sentariam abraçadas até que o oxigênio acabasse e o envenenamento por monóxido de carbono as levasse confortável e silenciosamente à morte.

CAITLIN

Tudo o que queria era dormir. Queria dormir e acordar em um lugar totalmente diferente. Qualquer lugar estaria bom. Mesmo que fosse no meio do deserto em algum lugar no México, sem comida nem água, com um psicopata e assassino em massa atrás dela. Mesmo que tivesse de se salvar rastejando até os joelhos sangrarem pelo deserto, cercada de cobras e coiotes. Qualquer coisa seria melhor que ficar sentada aqui, presa, sem a menor chance.

A única coisa pela qual Caitlin podia ansiar enquanto ficava sentada, meio afundada em cima da mesa da sala de comunicações, era que as pílulas lhe permitissem evitar a pior parte do medo.

Depois que Coleman deixara a base na tentativa desesperada de encontrar Nadolski e Antoine, ela havia vagado pelos corredores da DARLAH 2 para manter a ansiedade sob controle. Sem pensar muito, fora parar na enfermaria e o enorme armário de medicamentos com a cruz vermelho sangue havia praticamente sorrido para ela, como se estivesse tentando dizer: *Está tudo bem, você não precisa se sentir assim*. Ela o abrira e encontrara de tudo, de penicilina a injeções de adrenalina, morfina, Valium e uma porção de outros analgésicos e anestésicos junto do equipamento normal de primeiros socorros.

A sala na qual estava era relativamente grande. A enfermaria era parte do módulo quatro e fora projetada para acomodar muitos pacientes ao mesmo tempo. No meio do recinto havia quatro mesas que deveriam servir como leitos hospitalares e mesas de autópsia. As paredes eram cobertas de armários que seguiam a forma quase oval da sala. Era quase como se tudo tivesse vindo de um velho filme de ficção científica, no qual ela se via no papel da mocinha em perigo logo antes da cena decisiva.

Para que tudo isso? Todas as lâminas cirúrgicas, os microscópios, os trajes plásticos de laboratório, as botas de borracha? A furadeira, o martelo e aquele conjunto horroroso de alicates para cortar ossos?

Que diabos a NASA estava pensando que aconteceria às pessoas enviadas para cá?

Por que tantos dos armários grandes estavam trancados, e suas chaves, desaparecidas?

Esta base, decidiu Caitlin, impunha muitas questões cujas respostas ela nunca descobriria. Na verdade, nem queria. As respostas certamente a aterrorizariam. E agora ela só queria paz.

Pegou uma caixa de pílulas e uma ampola de morfina, segurando-as com mãos firmes. Sentiu-se imediatamente culpada.

Se tomar isso, vou perder o controle.

Que controle? Você já perdeu isso há muito tempo.

Não aguento mais.

Tem de ficar desperta e alerta, Caitlin.

Desperta para quê? Ninguém vai vir nos resgatar mesmo, ou vai?

Você é responsável por essas adolescentes!

Mas não posso fazer nada por elas. Sou igual a elas. Quero ir para casa.

Se tomar essas coisas, vai arruinar qualquer que seja sua última chance de voltar para casa.

Que chance? Não há chance nenhuma, há? Acabou.

Os pensamentos frenéticos e conflitantes haviam causado uma horrível dor de cabeça. *Já chega.* Colocou as pílulas e a ampola no bolso da jaqueta e voltou à sala de comunicações.

Caitlin sabia que deveria procurar Mia e Midori, mas o mero pensamento daquelas meninas juntas em algum lugar na base já a deprimiu. Elas não deveriam estar aqui. Deveriam estar na Terra com os amigos e a família, não aqui, neste lugar abandonado por Deus. Mas, de certa forma, ela as invejava; as duas tinham a mesma idade e contavam uma com a outra. Ela estava totalmente só, sem ninguém em quem se apoiar.

Voltou ao módulo um com passos pesados.

Sentou-se em uma cadeira diante do painel de transmissores de rádio e equipamentos de comunicação. As incontáveis lâmpadas e telas que normalmente ficariam acesas estavam agora escuras e silenciosas. Sabia que não adiantaria, mas ainda assim não pôde evitar a tentativa de ligar o equipamento todo. Como esperava, nada aconteceu. Desabou na cadeira, escondendo a cabeça entre as mãos, abatida.

O que você está fazendo aqui, Caitlin?

Tentou repassar as memórias para descobrir onde isso tudo havia começado.

Naquele verão ela fizera dezoito anos e estava de férias no México com o namorado, George, seis anos mais velho. Tinham passado a noite na praia, deitados, olhando para o céu. Não havia uma única nuvem à vista e a ausência de luzes permitia ver um número avassalador de estrelas. Às vezes, viam uma estrela cadente riscar o espaço acima das cabeças.

— Faça um pedido — murmurou George.

— O que foi isso? — perguntou Caitlin.

— Você sabe o que são as estrelas cadentes de verdade?

— Meteoros.

George concordou e sentou, apoiado nos cotovelos.

— Sim, parcialmente correto. Mas são principalmente detritos espaciais. Sabe, cápsulas espaciais, satélites, todo tipo de porcaria que já mandamos para o espaço ao longo dos anos. Tem câmeras, alicates e chaves orbitando a Terra neste momento. Por isso é que é difícil lançar foguetes hoje em dia. Por causa desses detritos.

— Você tá brincando, né? Quero dizer, se estivermos falando só de umas peças e câmeras de vídeo, tem espaço suficiente lá em cima.

— Bom, aquela peça está girando em uma velocidade de uns vinte e oito mil quilômetros por hora. São quase oito quilômetros por segundo. E não seria tão legal ser atropelado por esses vinte e oito mil quilômetros por hora, né? E também não tem só uma dessas no espaço. São centenas de coisas flutuando por aí a esmo, em órbitas desconhecidas, então, é impossível ter certeza de onde elas estão. É uma loucura, Caitlin.

Muitos anos depois, quando Caitlin já era astronauta, começara a trabalhar para a NASA e estava se preparando para a missão lunar, ela tivera chance de ver uma análise da Agência Europeia Espacial, a ESA, de todos os objetos humanos que orbitavam a Terra.

George estava certo. Realmente havia *muitos* deles. Muitos mesmo. Mas também estava errado. Pois o número de satélites e chaves e quaisquer que fossem aquelas coisas não estava na casa das centenas. Estava na dos milhares. Só os satélites chegavam a dois mil e duzentos, fornecendo aos habitantes da Terra sinais de TV, navegação GPS, e assim por diante. E talvez esse tivesse sido o começo de seu interesse pelo espaço, que duraria por toda a vida.

Pensava nisso com frequência, na conversa que tiveram aquela noite. Não fosse por isso, talvez ela nunca tivesse se tornado uma astronauta, mas algo totalmente diferente. Médica, talvez. Ou arquiteta.

De repente, um dos rádios chiou. Em um impulso, Caitlin foi arrancada do devaneio e lançada de volta à realidade.

O rádio funciona!

O rádio funciona!

Ficou ali, paralisada, ouvindo o chiado e o ruído branco. Uma pequena luz vermelha no aparelho havia se ligado. O receptor tinha energia. Ela não tinha ideia de como isso era possível, mas não saber isso não a incomodava nesse momento. O importante era que estava funcionando. *Ela podia contatar a Terra!*

A alegria e a ansiedade fizeram suas mãos tremerem incontrolavelmente. *Tá bom, muita calma nessa hora…*

Esticou a mão e, suave mas firmemente, girou o disco, buscando uma frequência. O chiado parou instantaneamente e, por um segundo, ela ficou apavorada com a ideia de que tivesse estragado alguma coisa. Mas então, depois de ter virado o disco até a metade, o som reapareceu, mais claro agora. Havia vozes. Ela ouvia vozes.

Sem desperdiçar nem um segundo, agarrou o microfone e ajustou o rádio na frequência de emergência.

— Houston, aqui é a DARLAH 2, temos um problema!

Por alguns segundos, esperou uma resposta, mas nenhuma veio. Tentou outra vez.

— Houston, Houston, aqui é a DARLAH 2, temos um problema! A energia da base caiu e a *Demeter* foi danificada. Houston, está me ouvindo? Aqui é Caitlin Hall da DARLAH 2. Alô?

Nada.

Tentou outras frequências e repetiu a mensagem para o receptor em Houston. Mas o silêncio foi total. Febrilmente, experimentou todas as frequências e ajustes. De vez em quando o chiado original ressurgia, às vezes com vozes indistintas ao fundo, outras vezes apenas o ruído. Desistindo, ela afundou outra vez na cadeira. E foi nesse momento que as vozes se tornaram totalmente claras em meio ao ruído. Vinham de um canal de notícias. Ela pensou reconhecer a voz do repórter.

— … A NASA tem rejeitado as acusações veementes de que não está trabalhando com a rapidez necessária para planejar uma missão de resgate aos cinco astronautas e três adolescentes presos na Lua. O presidente dos Estados Unidos também está enfrentando críticas severas a seu pedido de um minuto de silêncio em respeito aos membros da missão lunar. Especula-se que a agência esteja retendo informações, o que desperta rumores exaltados quanto à existência de provas de que não houve sobreviventes…

— Não! *Não!* — berrou Caitlin com o rádio, batendo freneticamente na máquina. — Não desistam agora, nós ainda estamos aqui, estamos vivas, *ouviram*? — O noticiário foi interrompido. As caixas de som emitiram um rangido lancinante e infernal por alguns segundos antes de silenciarem bruscamente e para sempre.

Ela empurrou a cadeira para trás, levantou-se de um salto e começou a chutar o rádio.

— *Eu não aguento mais*! — gritou, lágrimas escorrendo pela face. Faíscas saíam dos dutos de ventilação e o odor fétido da fumaça começou a penetrar na sala.

Sem pensar, as mãos trêmulas encontraram as pílulas e a ampola de morfina nos bolsos da jaqueta. Tirou duas pílulas e as engoliu sem água.

Por um último segundo, pensou no que deveria fazer, se havia alguma boa alternativa. Mas não. Em um gesto decisivo, quebrou a ponta da ampola e enfiou a agulha na coxa, pelo tecido das calças, e apertou.

A morfina começou a funcionar rapidamente. Um calor pesado espalhou-se pelo corpo e a envolveu em um cobertor macio e grosso de suave e descuidada indiferença.

O SINAL

Estavam esperando que isso acontecesse. Mas, quando finalmente aconteceu, ainda assim foi uma surpresa total.

As luzes de emergência se apagaram.

Midori e Mia estavam na cozinha quando a iluminação avermelhada à qual já quase se haviam acostumado ao longo do último dia finalmente desapareceu. Foi-se em um segundo, substituída pela escuridão total e absoluta.

Midori havia encontrado lanternas no depósito algumas horas antes e as colocara na mesa diante delas enquanto esperavam pela escuridão. Porém, a luz das lanternas era muito mais fraca do que haviam esperado. Para ir em segurança de um lugar a outro, eram forçadas a apontar os fachos trêmulos ao mesmo tempo. Os corredores longos e indistintos aos quais finalmente haviam se acostumado pareceram subitamente desconhecidos, labirínticos e intermináveis. Mas elas prosseguiram, embora não soubessem bem por quê.

A cada passo, Mia percebia quanto sentia falta de Antoine, dos amigos, da sua cidade, do irmão, Sander, e mesmo dos pais. Mas forçava esses pensamentos a ficarem em um canto da mente, escondendo-os tão bem quanto podia.

Ela e Midori não conversaram muito, e nenhuma das duas mencionou o fato de que estavam andando por aí sem rumo nem plano. Era melhor não discutir o assunto. Só continuar andando, em movimento. Sentir como se estivessem pelo menos *fazendo* algo para se manterem vivas.

Pois muito em breve seria hora de sentar. E, quando fizessem isso, seria pela última vez.

Encontraram Caitlin na sala de estar. Estava dormindo em um dos sofás. Midori se aproximou e certificou-se de que ela estava respirando. Deixaram-na ali e voltaram aos corredores.

Mia sugeriu que fossem à sala dos computadores. Antes, a entrada lá fora era proibida para elas, mas agora que eram as únicas na base não havia razão para cumprir essa regra. Agora a porta da sala, sempre trancada, estava aberta, e elas entraram sem problemas.

Mia olhou para o recinto octogonal e suas preocupações se confirmaram. Todo o equipamento provavelmente datava do começo dos anos setenta. O principal computador se localizava no meio da sala. Havia uma cadeira presa ao chão diante dele, e as paredes e o teto estavam cobertos por telas de vídeo e centenas de pequenas luzes e botões que, Mia pensou, antigamente teriam se acendido e brilhado como um parque de diversões. Ela se largou em uma cadeira e grunhiu.

— Com esse equipamento a gente nunca teve chance, Midori. — Bateu com a mão no computador algumas vezes. A máquina emitiu um *pfffsst* baixo e elétrico, e uma luz piscou rapidamente pela tela antes de voltar a se apagar. — Essa é a coisa mais revoltante que já vi na minha vida. O que eles estavam pensando? É sério que ninguém fez objeções? Eles acharam mesmo que esse computador antigo continuaria a funcionar sem o menor problema por cem anos? É tão injusto! — Ergueu o pé, chutando a máquina com mais força desta vez. Novamente, a máquina emitiu um som e se acendeu.

Mas, desta vez, a luz continuou acesa.

— Midori, olha! — exclamou Mia, impressionada. — Ainda tem vida nessa coisa!

Duas palavras brilharam em branco na tela preta:

SISTEMA ATIVADO

— Mia, o que está fazendo? Não mexe nessa coisa.

— Você não entende? Eu consegui ligar! Toda a DARLAH 2 está sem energia, mas o computador principal ainda está ativo. Como você explica isso?

Midori não tinha nada a dizer.

— Deve haver alguma outra coisa fazendo isso funcionar — supôs Mia. — Deve ter sua própria fonte de energia em algum lugar.

— Vê se consegue alguma informação dele.

— O que devo escrever?

— Sei lá. Hum… bom, por que não tentar achar algo sobre a energia? Como podemos religar a energia?

— Tá bom, espera aí.

Mia se debruçou sobre o teclado e digitou:

STATUS DE ENERGIA?

Apertou *Enter* e um segundo depois surgiu a resposta:

ENERGIA PRINCIPAL DESLIGADA MANUALMENTE
ENERGIA DE EMERGÊNCIA FALHOU
ÀS 23:41 MTLT

Ah, merda. Sentiu o medo instalando-se no peito e uma onda de náusea a percorreu.

— Midori… a energia não se desligou sozinha. Alguém a desligou.

— Você não tem como saber.

— Bom, olha isso. Está dizendo bem aqui, em preto e branco.

MANUALMENTE

A palavra brilhava para elas, quase zombeteira. *Manualmente.* Não havia como duvidar. Alguém ou alguma coisa estivera aqui e programara o desligamento da energia.

Mia voltou a se debruçar sobre o teclado.

LIGAR ENERGIA

E a resposta apareceu na mesma velocidade que a primeira:

NEGATIVO
PRIORIDADE DP7 0271DE
EQUIPE DEVE EVACUAR A ÁREA

— O que você acha que isso significa, Mia?

— Que o computador não quer ligar a energia. Ou então… *não pode.*

— O que acha que é essa Prioridade DP7 0271DE?

Mia demorou a responder.

— Não sei. O que quer que seja… acho que significa que agora estamos por conta própria.

Midori negou, balançando a cabeça, como se não conseguisse compreender a mensagem. Mudou de assunto.

— Pergunta como a gente faz pra sair daqui. Evacuação, resgate, qualquer coisa. Vai!

Mia digitou.

MOSTRAR PLANO DE EVACUAÇÃO

Deu *Enter*, mas nada aconteceu. Esperaram. O computador começou a emitir um ruído baixo, como se estivesse prestes a superaquecer. A tela brilhou, tomada pela estática, mas nenhuma palavra apareceu. O ruído tornou-se um zumbido tão alto que forçou as garotas a taparem os ouvidos. As vibrações se intensificaram rapidamente. A unidade se chacoalhou e as cabeças latejaram até o som parar abruptamente e a tela ficar negra.

Depois de quase vinte segundos de silêncio, a resposta apareceu:

NÃO HÁ FUGA

Novamente, a tela enegreceu por um segundo antes que mais um texto aparecesse:

FORNECIMENTO DE OXIGÊNIO
ACABARÁ EM 224 MINUTOS

— Quem diabos está escrevendo isso? — gritou Midori frustrada, tirando Mia do caminho. Martelou a pergunta no teclado.

QUEM ESTÁ FALANDO?

A resposta foi imediata.

011101110110010100100000
011000010111001001100101
001000000110110001100101
011001110110100101101111
011011100111001100101110

— Não faz o menor sentido. Tenta de novo, Midori.

QUEM ESTÁ FALANDO?

Novos caracteres surgiram na tela:

AQUI É ЬEQUJS

Mia pretendia reformular a pergunta na esperança de receber uma resposta mais clara, mas, antes que tivesse chance de digitar, uma nova frase apareceu na tela. Uma frase que assustou Mia mais que tudo:

DERE KOMMER IKKE TIL Å OVERLEVE

Instintivamente ela se afastou da tela com um salto, como se as próprias palavras fossem atacá-la.

— Que língua é essa? — perguntou Midori, olhando para as letras.

— Isso… é norueguês. Significa… — Mia olhou seriamente para a amiga. — Significa "Vocês não vão sobreviver". — Midori arfou, e Mia balançou a cabeça, incrédula. — Como o computador sabe que eu falo norueguês?

As palavras continuaram ali alguns segundos antes de serem substituídas por outros caracteres.

キミタチハ シヌ.

Midori apontou a tela.

— Japonês! Ai, meu Deus, ele sabe quem nós somos.

Naquele exato segundo, a tela se desligou. Midori chutou o aparelho algumas vezes para fazê-lo voltar a funcionar, mas agora era como se nunca tivesse funcionado. Continuaram tentando por dez ou quinze minutos e vasculharam a sala de alto a baixo sem encontrar nada que pudesse ligá-lo outra vez. Mas o computador da DARLAH 2 já dissera o que queria.

As garotas deixaram a sala dos computadores com a sensação desconfortável de que alguém as observava na escuridão. Midori agarrou o braço de Mia e as duas se moveram no mesmo passo pela base.

— Aonde a gente vai agora? — perguntou Midori.

— Pra longe daqui — sussurrou Mia decidida, puxando-a consigo.

Midori estava chorando.

— Não tem pra onde ir. Você sabe disso.

— Tem, sim — retrucou a outra, sem ter certeza de que sabia o que dizia. — Vem. Não é longe.

— O que não é longe? — fungou Midori. — Aonde a gente vai?

— Só fica perto de mim, tá?

— Tá.

Entraram em um corredor no qual nenhuma das duas estivera antes. O ar era diferente. Orgânico, de alguma forma. Mia tinha certeza de que reconhecia o cheiro de plantas, terra.

— O que é isso? — sussurrou.

As duas apontaram as lanternas para o chão. Plantas verdes cresciam diante delas. Tomates. Repolhos. Grama. Tudo crescendo em demasia e com cheiro de podridão.

— Estamos na estufa. Ao lado do gerador de oxigênio.

— Será que a gente não pode ficar aqui um pouquinho? — queixou-se Midori, quase sem voz. — Não quero mais andar. Não consigo.

Pararam, ouviram. Nada. Mia se abaixou e pegou dois tomates. Deu um a Midori.

— Aqui, come isso.

— O que é?

— Um tomate. Come agora.

Morderam os frutos. E ambas cuspiram os bocados ao mesmo tempo.

— Eca — disse Midori. — Tem gosto de coisa velha. De metal.

Mia deixou a luz da lanterna cair sobre os tomates. Um verme cinzento se retorcia por entre grandes buracos na pele do tomate.

— Eeeca! — gritou Midori, jogando o tomate longe. Atingiu a parede um *thump* baixo e úmido. Ela pôde ouvir o suco apodrecido pingando da parede.

— Midori? É você?

A voz vinha do corredor. Repetiu a pergunta algumas vezes antes que as garotas saíssem da estufa e voltassem pelo corredor. À luz fraca das lanternas, reconheceram-no na mesma hora.

Era Coleman. Midori soltou um suspiro de alívio. *Ele não está morto!* Caitlin estava errada. E, se Coleman estava vivo, então, talvez…

O ânimo de Mia se elevou por um momento precioso.

— *Coleman!* — gritou ela. — Graças a Deus você está aqui!

Ele assentiu, mas não pareceu saber exatamente o que dizer.

— Você não tinha saído pra procurar o Nadolski e o Antoine? — perguntou Mia.

— Eu saí — respondeu ele em voz baixa ao se aproximar. — Mas não os encontrei.

O coração de Mia se partiu ao ouvir as notícias. Coleman continuou:

— O rastro das rodas deles parou a uns cinco quilômetros e meio daqui, mas não vi nem eles nem os veículos. Então, dei meia-volta. Cheguei aqui pouco antes de as luzes de emergência se apagarem. Desde então estou tateando no escuro, procurando vocês. — Colocou a mão na cabeça de Mia e afagou-lhe o cabelo. Ela não saberia dizer se gostou disso. — E agora aqui estão vocês — acrescentou.

Midori não acreditou nele.

— Mas por que você voltou, afinal? Por que não continuou e foi pra DARLAH 1?

— Sozinho? Sem vocês duas? Não, Midori, sou responsável por todo mundo que sobrou. Esqueceu?

Ele estava agindo estranhamente, isso era certeza. Será que andara se servindo de suprimentos da enfermaria também? Ou só perdera o juízo? Difícil dizer. Mia não sabia se podia confiar nele, mas decidiu aceitar o risco. Afinal, era tudo o que ela tinha.

— Descobrimos uma coisa — disse ela.

— Sério? O quê? — Ele pareceu curioso, mas desinteressado.

— Na sala dos computadores.

— Achei que eu tinha proibido vocês de entrar lá. — Coleman foi firme.

Mia encolheu os ombros.

— Acho que isso não importa mais, né?

O homem assentiu lentamente.

— Mesmo assim, vocês não deviam ter feito isso.

— Nós ativamos o computador. Depois que a energia de emergência se desligou.

— Isso é impossível — disse Coleman na mesma hora. — A sala dos computadores está diretamente conectada ao gerador de energia e à energia de emergência.

— Bom, parece que não — comentou Midori secamente. — De todo modo, ele nos disse umas coisas.

— Como o quê?

— Quer dizer que não sabe? — Agora Mia não achava mesmo que podia confiar totalmente nele. — Pensei que você soubesse tudo sobre essa base.

— Também pensei, mas isso foi antes de os computadores começarem a funcionar sem nenhuma fonte de energia. — Ele sentiu que sua considerável ansiedade crescia ainda mais.

— Ele nos contou sobre a prioridade DP7 0271DE.

Coleman franziu o cenho. Esse não era um dos códigos que fora treinado para reconhecer. Nenhum dos códigos da base continha letras, disso ele tinha certeza.

— Não sei o que significa — respondeu.

— Também não sabemos o que é. Mas ele nos mandou evacuar a base.

— Não sei se entendi…

— Só estou repetindo o que dizia na tela. Mas tem mais.

— Mais?

Midori contou a ele tudo o que haviam visto. A informação sobre quando o oxigênio acabaria. A mensagem de que não havia plano de evacuação, que a energia havia sido desligada manualmente e que a máquina sabia que elas vinham da Noruega e do Japão. E depois informaram a Coleman o código que a máquina lhes dera em resposta à pergunta sobre sua identidade.

Puderam ver que essa última parte o surpreendeu.

— O que você acabou de dizer? — perguntou ele.

— 6EQUJ5 — repetiu Mia.

— Tem certeza disso? Certeza de que os números e letras estavam exatamente nessa ordem? Isso é muito importante, entenda. Existe alguma chance de que vocês tenham confundido os números ou letras?

— Não — responderam juntas.

Coleman ficou quieto por um longo tempo. Então, disse:

— Receio que tenhamos problemas maiores do que imaginamos.

E então percebeu que faltava alguém.

— Cadê a Caitlin? — perguntou.

Mia e Midori contaram sobre a suspeita de que ela havia tomado sedativos da enfermaria. Ele pegou as lanternas das garotas e as usou para guiá-las em segurança até a sala de estar, onde esperavam que Caitlin ainda estivesse dormindo. As duas o seguiram, saindo da área da estufa e entrando no corredor vazio do módulo três.

Pararam na despensa a caminho da sala de estar. Coleman encontrou lanternas melhores em um armário trancado.

— Estas aqui devem durar mais de quinze horas — disse ele, entregando uma para cada garota. As lanternas eram grandes e pesadas. Lembravam a Mia versões menores das luzes de teatro que as bandas usavam em concertos. Mal conseguiam carregá-las com uma só mão. Coleman pegou duas extras das prateleiras e ligou uma delas.

— Preciso contar uma coisa a vocês duas — começou ele. — Pode ser importante. Tem a ver com aquele código que a máquina informou, o 6EQUJ5. Não é um código ou erro qualquer. É uma assinatura. Um sinal.

— Um sinal? — repetiu Mia.

— Sim, um sinal. Normalmente é chamado de "sinal Wow!", por causa da anotação que o astrônomo fez na margem da página impressa. Me deixem tentar explicar. Em Delaware, Ohio, já houve um radiotelescópio gigante chamado Big Ear, o "grande ouvido". Esse radiotelescópio era parte do Observatório Perkins na faculdade Ohio Wesleyan University. Foi instalado do lado de fora em uma superfície enorme e achatada, feita de alumínio, quase do tamanho de um campo de futebol. E paredes refletoras foram colocadas de cada lado para captar e amplificar sinais que chegassem. Entre 1963 e 1998, o telescópio Big Ear foi usado para procurar por ondas de rádio que pudessem estar vindo de vida inteligente no espaço. Em cinquenta canais monitorados por computadores, os astrônomos podiam procurar sinais inteligentes.

Mia e Midori ouviam atentamente.

— Nos primeiros catorze anos nada aconteceu. Absolutamente nada. Não conseguiram detectar nem um único sinal de rádio desconhecido. As páginas impressas de computador que os astrônomos revisavam a cada dia não mostravam nada além de uma série chata de uns, dois e três. Isso quer dizer que os sinais captados pelo telescópio pertenciam a frequências e fontes que os pesquisadores já conheciam. Como planetas ou asteroides, por exemplo. Pois é claro que qualquer objeto com massa envia ondas de rádio. Assim como as pessoas. Mas um dia, 15 de agosto de 1977, pouco depois das onze da noite, algo aconteceu.

O dr. Jerry R. Ehman estava sentado ali analisando as páginas quando de repente descobriu que os números no papel haviam mudado. Primeiro apareceu um quatro, depois um seis. E de repente uma sequência inteira, um código, um sinal que ninguém jamais tinha ouvido. Com uma intensidade totalmente diferente. Os medidores estavam pulando loucamente. Em vez de gravar a fonte do som como uma série de uns e dois, esse código aparecia como 6EQUJ5.

Mia e Midori ficaram primeiro impressionadas, depois arrepiadas, ao ouvir o código que reconheciam.

— Ninguém soube explicar de onde vinha o sinal. Durou exatamente setenta e dois segundos antes de desaparecer. E depois disso nunca mais reapareceu. Por quase vinte anos eles tentaram localizar o sinal outra vez. Usaram equipamentos melhores, mais gente e mais tempo, mas foi como se nunca tivesse existido. O dr. Ehman passou anos estudando aquela impressão e aqueles números. Pouco a pouco, descartou as explicações mais naturais. O sinal não poderia ter vindo de planetas, asteroides, satélites, aviões ou da Terra. Essas coisas simplesmente não correspondiam à frequência do som. Restou uma grande pergunta: o sinal poderia ter vindo de algo inteligente, como se tivesse sido enviado de um farol em diferentes direções, e atingido a Terra aleatoriamente? Pelo menos isso tornaria provável que Ehman só conseguiu seguir o sinal por setenta e dois segundos antes de ele ser enviado em outra direção. Independentemente disso, a pergunta "o que significa 6EQUJ5?" foi discutida por mais de quarenta anos. Mas agora? Receio que a discussão tenha acabado.

Mia olhou para Coleman à luz da lanterna. De repente, sentiu-se mortalmente amedrontada.

— O que está dizendo? — perguntou.

A voz do homem ficou séria.

— Estou dizendo que precisamos sair daqui.

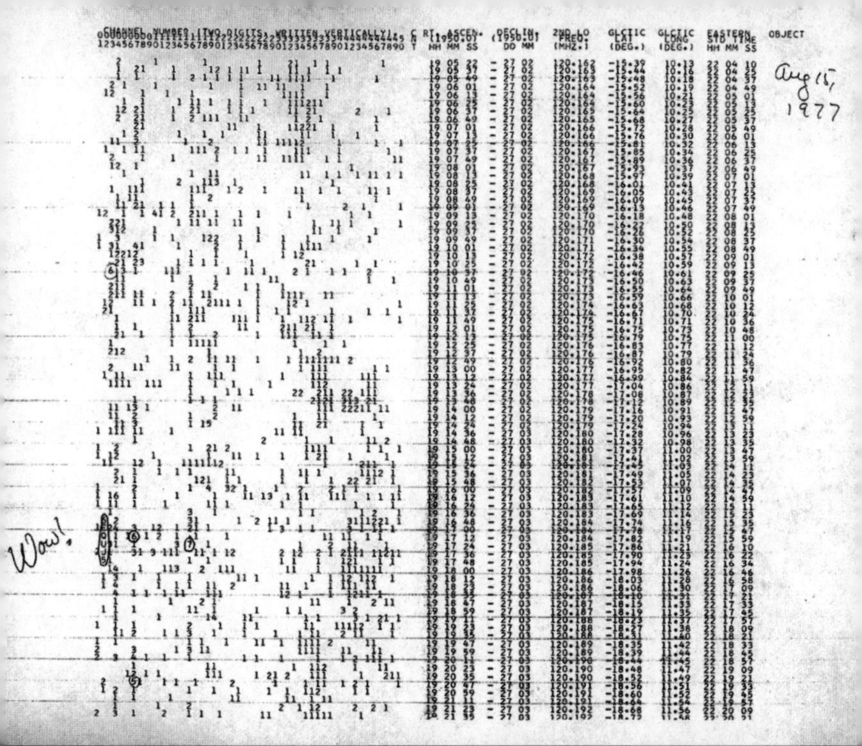
CHANNEL NUMBER (TWO DIGITS, WRITTEN VERTICALLY)
RT. ASCEN. (1950.0) HH MM SS
DECLIN. (1950.0) DD MM
2ND LO FREQ. (MHZ.)
GLCTIC LAT (DEG.)
GLCTIC LONG (DEG.)
EASTERN STD TIME HH MM SS
OBJECT
Aug 15, 1977
Wow!

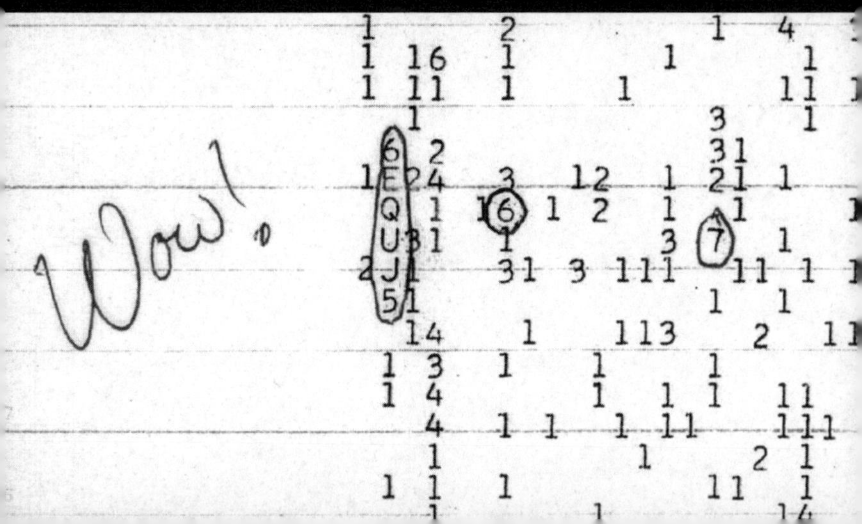
Wow!

A ESCURIDÃO

Coleman sabia o que devia ser feito. Debruçando-se sobre Caitlin na sala de estar, ele aplicou a injeção. Mia não tinha ideia do que continha, mas o efeito foi óbvio, pois poucos minutos depois Caitlin estava consciente, sentada no sofá. Seu olhar não estava mais tão vago e o rosto recuperara um pouco da cor. Coleman sussurrou algo para ela. Nem Mia nem Midori puderam ouvir o que disse, mas as palavras pareceram tirá-la da escuridão.

Os quatro se reuniram ao redor de uma das mesas. Coleman posicionou as lanternas perto de todos para que pudessem ver uns aos outros.

— Não planejo dar falsas esperanças a vocês. A situação é crítica, e agora é o momento de agir. O gerador de oxigênio vai parar de funcionar em menos de duas horas. Daí em diante, as condições aqui dentro vão se tornar insuportáveis rapidamente. O que significa que vocês todas têm de abandonar a base.

— Mas... aonde você sugere que a gente vá? — perguntou Midori.

— DARLAH 1.

— Coleman — começou Caitlin —, dois de nós tentaram ir pra lá e desde então nunca mais tivemos notícias deles. Acha mesmo que...?

— É nossa única opção — disse ele, interrompendo-a. — É um risco que precisamos correr. Se alguém tiver uma ideia melhor, estou aberto a ela, mas no momento esta é a única coisa que faz sentido.

Midori olhou de relance para o outro lado da mesa para ver se Mia parecia tão assustada quanto ela. Mas, para sua surpresa, a garota parecia exatamente o oposto: calma, determinada, concentrada. E vê-la assim ajudava. Enquanto Mia não desistisse, haveria esperança.

— Tudo bem — disse Midori. — Imagine que a gente consiga chegar à DARLAH 1. O que exatamente vamos fazer lá?

Coleman tirou um mapa do bolso interno. Era do mesmo tamanho que o mapa da DARLAH 2.

— Há uma cápsula de evacuação no final da DARLAH 1. Para chegar lá, vocês precisam passar pela estação de energia e dois corredores fechados. Cinco escotilhas no total. Infelizmente, nunca estive lá, então, não posso explicar como funciona. Mas deve ser simples e autoexplicativa. Está pré-programada para voltar à Terra, uma viagem que deve levar quatro dias. Quando ativarem estágio de foguete a bordo, a cápsula vai sair da DARLAH 1 e se erguer a uma altura de quinze mil metros. Então, vai contornar a Lua até ganhar velocidade suficiente para começar a viagem à Terra. O sistema de controle da cápsula vai modular o ângulo e a velocidade de reentrada assim que chegar à atmosfera da Terra, e paraquedas serão liberados a seis mil metros para desacelerar a queda. Algum radar na Terra com certeza vai descobrir a cápsula antes de vocês aterrissarem. Também tem um transmissor de rádio embutido que vai se ativar quando pousar, para facilitar a localização. Com um pouco de sorte, vocês vão ser encontradas dentro de poucas horas.

— "Vocês"? — perguntou Mia, olhando para Coleman com terror nos olhos. — Por que não está dizendo "nós"?

Ele sorriu tristemente.

— A cápsula de evacuação só tem espaço para três pessoas.

— Então, precisamos achar outra solução! — explodiu Caitlin, subitamente revigorada do seu estupor induzido por drogas. — Não vou aceitar isso!

— Vai ter de aceitar. Não há outras soluções.

Mia não podia acreditar no que Coleman estava dizendo.

— Precisa haver algo que a gente possa fazer! Talvez a gente possa… quero dizer, tem de haver um jeito de colocar quatro pessoas naquela cápsula, ou…

— Não, Mia. Receio que não haja espaço. — Então, ele acrescentou: — Eu fiz minha escolha. Agora é hora de tirar vocês daqui.

Midori estivera completamente paralisada pelo que Coleman dissera, mas agora se forçava a abrir a boca:

— Não vamos embora sem você.

Ele deu um sorriso cauteloso.

— Receio não merecer uma passagem para casa, Midori. Então, escolho ficar. É a coisa certa a fazer. Alguém tem de afundar com o navio, sabe. E eu?

— Ele olhou para a sala ao redor como se na verdade gostasse do lugar. — Eu sou o comandante da DARLAH.

Mia estava prestes a dizer algo mais, mas Coleman gesticulou para que ficasse quieta.

— O tempo está acabando. Vamos nos concentrar em fazer o que precisamos fazer.

Colocou na mesa um mapa detalhado que mostrava o caminho da DARLAH 2 à DARLAH 1. Empurrou-o lentamente para Mia. Ela imaginou se deveria passá-lo a Caitlin, mas um rápido olhar na direção da mulher informou que essa não era uma boa ideia. Ela parecia ter se retraído novamente.

— Você está encarregada do mapa, Mia. Nunca o deixe sumir da sua vista. Vai encontrar trajes e tanques de oxigênio cheios na sala de equipamentos, no módulo quatro. São pouco mais de onze quilômetros até a estação de energia, e vocês não devem levar mais que três horas pra chegar lá. Vão num passo firme e não olhem pra trás. Não se esqueça de usar a câmara de descompressão antes de entrar na estação. Caitlin?

— Sim? — Ela estava sentada, rígida e imóvel, olhando para o chão.

— Vá à cozinha antes de sair. Coma alguma coisa e pegue o suficiente para beber. Vocês vão precisar disso na viagem. — Levantou-se da mesa. — E agora é hora de eu me despedir.

Mia deveria realmente odiá-lo por tê-las metido nessa situação. Afinal, era culpa dele. Ele e sua gente haviam mentido o tempo todo. Mas não conseguia. Olhava para ele, mas tudo o que via era um homem que fizera a escolha errada. De repente, percebeu quanto gostava dele, quanto havia gostado de todas as pessoas com quem estivera aqui. Stanton, Nadolski, Wilson, Antoine… e agora estava perdendo mais uma pessoa. Não sabia se aguentaria.

Coleman contornou a mesa para abraçá-la.

— Sei o que está pensando — sussurrou ele. — Mas prometo que vocês vão conseguir. Daqui a quatro dias, você vai ser a pessoa mais feliz que já houve na Terra. Vai respirar o ar fresco de um jeito totalmente novo. Vai parar diante do oceano e sentir o mar salgado espirrar e arder no seu nariz. Vai ficar com as pessoas que conhece e ama, e vai apreciar a beleza de tudo o que existe. Vai ver carros atrás de você no espelho retrovisor e talvez rir da cara dos motoristas. Porque eles vão estar irritados, entediados, zangados. E você vai perceber o que eles não sabem. Vai viver uma vida longa e feliz, Mia. Porque, quando voltar pra casa, vai perceber que *tudo* é possível. Não deve se esquecer disso.

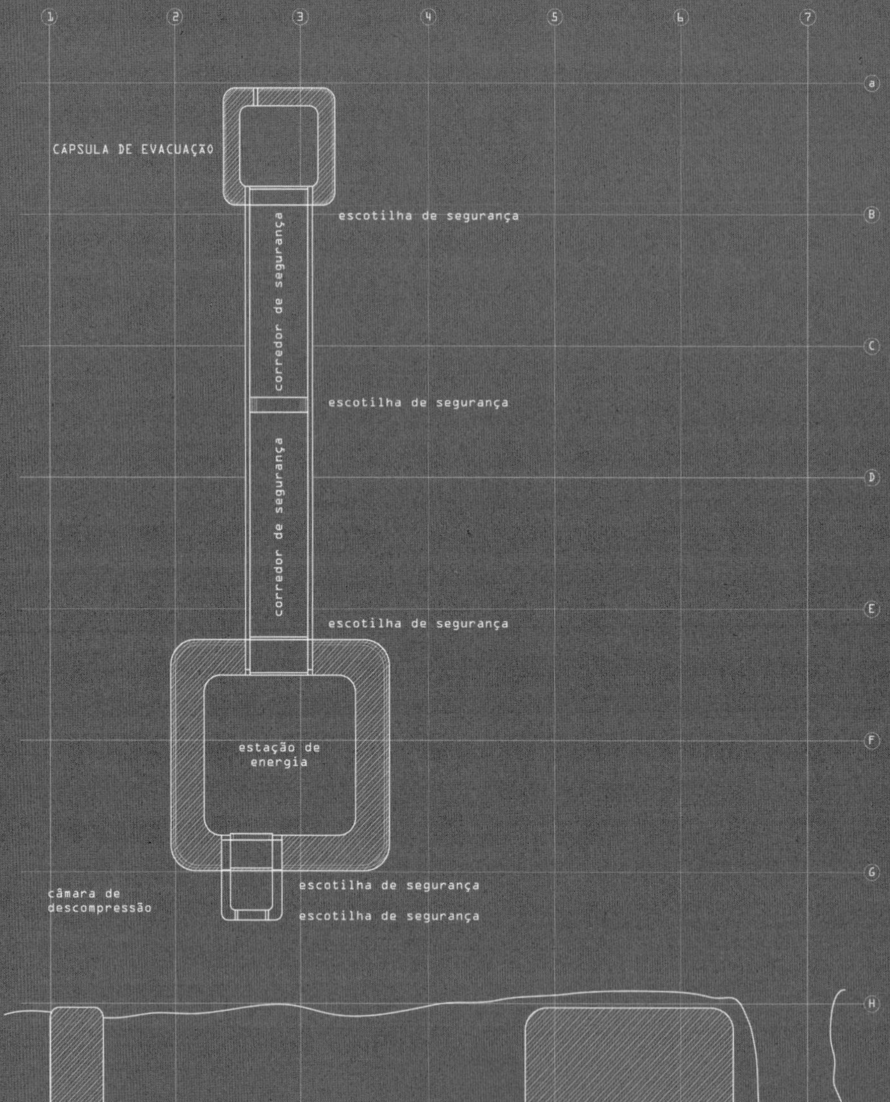

DARLAH 1

BASE LUNAR INTERNACIONAL
MAR DA TRANQUILIDADE
Mare Tranquillitatis
WPN BA3547698-5874-78

Ele a soltou e se aproximou de Midori, abraçando-a também antes de chegar até Caitlin.

— Receio que a hospitalidade aqui na Lua tenha sido ainda pior do que eu esperava, Caitlin. Acho que é melhor você dizer para eles não mandarem mais ninguém para cá. Eu sinto muito por isso, muito mesmo.

— Esquece isso — fungou ela.

— É uma boa astronauta, senhorita Hall. Essas meninas precisam das suas habilidades. Esta é a missão mais importante da sua vida. Agora, cuidem-se todas vocês.

E, com essas palavras, ele pegou uma das lanternas e saiu da sala.

As três mulheres ficaram ali, em silêncio.

Coleman iniciou sua última caminhada pelos corredores escuros da DARLAH 2. Com passos decididos, foi até o quarto no módulo dois. Abriu o armário, pegou a pistola e enfiou-a dentro da jaqueta antes de se virar e partir para a estufa. Sentou-se junto da grande macieira e colocou a lanterna perto de si.

Esperaria aqui. Esperaria até ter certeza absoluta de que as outras três haviam conseguido sair da base e estavam a caminho da DARLAH 1. Ficaria aqui, a postos, com a arma na mão, até o nível de oxigênio estar tão baixo que certamente não houvesse mais nenhum outro ser vivo entre estas paredes.

E então acabaria com tudo.

OXIGÊNIO

Mia sentia a cabeça enevoada. Fazia apenas uma hora que o fluxo regular de oxigênio do gerador havia parado, mas ela já conseguia perceber como ia ficando difícil respirar. A cada vez que inspirava, sentia como se alguém já tivesse inspirado aquele mesmo ar e drenado sua capacidade. Depois que a energia acabara, a temperatura começara a aumentar lentamente. O sol que batia na superfície da Lua, garantindo temperaturas superiores a noventa graus no exterior, estava penetrando o isolamento da base. E agora que o sistema de resfriamento não estava mais funcionando não havia muitas coisas capazes de barrar o calor.

Midori estava sentada sozinha em um canto da cozinha, tentando comer uma maçã. Caitlin estudava o mapa. Fora ideia dela continuar ali por mais algumas horas antes de abandonar a base para sempre e começar a jornada até a DARLAH 1. O sol ainda estava forte demais lá fora. Sem uma atmosfera, não havia nada que as protegesse da radiação e, portanto, era perigoso demais arriscar uma saída. Além disso, Caitlin quis dar a elas a oportunidade de beber o bastante antes de ir. Virar e voltar não seria uma opção.

Mia estava parada diante da grande janela, olhando para fora. No sol refletido no vidro, ela podia ver o próprio reflexo, indistinto e escuro. Ligou a lanterna e apontou-a para o rosto. O reflexo na janela ficou mais claro. Pôde ver sua aparência esgotada. Os últimos dias claramente haviam deixado uma marca. Mia achou que estava parecendo um fantasma vivo. Tinha olheiras escuras e o cabelo estava jogado para o lado de qualquer jeito. Era uma visão deprimente. Baixou a luz e o rosto desapareceu do vidro.

— Mia? Tem certeza de que já bebeu o bastante? — perguntou Caitlin. A garota voltou-se para ela e confirmou distraidamente. Não suportava a ideia de se forçar a beber nem mais uma gota de água dali. Tinha um gosto metálico, velho, podre. Gosto de morte lenta.

Estava impaciente. Não podiam ir logo? Terminar de uma vez com isso? Queria sair de lá o mais rápido possível e nunca mais voltar. Para começar, havia sido um erro ir até ali, o maior erro de todos. Desde o começo esse lugar estivera acabando com ela, e, a esta altura, quase nada restava. O único garoto que ela já tivera chance de amar estava em algum lugar lá fora com Nadolski, ou sozinho. E ela quase podia farejar a decadência apegada às paredes. Precisava se concentrar se quisesse evitar pensar que esse era o cheiro de Wilson, Stanton e Coleman. Não sabia ao certo onde eles estavam, mas estavam perto. Ela podia sentir.

Novamente, ergueu o olhar e apontou a luz para o rosto. Olhou para a janela. Suas feições pareciam até mais distintas agora. Conseguia analisar os detalhes ao redor do nariz, da boca, do cabelo. Não estava nada bem. Resignada, desligou a lanterna e baixou-a.

Foi então que notou.

O reflexo não desapareceu.

Ficou ali, na janela, ainda mais claro que antes.

Por um segundo, deixou-se apenas fascinar por ele. Fez uma careta.

Mas o reflexo não mudou.

E em uma fração do próximo segundo ela entendeu: *Isso não é um reflexo. Isso é você. Você mesma.*

Lá fora.

Mia gritou. Largou a lanterna e cambaleou de costas enquanto via o próprio rosto na vidraça zombando dela. Perdeu o equilíbrio, bateu na mesa e derrubou diversos pratos antes de cair no chão. Midori saltou da cadeira e veio correndo.

— Mia, o que foi? — gritou Midori. — Mia?

Mia apontou para a janela. Midori foi até lá cuidadosamente. Olhou para fora.

— Não tem nada aqui, Mia. Nada.

— Eu vi… — Ela não conseguiu completar a frase. Fechou os olhos.

Caitlin se levantou. Aproximou-se de Midori.

— O que está acontecendo? Mia? — A piloto parou junto da janela. — Você viu alguma coisa? O que foi?

Mia não teve chance de responder. A uns trinta ou quarenta metros da base, Caitlin visualizou Antoine. *Antoine*!

Estava parado ali, olhando para ela. Vestia as mesmas roupas marrons que usara quando ela o vira pela primeira vez. Acenou para ela.

— Antoine! — gritou. — Antoine! Ele está lá fora. Está vivo!

Mia registrou o nome, mas não pôde compreendê-lo por inteiro. Por trás dos olhos fechados, ainda via o próprio rosto zombando maldosamente dela. Como se soubesse algo que ela não sabia.

Caitlin estava paralisada olhando o garoto lá fora. Ele acenou outra vez, depois virou-se subitamente e foi embora.

— Não, espera! — gritou ela. Virou-se e saiu correndo em direção ao corredor.

— Caitlin, não faça isso! — berrou Mia. — Não é ele, ouviu? Não é ele. Não pode ser. *Ele não tá usando o traje espacial!*

Mas Caitlin não estava ouvindo. Fora impulsionada pela adrenalina, pela nova esperança e pelas próprias ilusões. Correu como nunca antes, saindo do módulo um, passando pela sala dos computadores e entrando na dos equipamentos. Sem perder nem um segundo, vestiu um dos trajes, pendurou um tanque de oxigênio cheio e fixou o capacete antes de entrar na câmara de descompressão. A falta de energia inutilizara as trancas, e ela foi forçada a fechar a porta interna manualmente. Segurou firme uma das alavancas da parede e forçou a porta externa a abrir-se alguns centímetros. Um segundo depois, sentiu o vácuo exterior sugando todo o ar da sala e apertando-a contra a parede.

Quando sentiu a pressão equalizada, abriu a porta externa o suficiente para sair à superfície.

Caitlin passou pelo compartimento fechado onde Wilson e Stanton haviam morrido e continuou a contornar o exterior do módulo dois. Estava se esforçando para não hiperventilar. Quando virou a esquina, avistou-o do lado de fora da cozinha.

Antoine.

Chamou-o pelo intercomunicador, acenando com os dois braços. Mas ele só ficou ali, imóvel, olhando-a. Ela parou por um momento, insegura. Por que ele a fitava? Por que não estava feliz ao vê-la?

Lentamente, o garoto começou a caminhar na sua direção. Com passos firmes e ritmados. Caitlin ficou paralisada, incapaz de se mexer.

Ai, meu Deus, conseguiu pensar. *Mas que...?*

Mia estava de pé junto à janela, perto de Midori.

As duas viram Caitlin perfeitamente parada lá fora enquanto Antoine se aproximava dela em uma velocidade alarmante. Ele virtualmente pairava na superfície, como se não fosse contido pelas leis da física. Em um clarão, desapareceu logo atrás de Caitlin. Mia se esforçou para enxergá-lo de novo, mas ele realmente sumira.

— Aquele não é o Antoine — ouviu Midori sussurrar. — É uma cópia!

Os segundos seguintes pareceram durar uma hora. Mia ouvia Midori falar, mas não entendia o que estava dizendo. Do nada, o rosto de Antoine surgiu diante da janela, a boca retorcida em um sorriso repulsivo, e logo depois voltou a sumir.

Caitlin virou-se lentamente para encará-las e fez contato visual com Mia no momento em que algo a agarrou e puxou-lhe as pernas. A expressão em seu rosto foi mais de surpresa que de dor. Ela formou uma palavra com os lábios, mas foi impossível entender o que tentara dizer. Então, em um instante, ela foi arrastada, desaparecendo sob a base, deixando a superfície da Lua deserta e inalterada.

Midori chorava agora, tremendo descontroladamente e sem fôlego. A visão terrível da morte súbita de Caitlin a colocara em estado de choque. Mia queria só abraçá-la e dizer que tudo ficaria bem. Mas não seria verdade. Ficaria pior, muito pior, se elas não saíssem deste lugar.

Mia sabia que precisava agir rápido. Era tarde demais para fazer alguma coisa por Caitlin, mas ainda restava um grão de esperança. Midori estava agachada abaixo da janela, a cabeça entre as pernas, soluçando em silêncio. Uma baba lhe escorria da boca.

— Espere aqui — mandou Mia. — Tranque a porta e não abra até eu voltar, entendeu?

— Aonde você vai? — gaguejou Midori.

— Tenho de encontrar o Coleman, se ele ainda estiver vivo.

— Não quero ficar aqui sozinha! — suplicou Midori.

— Não tem problema. Só tranque a porta depois que eu sair e fique abaixada.

Mia agarrou uma faca no balcão da cozinha e saiu correndo, passando pelos quartos e pelo banheiro e chegando aos corredores. O facho da lanterna tremulou pelas paredes e pelo teto enquanto ela corria o mais rápido possível. Verificou a sala dos computadores e depois correu à enfermaria no módulo quatro, mas também não havia ninguém lá.

Então, de repente, ela parou.

Música. Estava ouvindo música.

Mas isso é impossível. A energia acabou.

Mia começou a tremer. Conhecia essa canção. Era dos Talking Heads.

De algum lugar próximo, ouviu a voz suave de uma garota cantando: "*Hold tight — wait till the party's over, Hold tight — we're in for nasty weather*".[4]

A música parou tão de repente quanto havia começado. Algo se mexeu nos corredores; ela pôde ouvir claramente os passos. Então, eles pararam.

Mia apurou os ouvidos. Caminhou lentamente pelo corredor, passando de novo pela sala dos computadores, e continuou rumo ao módulo dois, colocando decididamente um pé à frente do outro e segurando a lanterna na frente do corpo. Não viu nada. Virou-se e apontou a luz para o outro lado. E agora a claridade revelou alguém no outro extremo do corredor.

Alguém idêntico a ela.

A figura usava as mesmas roupas que ela normalmente vestia, os *jeans* pretos. A jaqueta que ela comprara no mercado de pulgas em Londres no ano anterior e que usava quase todo dia. O cabelo igual. Exatamente o mesmo rosto. A não ser pela expressão zombeteira e implacável que exibia. *E está usando minhas botas italianas de paraquedista*, pensou ela.

— Oi, Mia — disse a figura, dando um passo à frente. — Está com medo? Sou só eu. Não me reconhece?

Mia não conseguia falar.

— Não vai dizer "oi"?

Ela não respondeu.

— Sinto muito pelo que aconteceu com seus amigos. Mas não havia outro jeito mesmo. — Até a voz era igual à dela. Só que mais calma, com um sotaque ligeiramente distinto. A figura continuou a se aproximar.

— Para! — gritou Mia, apontando a faca para ela.

— Não há nada a temer — disse a figura, cada vez mais perto. — Você ficou feliz por ver o Antoine de novo? Eu só fiz aquilo por você.

Mia caiu de joelhos, segurando a faca à frente do corpo, e deixou a figura se aproximar ainda mais. Estava esperando até ter certeza de que a alcançaria. Esperou tanto quanto ousou.

Então, atacou. Com um golpe poderoso, enfiou a faca na coxa da figura e pôde sentir a lâmina abrindo caminho à força na carne.

Mas a figura apenas deu um passo para trás, tirou a faca e jogou-a longe.

---

[4] *"Aguente firme — espere até a festa terminar, Aguente firme — vai fazer um tempo feio."* (N.T.)

— Por que você fez isso? — perguntou, parecendo desapontada. — Venha aqui, Mia. Venha.

Mia se levantou de um salto, girou, deixou a lanterna cair e correu em direção à cozinha. Sentiu uma intensa onda de dor ao bater de cara com uma escotilha de segurança. O choque lhe arrancou um dente.

— Eu pensei mesmo que você tentaria fugir — disse a voz. — Por isso fechei a escotilha.

Ela ainda se aproximava. Mia sentiu algo grudento e úmido escorrer pela testa e percebeu que havia aberto um talho na cabeça. A dor latejava agora.

— Fui eu que cortei a energia também. E tranquei aquela escotilha lá fora para impedir que seus amigos consertassem o gerador. Também encontrei seu amigo Antoine a alguns quilômetros daqui. Um menino bonito, muito bonito. Ele estava com outra pessoa. Infelizmente, não pude deixar que eles completassem a tarefa, então... eu os impedi.

Em pânico, as mãos de Mia tatearam em busca da borda inferior da escotilha e a empurraram para cima com força.

Os passos estavam cada vez mais perto.

Mais perto.

Ela estava a poucos centímetros agora.

Mia lançou-se no chão e rolou sob a escotilha antes que ela voltasse a cair com um baque metálico e alto. Levantou-se e correu os últimos metros até a cozinha.

— Midori, depressa! Me ajuda a trancar essa porta!

Mia jogou as costas contra a porta enquanto Midori girava desesperadamente a roda até trancá-la completamente.

— O que aconteceu? — perguntou em um sussurro, olhando para Mia e atenta a qualquer som, os olhos colados à porta.

Mia não respondeu à pergunta, mas reagiu rapidamente.

— Temos de sair daqui.

DOPPELGÄNGER

— Vem — sussurrou Midori. — Conheço um lugar onde a gente pode se esconder por enquanto.

A criatura no corredor havia desaparecido ou então estava à espera. Mia e Midori rastejaram pelo chão sem fazer barulho. Abriram o trinco da porta da despensa e rastejaram para dentro. Midori fechou a porta e colocou as lanternas no chão enquanto Mia rasgava uma manga da camiseta e apertava o pedaço de tecido contra a ferida que sangrava e doía em sua testa.

Midori havia recuperado a compostura, mas as duas estavam exaustas, e o suprimento de oxigênio cada vez menor não estava ajudando. À luz das lanternas no chão, pareciam uma dupla de pálidos fantasmas, os rostos distorcidos.

— O que está acontecendo, Mia? — perguntou Midori em voz baixa. — A falta de oxigênio está começando a nos afetar? Estamos tendo alucinações? Talvez tenha algo nesta base que está...

— Matando a gente? Era isso que você ia dizer? — perguntou Mia. — Sim. O que quer que seja, existe mesmo.

— Mas que diabos você estava fazendo lá fora? — sussurrou Midori, o tom tão acusatório quanto nervoso. — Você simplesmente foi embora. — Ela ergueu a lanterna para iluminar o meio do rosto da amiga.

— Eu fui procurar o Coleman — revelou Mia.

— Por quê? Você nem sabe se ele ainda está vivo, Mia. Não ouviu o que ele disse? Ele desistiu.

— Tenho certeza de que ele está vivo. Ele está aqui, em algum lugar. Um lugar onde ele tenha certeza de que não será descoberto por... *eles*.

Midori colocou a lanterna no chão diante das duas.

— Mas não entendo por que você queria falar com ele de novo. Se tivesse mais alguma coisa que ele pudesse fazer ou dizer para ajudar, ele já teria contado.

— Acho que ele sabe mais do que contou pra gente — afirmou Mia em tom sombrio. — E sem essa informação a gente não tem a menor chance de sair daqui com vida.

— Então, o que você sugere? — perguntou Midori.

— Ele deve estar em algum lugar no módulo um.

— É um caminho longo até lá, Mia.

Mas ela não estava ouvindo.

— Prepare-se.

Segundos depois, as duas ouviram sons de raspar do outro lado da porta de aço que selava a cozinha.

Mia tapou a boca de Midori com a mão…

Seguido do som da roda que mantinha a porta fechada. Ou que *havia* mantido.

A porta se abriu.

As garotas não se mexeram. Ouviram passos na cozinha. Alguém estava se aproximando lentamente delas. Mia apertou a mão com mais força na boca de Midori. Ela também queria gritar, abrir a porta de uma vez e acabar com tudo. Mas ficou sentada ali, as costas tão tensas que os ombros doíam. Sem fazer o menor som, inclinou-se e desligou as lanternas.

Ficaram esperando na escuridão.

Thonk. Thonk.

Duas batidas na porta da despensa.

Passos.

Mia olhou para a porta, esperando que se abrisse. A cabeça doía tanto que era quase impossível se concentrar.

Thonk. Thonk. Com mais força desta vez.

Então, silêncio.

O coração de Mia batia tão forte que ela tinha certeza de que a figura do outro lado da porta conseguia ouvi-lo. Colocou a mão no peito como se para abafar o som.

Mas então conseguiram ouvir a criatura recuando alguns passos. Silêncio outra vez. Depois, o som de um movimento rápido e a porta da cozinha trancando-se com um baque.

A criatura provavelmente saíra do recinto, mas nem Mia nem Midori ousaram se mexer por vários minutos.

Finalmente, foi Mia quem rompeu o silêncio. Ela sussurrou tão baixo quanto pôde:

— Acho que é melhor a gente arriscar agora.

— Não seria melhor esperar mais um pouco?

— Não temos tempo, Midori. A DARLAH 2 está quase sem oxigênio… não está sentindo?

— Estou — respondeu Midori finalmente.

Mia agachou-se e pegou uma das lanternas.

— Tá bom, Midori. Vamos lá. Vamos pelos corredores até o módulo um. Tente não fazer nenhum barulho. Se encontrarmos alguém no caminho, você corre na direção contrária e tenta chegar à DARLAH 1, quer eu esteja com você ou não. Tá? Ah, e mais uma coisa… não adianta atacá-los. Eu tentei. Enfiei uma faca enorme na perna de um deles. Não fez a menor diferença.

Midori assentiu silenciosamente e respondeu:

— O mesmo para você. Se alguém me atacar, fuja.

Sem fazer ruído, viraram a maçaneta e abriram a porta da despensa.

Acenderam as lanternas na cozinha. Não havia ninguém ali, nem uma alma. O recinto parecia todo estranhamente desolado, como se ninguém jamais tivesse passado por ali.

Mia deu o primeiro passo e se esgueirou até a porta que levava ao corredor com Midori logo atrás dela.

Paravam a cada cinco passos para ouvir, iluminando o corredor à frente antes de prosseguir, e a cada vez que o encontravam vazio sentiam-se tomadas por um alívio enorme.

E depois por um novo pavor de que a coisa temível estivesse à sua espera em algum lugar na escuridão.

Já haviam passado pela escotilha de segurança M quando Mia subitamente teve uma ideia e parou.

— O que está fazendo? — perguntou Midori, ansiosa.

— Quero verificar um lugar que esqueci da última vez. — Virou-se e apontou a lanterna para o lado de onde vieram.

— A gente vai voltar? — perguntou Midori.

— Não até o fim — emendou Mia. — Vem comigo.

Mia seguiu rumo à sala dos computadores, ficou à esquerda e continuou pelo corredor. Não sabia o que lhe dava tanta certeza, mas antes mesmo de colocar o pé na estufa já sabia que tinha razão.

Ouviu o som de um homem respirando.

Lentamente, direcionou a luz para a densa folhagem.

E lá estava ele.

Coleman. Encostado à macieira e com uma pistola na mão. Olhou tristemente para elas.

— Vocês não deviam estar aqui agora. Por que ainda estão aqui? Não falei para saírem deste lugar?

Conseguiram vê-lo acenar com o cano da arma acima da cabeça. Parecia mais desapontado do que surpreso ao vê-las.

— Tem alguém aqui — contou Mia. — Além de nós.

— Como assim?

E ela explicou. Sobre Antoine aparecendo do lado de fora da janela. Sobre Caitlin saindo para encontrá-lo e desaparecendo. Sobre a duplicata de Mia que ela encontrara no corredor do módulo dois. Coleman ouviu e, quando ela terminou, ele baixou a cabeça.

— Bom, então, começou de novo mesmo — disse para si mesmo.

— O que começou? Do que está falando? — perguntou Mia. Moveu-se lentamente ao lado da árvore, dobrando-se, como se pronta para saltar e correr. Estava de olho na escotilha aberta que levava à sala dos computadores. Midori estava encolhida sob as enormes folhas de uma palmeira junto da parede. De vez em quando virava-se subitamente para o vidro escuro atrás de si, como se alguém a tivesse tocado no ombro.

— O que nós tememos por todos esses anos. O que viemos aqui evitar.

A explicação lacônica frustrou Mia. Lembrou-a de Caitlin, da forma como ela se servira dos medicamentos. Era como se Coleman também tivesse parado de se importar agora. Mas Mia sabia que não. Não é que ele não se importasse. Estava só escondendo alguma coisa.

— O que é que você não quer contar? — exigiu saber. — Tem alguma coisa aqui tentando matar a gente, você não entendeu? Tudo o que você contou é mentira, e sabe disso. O que é que você teme tanto que as pessoas descubram?

— Ah — respondeu ele. — Há muita coisa a temer. Você já deveria ter entendido isso agora.

Coleman passou a mão na testa, enxugando o suor. A densa folhagem acima tornava seu rosto ainda mais sombrio.

— Está preocupado com a reputação da NASA ou coisa assim? Que as pessoas descubram que a missão não foi um sucesso? Que vocês já vieram à Lua muito mais vezes do que contaram às pessoas, é *isso*? Tenho certeza de que a esta altura todo mundo já deve ter entendido isso.

— Não — respondeu ele. — Não é nada disso.

— Então, o que é, diabos? Você sabe de tudo, não sabe? Soube o tempo todo. E, se ainda te restar um mínimo de consciência, sugiro que conte o que sabe para a gente poder sair daqui.

— Receio não saber de tudo, Mia. Ninguém sabe. A verdade é que não sabemos de quase nada.

— Mas? — incentivou-o Mia.

Ele respirou fundo. O cheiro de podridão pairava pesado na estufa desordenada e abafada.

— Achei que seria melhor se vocês não soubessem de nada. Precisam entender que o que estou prestes a contar é informação ultrassecreta e perigosa. É importante que saibam disso.

A expressão no rosto de Midori e Mia claramente indicava que consideravam ridícula a ideia de alguma coisa ser ultrassecreta a esta altura. E Coleman precisava concordar, de certa forma.

Ele suspirou profundamente e pousou a arma na grama.

— As missões lunares não acabaram em 1972 por falta de verba ou interesse do público, como as pessoas pensaram. A verdade é que não nos atrevíamos mais a mandar ninguém para a Lua. Ouviram falar na *Apollo 13*?

Ouviram. Nadolski havia feito uma palestra sobre todas as missões espaciais do programa Apollo. Depois da primeira alunissagem da *Apollo 11*, a missão *Apollo 13*, quase catastrófica, em 1970, era a mais conhecida. E definitivamente a mais interessante. A *Apollo 13* sofrera uma explosão em um dos tanques de oxigênio dois dias depois do começo da expedição. Quase sem energia e oxigênio, os astronautas haviam sido forçados a continuar rumando à Lua para usar o fraco campo gravitacional para se lançarem de volta à Terra. Sua sobrevivência fora definitivamente um milagre. E a frase *Houston, temos um problema* fora marcada a fogo para sempre na história espacial.

— O mundo segurou o fôlego enquanto essa missão durou — continuou Coleman. — Mas pelo motivo errado. Pois nunca houve uma explosão a bordo da *Apollo 13*. Foi tudo mentira, uma mentira complicada, extravagante e muito bem ensaiada para esconder o que realmente aconteceu. Pois a verdade é que a *Apollo 13* pousou na região de Fra Mauro de acordo com o plano. Mas um imprevisto aconteceu.

— O quê? — perguntou Mia, desconfiada, procurando na escuridão sinais de que alguém os observava. Mas não viu nada.

— O piloto do módulo lunar, Fred Haise, fez contato com… *alguma coisa* na cratera de Fra Mauro. Começou quando ele observou uma… anomalia… da janela do módulo lunar, e a NASA ordenou que investigasse.

— Mas isso não combina nem um pouco com o que os próprios astronautas disseram sobre a missão — protestou Midori. — Eu vi as entrevistas, li as biografias que o Nadolski nos deu. Ouvi as fitas do módulo de comando. Você está mentindo.

— Bem que eu queria estar. E tenho certeza de que o Haise também gostaria que o que contou ao mundo fosse verdade, mas não é. Tudo o que vocês leram, ouviram ou viram foi inventado. O Fred Haise esteve na Lua e encontrou uma coisa que não deveria estar aqui.

— O quê?

— Bom, os relatórios não estavam claros… até hoje. Mas tinha a ver com uma figura. Algo ou alguma coisa que tinha a exata… aparência… dele.

— Como o que a gente viu! — exclamou Midori.

— Sim… o Fred Haise quase não escapou, mas conseguiu voltar ao módulo lunar e, com o Jim Lovell, partiu da superfície da Lua poucas horas depois do pouso. Uma evacuação rápida. Mas tem mais. Aconteceu em várias das missões lunares. Esse foi só um dos muitos episódios. Já havia problemas desde a *Apollo 11*. Midori, você encontrou as botas do Buzz Aldrin, certo?

Ela confirmou.

— Bom, elas não foram deixadas aqui para reduzir o peso, como disseram a vocês. Ele as jogou na esperança de atingir alguma coisa, algo que vinha na sua direção. A verdade é que por todos esses anos a maior parte das pessoas da NASA acreditava que os relatos dos astronautas sobre terem visto cópias de si mesmos na Lua tinham a ver com algum tipo de reflexo, uma ilusão de ótica causada pelo ambiente aqui. As pessoas acreditaram nisso até o evento com o Haise em 1970. Depois disso, todos os envolvidos no Controle de Missões em Houston receberam a ordem de assinar um acordo de confidencialidade e desde então foram excluídos de quaisquer outras pesquisas. O alto escalão da NASA começou a cooperar com os militares para construir uma base na Lua que pudesse ser usada para estudar e potencialmente eliminar o fenômeno. A NASA também envolveu pesquisadores do SETI.

— SETI?

— Search for Extraterrestrial Inteligence, ou Busca por Inteligência Extraterrestre. Mas não é com isso que estamos lidando aqui. Só achei que também deveria contar isso. O que estamos encarando aqui é algo muito, muito mais perigoso. Algo completamente desconhecido para nós. É diferente de tudo o que já vimos, pois opera totalmente fora dos padrões normais, sem absolutamente nenhuma emoção. Está além do bem e do mal. Apenas existe. E não parece servir a nenhum propósito além da pura destruição.

— Está dizendo que não é um alienígena? Como pode ter tanta certeza?

Coleman ficou mudo por um longo momento.

— A NASA capturou um deles em 1972. Bom, um pedaço de um deles. A *Apollo 17* foi atacada quando se preparava para decolar da Lua, e, quando tentaram fechar a porta, um dos braços da cópia foi decepado.

— Então eles são humanos? — perguntou Mia, sentindo uma estranha e momentânea onda de esperança.

— Não. Estudos do braço decepado mostraram que não continha nenhum material orgânico. Não estava vivo, nunca esteve.

— O que era, então?

Estavam sentadas perto de Coleman agora. Mia mantinha um olhar constante na escotilha que levava à sala dos computadores. Nesta escuridão, eles deviam ficar bem escondidos ou em constante movimento. Mas não estavam fazendo nem uma coisa nem outra. Poderiam ser descobertos a qualquer momento. Porém, a garota tinha a sensação de que o que Coleman estava contando era importante caso quisessem ter alguma chance de voltar para casa.

— Você já ouviu o termo "*Doppelgänger*"? — perguntou ele.

Mia não tinha ideia do que ele estava falando. Parecia o nome de algum inseto.

— Como é que é?

— *Doppelgänger*. É alemão. Significa a duplicata de alguém, a contraparte fantasmagórica de uma pessoa viva, um duplo, um espectro. O termo é usado quando as pessoas veem cópias de si mesmas ou de pessoas que conhecem, mesmo que não haja explicação lógica. Como quando você vê alguém que conhece na rua, mas sabe que na verdade essa pessoa está em casa. Ou como quando se vê no espelho e de repente descobre uma cópia de si mesma parada atrás de você. Já aconteceu. Há centenas de relatos. E não estou falando de ver pessoas que se *parecem* com alguém que você conhece. Estou falando de *cópias exatas*.

— Mas o que eles querem? — perguntou Midori.

— O problema é que ninguém sabe *o que* eles são. É algum tipo de ilusão de ótica ou os *Doppelgängers* existem mesmo? Por um longo tempo as pessoas acreditaram que fosse ilusão, mas só até surgir o relato francês sobre Emilie Sagée.

Midori subitamente levantou-se e se espremeu contra a parede, como se suas mãos estivessem tentando abrir caminho até fazer contato com a escuridão lá fora. Ela olhava fixamente para a abertura que levava ao gerador de oxigênio.

— Como a gente sabe que a coisa não está lá dentro? — perguntou ela, gesticulando.

— Sente-se, Midori. Ela precisaria ter passado direto por mim — disse Coleman.

— O relato francês? — perguntou Mia.

— Isso. Uma francesa, Emilie Sagée, era professora em uma elegante escola particular para meninas chamada Pensionato von Neuwelcke na Letônia, no século dezoito. A história foi contada pela primeira vez por Julie von Güldenstubbe, uma das garotas na classe de Sagée. Emilie Sagée era muito querida por todas as alunas. Mas pouco depois que ela chegou à escola começaram rumores sobre ela ser capaz de estar em dois lugares ao mesmo tempo. Por exemplo, algumas das meninas podiam dizer que tinham acabado de vê-la diante da entrada principal, enquanto outras alegavam tê-la visto na biblioteca, do outro lado do edifício enorme. Esses tipos de episódios eram constantemente descartados pelos outros professores.

"Mas tudo mudou em 22 de março daquele ano. Güldenstubbe e outras doze meninas estavam na aula de matemática quando uma Sagée *extra* apareceu de repente perto da professora. As duas mulheres eram totalmente idênticas. Sagée estava parada de costas para a classe, escrevendo no quadro-negro. Então, não conseguiu ver que uma mulher idêntica a ela estava parada ao lado fazendo exatamente a mesma coisa, só que sem giz na mão. Depois que Güldenstubbe saiu da sala e contou isso à diretora da escola, todas as garotas foram tiradas da aula.

Uma por uma, foram questionadas a respeito do evento, e todas informaram os mesmos detalhes."

Tanto Mia quanto Midori estavam impacientes. Era perigoso ficar no mesmo lugar por muito tempo; estavam dolorosamente conscientes disso. E a cada minuto que passavam nesta escuridão pobre em oxigênio diminuíam as chances de conseguirem escapar dali com vida. Mas também entendiam que não tinham mais escolha. Mia tivera razão ao pensar que Coleman estava escondendo informações antes, e, se quisessem ter alguma chance, precisavam descobrir tudo o que pudessem antes de sair da DARLAH 2.

Coleman percebeu que não tinha a atenção total das duas garotas, mas decidiu continuar com a história mesmo assim:

— Nas semanas seguintes, o *Doppelgänger* de Sagée foi visto com cada vez mais frequência. Um dos eventos ocorreu no refeitório da escola. O *Doppelgänger* foi visto sentado perto de Sagée, mas, como na sala de aula, estava de mãos vazias. Enquanto a professora comia, a cópia apenas imitava os movimentos. Mas, diferentemente de antes, dessa vez não foram só as alunas que testemunharam o episódio. Os funcionários também viram a cópia.

"Ao longo daquela primavera, o comportamento do *Doppelgänger* mudou. Parecia ter vontade própria. Por exemplo, a professora se levantava para ficar na frente da classe, enquanto a cópia continuava sentada. Mas o episódio mais importante aconteceu no fim de maio. As quarenta e duas alunas da escola estavam sentadas no enorme auditório fazendo bordados e pelas janelas grandes ao longo da parede elas conseguiam ver claramente Emilie Sagée lá fora, no jardim. Ela estava caminhando para lá e para cá entre os canteiros, colhendo flores. Minutos depois, o professor que supervisionava os bordados das alunas deixou o auditório para pegar alguma coisa em seu escritório. Mas a cadeira dele não ficou vazia. Um segundo depois, as alunas viram Sagée sentada nela. Confusas, olharam para o jardim de novo. Emilie Sagée ainda estava andando e colhendo flores..."

Coleman parou, vigilante. Estava atento a sons do corredor e obviamente nervoso. Mia e Midori se entreolharam, desesperadas.

— Devo continuar? — perguntou ele.

Mia assentiu rapidamente.

— Depois desse dia, foi demais para as alunas. Uma por uma, abandonaram a escola, e no começo do semestre seguinte o número de pupilas havia caído de quarenta e duas para doze. A escola não viu escolha senão demitir Sagée. Ela foi embora uma semana depois, e ninguém sabe o que lhe aconteceu. Mas houve muita pesquisa no caso de Sagée e dissertações foram escritas. O problema é simplesmente que todas as conclusões são vagas. As pessoas acham que isso é algo semelhante a um fantasma. Mas não um fantasma de lençol branco arrastando correntes. Um fantasma vivo. Uma entidade inexistente. Como devemos chamá-la agora não importa na verdade. Receio que a coisa com a qual estamos lidando seja uma versão mais perigosa do *Doppelgänger*.

— O que quer dizer?

— Um cópia maligna interessada em tomar a sua vida sem que ninguém perceba. Ela te mata e imita seus hábitos para poder se aproximar de novas vítimas. O *Doppelgänger* de Sagée era assustador, mas inofensivo. Mas o nosso? De oito pessoas, cinco estão mortas, Mia. Entende o que estou dizendo?

— Bom, é isso — concluiu Midori, o rosto mortalmente pálido. — Nós vamos morrer.

Mia não respondeu.

— *O que* exatamente aconteceu lá no corredor, Mia? — perguntou Coleman.

Ela respirou fundo e explicou tudo o que conseguia lembrar. Falou da música vindo de lugar nenhum. Da pessoa aparecendo no corredor e falando com ela. Com aparência e voz idênticas às suas. Contou o que a figura dissera sobre os outros.

Ouviram o silêncio da base. O que quer que estivesse tentando pegá-los podia estar escondido em qualquer lugar. Poderia estar na mesma sala que eles, aqui e agora, sem que soubessem. Coleman inspirou o ar quase privado de oxigênio. Não demoraria muito até que as condições não pudessem mais sustentar a vida.

Ele avaliou a situação. Por um longo tempo. Então, disse:

— Eu... tenho um conhecido que é... pastor. Nós nos conhecemos desde que eu era menino. Ele... bom, não sou religioso, mas respeito muito esse homem e ouço o que ele diz. Uma noite, reuni coragem e contei a ele o que sabia sobre as missões lunares, as partes que só eu, os astronautas e algumas poucas outras pessoas da NASA sabemos. Devo ter falado por mais de uma hora sem parar e, quando terminei, ele me olhou por um longo tempo antes de dizer, cheio de seriedade: "Sabe, Aldrich, quando Deus expulsou Lúcifer e outros inimigos do paraíso e os fez desabar no abismo até um novo lugar que Ele chamou de inferno, nunca especificou exatamente onde era o inferno, não é?".

— Então... você acha que a Lua é... o inferno? — perguntou Midori.

Coleman se esquivou desse pensamento terrível dizendo:

— É só uma ideia. Mas, se fosse... e se fosse possível destruir o inferno para sempre... vocês não tentariam?

— É isso que a NASA está tentando fazer? Isso é... ridículo! — respondeu Mia. — E eu nem sou religiosa. Não acredito nesse tipo de coisa.

— Nem eu — retrucou Coleman. — Mas isso não vem ao caso. O caso é que o que estamos experimentando aqui poderia ser qualquer coisa — continuou —, um tipo de... fenômeno, uma manifestação física e real do *Doppelgänger*. Uma existência da qual não temos conhecimento. Algo que deveríamos ter deixado em paz desde o começo. O problema é que certos indivíduos poderosos e influentes na NASA, que é composta quase exclusivamente de agnósticos e cientistas, começaram a se inclinar a algumas dessas ideias religiosas mais radicais no fim dos anos noventa. O que nos traz de volta ao sinal Wow! que o radiotelescópio Big Ear captou em agosto de 1977. É verdade que isso surpreendeu a NASA também. Mas mesmo anos depois, enquanto continuávamos a estudá-lo, nunca tivemos a menor dúvida de que veio da Lua. Só não ousávamos contar isso a ninguém. Porque não sabíamos qual era o motivo. Seria um erro? Será que deveríamos ter ouvido? Ou havíamos interceptado aleatoriamente alguma comunicação interna? Mas agora sabemos o que era: um sinal. Uma assinatura que mesmo naquela época nos fez lembrar que não estávamos sozinhos, e que havia algo a temer lá fora. 6EQUJ5. Isso que estamos enfrentando, não importa o que revele ser, uma coisa é absolutamente certa: ele nunca deve chegar à Terra. Isso significaria o fim de tudo.

Os três ficaram sentados em silêncio por um tempo. Não era possível acreditar no que Coleman estava dizendo, era? Será que fazia sentido? E, se sim, o que seria mais assustador? Este lugar ou as pessoas na Terra que, com suas teorias insanas e radicais, haviam decidido mandar adolescentes para a Lua mesmo assim?

Não devíamos ter vindo procurar o Coleman, pensou Mia. *Ele não tem nenhuma resposta. Só mais complicações.*

— Coleman, agora só restam três de nós — disse Midori antes que Mia tivesse chance de confrontá-lo com o que estava pensando. — Tem espaço pra você na cápsula de evacuação. Por favor, venha com a gente. Temos mais chance de chegar à DARLAH 1 se formos todos juntos.

Mas ele estava decidido, mesmo agora, por estar convencido do que acontecia ao redor deles.

— Desculpe, Midori. Sinto muito mesmo. Mas tenho de terminar o que comecei aqui. É hora de vocês irem. Cada minuto que passam aqui comigo coloca vocês em um perigo ainda maior. Eles podem nos encontrar a qualquer momento, e por isso é fundamental vocês continuarem a partir de agora. Vão para a DARLAH 1. Vão para casa!

Não adiantaria tentar convencê-lo. Relutantes, as duas se levantaram e o abraçaram.

— Mais uma coisa — disse Coleman. — Até aqui vocês só viram o *Doppelgänger* do Antoine. E o da Mia. Mas isso significa que pode haver outros por aí também. Se vocês se separarem em algum momento, precisam garantir que ninguém as engane. De acordo com os relatórios da NASA e os outros livros que li sobre o fenômeno, *Doppelgängers* projetam sombra para o lado errado. Às vezes, também é possível perceber nos olhos deles. O fundo da íris é preto. Podem parecer bons amigos que dão conselhos úteis, mas o conselho normalmente é enganador ou perigoso. Isso permite que eles criem confusão. E é exatamente o que querem. Porque isso lhes dá tempo para preparar o ataque. Vão se lembrar de tudo isso?

Elas confirmaram.

— E você? O que vai acontecer com você? — perguntou Mia.

— Eu só vou ficar aqui e esperar um pouco mais. E pensar nas coisas. — Deu um sorrisinho. — Não fiquem tristes. Eu estava destinado a morrer aqui. Agora sei disso.

Não havia mais nada a dizer. Coleman precisava fazer as coisas a seu modo. E Mia e Midori tinham um trabalho a fazer. Com uma última despedida, saíram da estufa e entraram no corredor negro como piche.

— Está pronta, Midori? Ou quer ficar mais um pouco?

— Estou pronta.

— Ótimo. Então, ao meu sinal, a gente corre para a sala de equipamentos. Estou com os mapas da DARLAH 1. Não importa o que faça, não tire os olhos de mim. Entendeu?

— Entendi.

— Três — sussurrou ela. — Dois. Um. — E então: — VAI!

Correram como loucas pela base, traçando um caminho pela escuridão rumo ao módulo quatro. Os corredores estavam praticamente sem nenhum oxigênio e a cada vez que inspiravam sentiam como se estivessem sufocando. Mia correu o mais rápido possível sem se virar, sem parar para ver se o caminho estava livre. Apenas correu, com Midori atrás dela, e a única coisa que conseguia pensar era: *Nunca mais volto pra esta base, nunca mais volto pra cá, nunca mais volto pra cá, nunca mais volto pra cá.*

Alcançaram a sala dos equipamentos e ambas ficaram quase surpresas por ter chegado lá sem incidentes. Sem nem uma palavra, ajudaram-se a vestir os trajes. Pegaram os tanques mais cheios de oxigênio e os prenderam. Botas e luvas foram fixadas; todas as costuras e aberturas dos trajes foram verificadas. Trabalharam o mais rápido possível, mas ainda assim os minutos corriam e ambas continuavam a olhar, aterrorizadas, para os corredores negros de onde tinham vindo.

— A Caitlin deixou a porta externa aberta — gritou Mia para Midori pelos alto-falantes embutidos. — Só vamos ter uma chance quando abrirmos a porta interna. Me dê um sinal quando estiver pronta.

Midori fez o sinal de positivo com os polegares.

— Vamos lá! Segure em alguma coisa!

Midori prendeu um braço ao redor de um dos sólidos canos de aço na parede e Mia agarrou um parecido ao lado. Com a mão livre, ergueu a porta da câmara de descompressão e os últimos átomos de oxigênio da DARLAH 2 foram sugados para fora com força notável, assim como tudo o que não estivesse preso. Papéis, botas, trajes espaciais e capacetes, fios soltos e tanques de oxigênio foram lançados à baixa gravidade e saíram voando e batendo pela superfície. As garotas se curvaram e se encolheram tanto quanto puderam para evitar que algum dos projéteis as atingisse.

— ISSO NÃO VAI PARAR NUNCA? — gritou Midori para Mia.

— Aguenta firme, Midori! Não deve durar muito tempo!

Mas durou muito. E mais. Enquanto se agarravam ferozmente aos canos, Mia se concentrou nas lembranças de casa. Na banda, que a esta altura certamente decidira manter Kari como vocalista. Nos pais, no medo que deveriam estar sentindo por ela. Será que já tinham desistido? E Sander. O que ele estaria fazendo agora? Sentado na frente do centro de visitantes do Centro Espacial Johnson com as mãos no capacete de proteção que usava quando saía de casa, os olhos fixos no céu, esperando a irmã voltar?

Finalmente, sentiram que a força estava se abrandando e que poderiam sair. Juntas, ergueram a porta até o fim e deixaram a base.

— Por aqui — gritou Mia, apontando para a paisagem deserta e plana.

Havia um homem sentado sob a macieira na estufa. Não lhe restava oxigênio.

Está na hora, pensou ele quando começou a sufocar. *Aldrich Coleman, você esperou um longo tempo para completar esta rodada. Tinha de vir mais cedo ou mais tarde, não? O sexto e último disparo.*

Desta vez não haveria nenhum clique da arma. Ele fechou os olhos e imaginou-se de volta ao Central Park. Quase podia sentir os aromas daquela manhã de sábado há muitos anos. Podia sentir a presença do homem que lhe pusera o revólver na cabeça e o disparara. Cinco vezes. Mas agora era diferente. Não sentia mais medo. Agora era sua vez. Era ele quem estava no controle. Ele teria a última palavra.

Coleman pegou a pistola no chão seco. Era pesada, mais do que ele se lembrava, e o peso apenas reforçou a melancolia da situação. Levou o cano à têmpora. Apertou o gatilho.

Não houve nenhum clique.

Se restasse oxigênio ali, o som do disparo teria ecoado por toda a base.

MIDORI

Foram para o norte. A paisagem da superfície fazia-as pensar em um mundo pós-guerra atômica no qual nada mais existia. Nenhuma vida. Somente pó. Pó morto, imóvel.

De vez em quando Mia se virava para ter certeza de que Midori ainda seguia seu passo rápido. O interior do capacete estava coberto de condensação do respirar, e gotículas de água escorriam pelo vidro. O sol estava exatamente acima delas e ambas sentiam o calor escaldante, apesar dos sistemas de resfriamento dos trajes. Elas prosseguiram. Mia olhou para o mapa. Sim, estavam no caminho certo.

— Vem — gritou para trás.

— Estou fazendo o melhor que posso — chiou Midori. — Você está indo rápido demais.

— Não podemos desacelerar agora. Você consegue. Não é longe.

Estava mentindo. Era longe, *sim*. Uma hora, pelo menos, de acordo com a informação de Coleman. De acordo com o mapa, precisavam ir além da colina à frente. E isso ainda estava a uns cinco quilômetros, senão mais.

— Espera! — gritou Midori. Mia voltou-se abruptamente e olhou para trás. Midori estava deitada no chão.

— Não consigo levantar… o traje… é tão pesado.

Mia voltou às pressas e a agarrou pelos braços.

— Espera um minuto. Empurra com as pernas… *agora*. — Mia puxou com força enquanto Midori se lançava para adiante, ficando de pé. — Tem de se inclinar um pouco para a frente enquanto anda — recomendou. — Como se estivesse debaixo d'água e…

Não pôde terminar a frase. Algo mais havia capturado sua atenção. Havia alguma coisa na poeira lunar diante dela.

Não um objeto, mas uma mensagem. Como se alguém a tivesse escrito com o dedo no pó. Reconheceu as letras e números, e um sentimento nauseante a tomou.

6EQUJ5. O mesmo código que ela vira na tela do computador.

Naquele momento, não ligara uma coisa à outra, mas agora, de repente, tudo ficara claro.

— Midori? Acho que alguém está de olho na gente desde o começo.

— Do que está falando?

— Olha — Mia apontou para a escrita no chão —, o mesmo código. Você já não o viu antes?

— Vi, na sala dos computadores.

— Quero dizer antes disso.

Rapidamente Mia contou a Midori o que sabia. Estivera com Antoine à noite no quarto dele em Houston. Midori havia saído para jantar com os pais, então os dois ficaram sozinhos. Antoine havia contado a ela uma história absurda sobre como ele fora a única pessoa na Terra a ver um avião cair no Canal da Mancha. A história a impressionara profundamente; se já não estivesse se apaixonando pelo garoto, provavelmente teria achado que ele era meio doido. Pois era ainda mais estranho que Antoine estivesse tão obcecado com as duas letras que conseguira ver na cauda do avião antes de ele atingir a água: *QU*.

E só agora ela notava a desconfortável semelhança.

Por que não pensara nisso antes? O emblema que aparecera do nada nas costas do casaco de Murray naquela noite no Central Park fora 6E, não? Em um momento não havia nada lá, depois os dois caracteres. Fora como se um braço invisível tivesse se esgueirado para dentro do parque e usado um pincel no casaco dele.

— Isso não foi coincidência, foi? — disse Mia após contar a Midori a história toda. — Talvez na verdade fosse um aviso? Uma coisa para nos fazer decidir não vir para cá. Mas a pergunta é: onde a última parte do código apareceu?

Midori raspou as botas para a frente e para trás no chão, apagando alguns dos caracteres.

— O avião que eu peguei de Narita a Nova York saiu do portão J5 — disse ela, atordoada. — Foi difícil encontrar o portão. As pessoas para quem perguntamos disseram que não existia. E uma mulher no banheiro me falou para não ir. Mas eu fui mesmo assim.

— 6EQUJ5 — concluiu Mia suavemente. — Nunca deveríamos ter vindo. Deveríamos ter ficado em casa, com o resto do mundo.

— Não há mais nada a dizer, Mia.

— Talvez. Talvez não.

Mia virou-se e analisou o mapa outra vez. E, quando ergueu o olhar, avistou algo branco no meio do cinza. Estava uns cem metros à frente delas. Foi impossível ver o que era.

— Vem — mandou, na esperança de que aquilo fosse uma entrada da DARLAH 1. — Vamos continuar!

Aproximaram-se dos objetos brancos à frente. O coração de Mia afundou.

Eram os corpos de Nadolski e Antoine ainda dentro dos trajes. Estavam deitados lado a lado, e os capacetes haviam desaparecido. Assim como os LRVs que vieram dirigindo. Não restava nem mesmo uma marca de roda.

Mia abaixou-se sobre Antoine. Espanou o pó cinzento do rosto dele. Já estava desfigurado pelo sol abrasador que, sem nenhuma atmosfera para penetrar, passara várias horas atacando a pele. Os olhos estavam arregalados e raiados de sangue e meio saltados da cabeça. O pó havia secado os globos oculares.

Nadolski estava do mesmo modo. Mas um dos braços dele havia sido arrancado na altura do cotovelo, e o toco exposto apontava para elas. Todo o oxigênio que tinham no corpo havia sido drenado no instante em que os capacetes foram removidos e o vácuo exterior assumiu o controle. Os dois pareciam quase murchos.

Mas, estranhamente, a visão não revirou o estômago de Mia. Ela não teve medo. Sentiu só uma tristeza vasta, exaustiva, que quase a fez desistir. Tentou fechar os olhos de Antoine, mas estavam saltados demais para que as pálpebras pudessem cobri-los. Então, juntou um pouco de pó com as luvas grandes e cobriu o rosto dele, cruzando-lhe os braços sobre o peito.

— Durma bem, meu amigo — sussurrou, levantando-se. — Temos de deixar você agora, Antoine. Vamos pra casa.

Pegou a mão de Midori e foi na frente.

Em dado ponto, depois de terem andado pelo que pareceram horas, Mia parou, certa de que estavam se aproximando do destino.

— Deveria estar aqui em algum lugar — disse, surpresa, com o mapa nas mãos. — Midori, o que você acha?

Não houve resposta.

Ela se virou e viu que Midori havia ficado para trás. Marchava quarenta e cinco metros atrás dela.

— A gente já chegou? — perguntou ela.

Mas não era só Midori que vinha chegando. No horizonte atrás dela, Mia viu outra figura se aproximando rapidamente.

Sabia o que era.

Seu Doppelgänger.

— Midori, rápido, ele tá vindo!

— Não consigo — grunhiu ela.

— Corre!

— Não dá!

O *Doppelgänger* estava se aproximando. Não usava um traje espacial, mas as roupas normais de Mia. Sorriu zombeteiro e apertou o passo.

— Midori!

Ela se decidiu rapidamente. Mia correu de volta a Midori e puxou-a colina acima e declive abaixo. Estava arrastando-a pelo chão como se fosse uma boneca, olhando atentamente para o mapa ao mesmo tempo.

Não entendo. Deveria estar aqui! Mia estava prestes a perder o controle.

Olhou desesperadamente ao redor em busca de algo que pudesse lembrar uma construção ou entrada. Mas havia apenas rochas e pó. Matéria cinza e morta.

Olhou o mapa outra vez.

Nunca havia se focado na coisa como um todo antes.

De acordo com uma linha fina no diagrama, a base era subterrânea. Só uma abertura cavada ao redor da entrada revelaria a localização.

Diante dela, na colina, surgiu o *Doppelgänger*. Ainda vinha em sua direção.

— Midori, você tem de correr sozinha, não posso fazer isso no seu lugar. Midori? Midori! — berrou Mia.

Socou o lado do corpo da amiga com o punho.

— Ai! Tá, tô indo!

Mia a soltou e esquadrinhou a superfície ao redor em todas as direções. Nada. Nada. *Nada.*

Mas ali.

Ali estava.

Um buraco no chão.

— Midori, achei! Tá *aqui*! *Vem*!

A notícia deu a Midori um jorro de energia e ela chegou arfando ao lado de Mia. As duas correram rumo à abertura e imediatamente encontraram a escada. Prolongava-se cerca de dezoito metros abaixo da superfície.

— Depressa. *Depressa!* — Voltar para casa de repente pareceu possível. Era só nisso que Mia conseguia pensar. A adrenalina percorria seu corpo com uma força que ela nunca sentira na vida.

Jogou-se no buraco, agarrou-se a um degrau e desceu. Olhando rapidamente para cima, confirmou que Midori vinha logo depois dela. E então saltou da escada, pousando no fundo.

Aturdida, levantou-se e examinou a enorme escotilha de aço. Era duas vezes maior que a da DARLAH 2, mas, fora isso, tinha o mesmo aspecto. Apertou o botão mais próximo e, para seu enorme alívio, a porta se abriu, deslizando sem dificuldade. Ela esperou alguns segundos até Midori descer e empurrou-a para a câmara de descompressão à sua frente.

— Tranca a porta! — gritou para a amiga. — Tranca a porcaria da porta!

Midori meteu o cotovelo no botão do lado de dentro e a porta se fechou.

— Entramos — anunciou Mia, ofegante e exausta.

— Sim — respondeu Midori com uma calma súbita, observando Mia. — Agora entramos.

Ela pousou as mãos firmemente em uma alavanca no meio da parede com o rótulo de oxigênio e apertou-a. Um fluxo sibilante de ar fluiu para dentro da sala através de grandes dutos, permitindo que elas tirassem o capacete. Enquanto a câmara se enchia de ar, ela abriu a porta da estação de energia. A luz estava acesa, mas o lugar ainda estava escuro se comparado à forte luz solar do exterior. Mia ligou a lanterna e seguiu Midori.

A estação de energia fora construída dentro de um salão gigantesco e cavernoso com imensas turbinas com muito mais que trinta metros de altura. Fila após fila de computadores e medidores ocupavam as paredes, mas elas não demoraram a avistar os dois principais disjuntores. Quando Mia ergueu os braços para ligá-los, Midori subitamente bateu nas mãos dela.

— Por que fez isso? — perguntou Mia.

Midori sorriu.

— Deu vontade.

— Não viemos aqui para brincar. — Mia levantou rapidamente as alavancas dos disjuntores. Todos os botões se acenderam de imediato e as turbinas começaram a girar com um som estrondoso e profundo.

— Não viemos? Por que viemos aqui, então?

Mia apontou a lanterna para Midori de forma a vê-la melhor.

Foi então que notou. Uma onda de pânico a invadiu.

O corpo de Midori projetava sombra na direção errada.

Mia recuou um passo.

Depois, outro.

Muito lentamente, deslocou-se rumo à câmara de descompressão.

— Aonde vai? — perguntou o *Doppelgänger*.

— Lu... lugar nenhum.

— Você não pode ir embora agora, Mia. Seus amigos estão aqui, afinal.

— Do que diabos está falando?

— Caitlin. Nadolski. Antoine. Estão todos aqui, todos eles. Não sente saudade?

Mia começou a suar frio.

— Sei o que está pensando — disse a criatura, inclinando a cabeça de lado. — Está querendo saber o que aconteceu com a Midori, não é?

Mia continuava a recuar rumo à câmara de descompressão.

— Infelizmente, ela não pôde vir para cá. Quando você saiu da cozinha para procurar o Coleman, bom... sim, digamos apenas que ela precisou ir embora. — O rosto de Midori se abriu em um sorriso repugnante. — E, a propósito, aquela coisa com a faca foi patética. Você achou mesmo que faria diferença? — Sorriu novamente, e desta vez o sorriso ficou grotescamente largo. Quase se estendia de orelha a orelha.

— *Watashi kirei?* — disse a coisa. Agora Mia conseguia ver sangue escorrendo dos cantos da boca. Estava *rasgada*.

— O-o que disse? — Mia engoliu em seco.

— *Estou bonita agora?*

Ai, meu Deus, pensou Mia. *Me tira daqui!*

— Midori gostava tanto dessas lendas urbanas ridículas. Então, pensei em prestar tributo a ela com esta.

O *Doppelgänger* enfiou as mãos na boca e esticou-a ainda mais. Ouviu-se o som nauseante de carne e músculos se rasgando quando a pele do rosto foi rasgada de orelha a orelha. Os dentes da criatura brilharam vermelhos. Grossas gotas de sangue pousaram no chão em pequenos respingos.

— Não há fuga. Você sabe disso... certo, Mia?

Mia se manteve calada, dando os passos finais e entrando na câmara.

— Vamos dizer "oi" aos seus amigos quando chegarmos em casa — disse o *Doppelgänger*, fungando através da boca arruinada e estendendo as mãos para a garota. — Vamos tomar conta deles direitinho. Por um tempo, pelo menos.

Mia calmamente recolocou o capacete, observando o tempo todo enquanto o *Doppelgänger* avançava completamente para dentro da câmara.

Então, em um movimento veloz, a garota ergueu a mão e acertou o botão da porta antes de se lançar no chão e agarrar um cano. A porta externa se abriu e o vácuo exterior puxou a criatura para fora.

Ela bateu com força na parede de pedra e desabou no chão, imobilizada. Papéis e equipamentos da estação de energia voaram ao redor dela em velocidades letais. Mia se forçou a levantar e esticou o pé enquanto se agarrava ao cano de aço. Com um chute bem direcionado, atingiu o botão outra vez e a porta externa voltou a se fechar.

Estava sozinha.

PARTIDA

Ouvia ruídos o tempo todo. Já não conseguia dizer se eram imaginários ou reais. Passos que se aproximavam de todas as direções, vozes horrendas murmurando frases ininteligíveis. Cantando.

A pressão negativa do golpe de ar havia mandado sua lanterna para o espaço e ela não conseguia mais distinguir os contornos do ambiente. Só a luz fraca suspensa no teto distante da estação de energia a ajudava a ter uma vaga noção de onde estava. Manteve o olhar firme na porta hermética no ponto mais profundo do imenso salão. Encontrou o botão da porta e o apertou. Ela se abriu com um som oco.

Mia olhou para um corredor longo e escuro. A simples visão a deixou nauseada.

Você tem de passar por aí.

Você tem de passar por aí, Mia.

Não sei. Não sei. Não sei...

A cápsula de evacuação está do outro lado desse corredor.

Quão longe fica? Uns noventa metros? Não pode ser mais do que isso.

Você consegue. Consegue andar noventa metros.

Você vai para casa. Vai conseguir voltar.

Você consegue.

Corre, Mia!

Ela se lançou na escuridão.

Tateou em pânico pelo caminho. A escuridão envolvia tudo, mas a sensação de que não estava sozinha a impelia velozmente pelo corredor. Para se orientar, passava a mão direita pela parede lateral enquanto corria. Tinha certeza de que as paredes estavam se estreitando a cada passo.

Tenho de chegar lá rápido.

Não pode estar muito longe.

Este corredor só deveria ter noventa metros, certo?

Era como se mãos estivessem se esticando no escuro, tentando agarrá-la.

Continuou indo mais fundo. Mais fundo. Mais fundo.

Parou.

Chegara ao fim.

Suas mãos sentiram a porta. Era impossível enxergar, mas ela tateou em busca da roda de aço. Agarrou-a e girou-a. A peça não se mexeu. Tentou de novo. Emperrada.

Não. Não, não, não.

Não é justo.

Não agora.

Vai, desgraçada!

Usou todo o peso do corpo e de repente a roda cedeu, girando, e a porta se abriu. Foi quase fácil demais. Como se alguém do lado de dentro a tivesse ajudado. A luz fraca a iluminou.

Mia empurrou a porta com cuidado e entrou.

A sala era menor do que a estação de energia, mais ou menos do tamanho de uma sala de aula.

E no meio dela havia uma nave cinza em forma de cone.

A cápsula de evacuação.

A cápsula estava em uma pequena plataforma de decolagem, conectada a uma grande quantidade de tubos e instrumentos. Mia aproximou-se para vê-la. Não tinha mais que três metros de altura no ponto mais alto. A porta ficava na parte de trás, perto do topo. Do outro lado havia uma pequena janela redonda de vidro grosso à prova de calor.

Ela espiou pela janela. O interior parecia a cabine de um pequeno avião, com dois assentos, lado a lado, diante de um painel de instrumentos. Havia mais um assento atrás, encostado à parede. Coleman estivera certo. Não havia espaço para quatro pessoas. Mal havia para três.

— O que acha? Gostou?

Mia virou-se bruscamente ao ouvir uma voz que parecia a sua própria, os olhos vasculhando febrilmente o lugar sob a luz fraca. Nada.

— Infelizmente, não posso deixar você partir, sabe — disse a voz. — Isso seria... errado.

Algo se mexeu em um canto.

O *Doppelgänger* rastejou para fora de um duto de manutenção no chão como se fosse uma aranha gigante.

— Quem... é... você? — gaguejou Mia, afastando-se da cápsula com um salto.

A criatura sorriu para ela de forma repugnante.

— Sou Mia. Não lembra? Sou *você*. — Ela emergiu inteira do canto escuro, caminhando na direção da garota. Uma cópia idêntica nos mínimos detalhes. Exceto os olhos. O fundo das íris do *Doppelgänger* era negro como piche.

Os olhos de Mia se alternavam loucamente entre a cápsula de evacuação e o *Doppelgänger*.

Ele se aproximava. Em alguns segundos estaria perto o bastante para agarrá-la.

Mia olhou ao redor, desesperada, à procura de algo com que golpeá-lo. Mas, fora a cápsula, a sala estava vazia.

Tinha apenas uma chance.

Por favor, disse a si mesma. *Eu cheguei até aqui. Por favor, me deixe ir para casa. Me deixe fazer isso...*

O *Doppelgänger* pulou sobre ela.

Mia golpeou-o cegamente com os braços, sentindo que ele a atingia com força no rosto.

Mãos a seguraram e a empurraram para o chão.

Por favor.

Ela golpeou de novo, sem saber se acertou, mas conseguiu se levantar, correr para a cápsula e abrir a porta. O *Doppelgänger* estava parado logo ao seu lado.

Ela se jogou dentro da nave, fechou a escotilha e trancou-a.

A outra Mia gritou. Bateu os punhos na porta com a ferocidade de um animal selvagem.

Mia olhou freneticamente para o painel de controle.

Qual era mesmo?

Qual era?

Um rosto desesperado apareceu na janela. Sua expressão era de puro ódio.

Dedos arranharam o vidro.

Mia apertou botões aleatórios febrilmente.

Os punhos martelavam as paredes da cápsula.

Vozes.

Passos.

Gritos.

E, dentro da cápsula, finalmente ela o encontrou! Um botão vermelho no canto direito:

DECOLAGEM DE EMERGÊNCIA

Ela o apertou e o painel se acendeu. Os motores do foguete começaram a roncar. Levou poucos momentos para fixar-se com o cinto de segurança em um dos assentos.

Mais gritos no exterior da cápsula, mais socos desesperados contra o casco.

Mia ouviu a explosão do motor do foguete em ignição. A cápsula sacudiu-se violentamente. Ela se agarrou aos controles e fechou os olhos.

Ela estava decolando! Estava decolando!

Segundos depois, a cápsula se ergueu da plataforma. Os cabos se soltaram e a nave foi lançada ao espaço com uma força feroz.

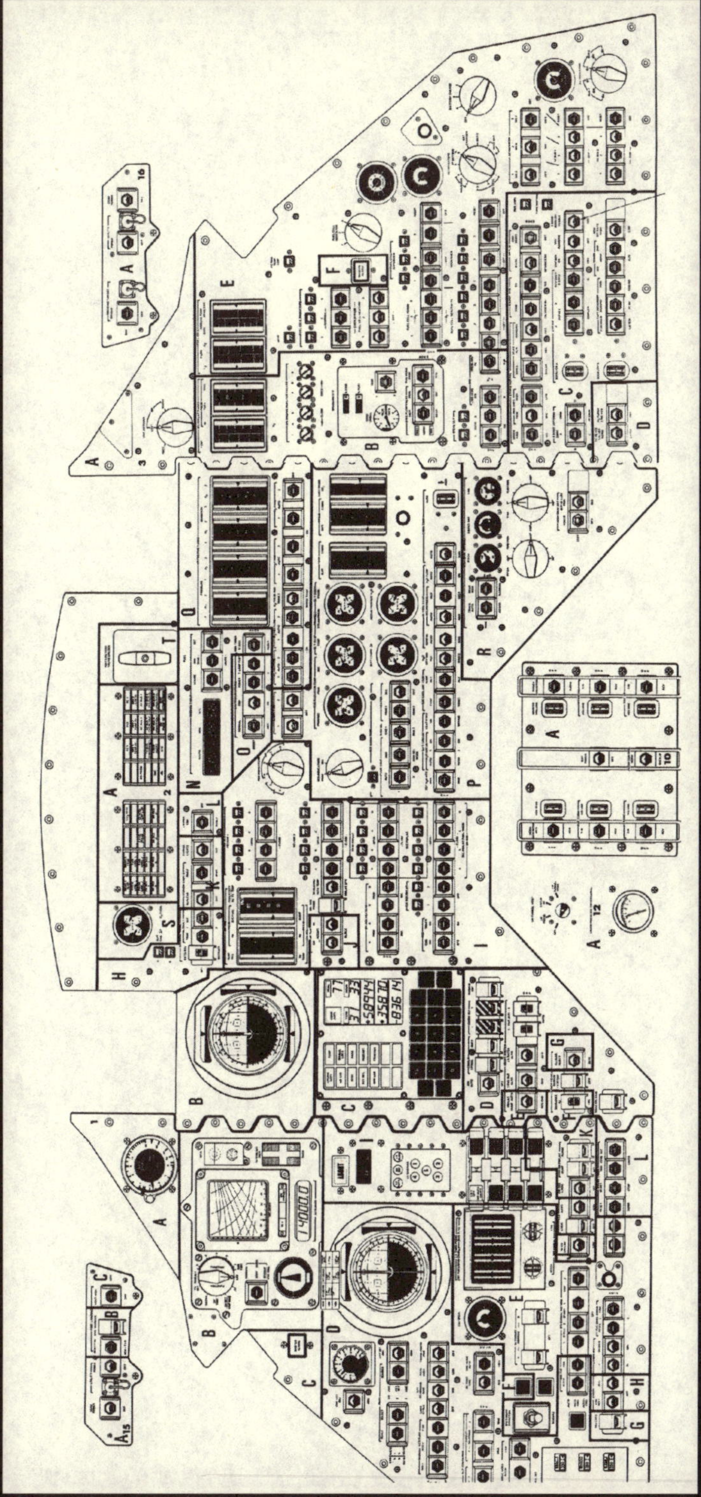

3

DEPOIS

O ATLÂNTICO

O NORAD — o North American Aerospace Defense Command, ou Comando de Defesa Aeroespacial da América do Norte — captou a cápsula de evacuação em seu radar logo após o meio-dia. Já que não puderam confirmar imediatamente o tipo de objeto com o qual estavam lidando, por alguns minutos pensaram que fosse um meteorito. Ou um foguete inimigo. O secretário de Defesa e o Estado-Maior Conjunto foram contatados e chegaram a pensar a atirar no objeto. Mas um exame mais atento mostrou que ele vinha rápido demais para ser um míssil inimigo. Tinha que ser algo vindo do espaço.

A NASA também detectou a cápsula e, embora não pudessem confirmar imediatamente que objeto era aquele, tiveram esperanças. Esperanças de que os tripulantes com os quais haviam perdido contato um dia e meio antes tivessem sobrevivido e conseguido voltar à Terra por conta própria. Se esse fosse o caso, não seria nada menos que um milagre. Mas era exatamente disso que a NASA precisava agora. Um milagre do céu. Algo que pudesse silenciar o alarde de todos os canais de TV, jornais e programas de rádio que falavam incessantemente da tragédia, transformando-a em um escândalo internacional, alegando que a agência fora imprudente, gananciosa e desumana ao pôr a vida dos jovens em risco.

Mas agora isso poderia mudar. A mídia se encheria de histórias de heroísmo. Haveria entrevistas e boletins de notícias sobre os bravos astronautas que haviam conseguido trazer os adolescentes de volta para casa. Haveria vídeos de mães e pais soluçando ao abraçarem as filhas e o filho. Na melhor das hipóteses, toda a atenção poderia até aumentar o apoio às viagens espaciais.

Os mandachuvas da NASA estavam a bordo do helicóptero de resgate da Marinha americana, que decolou da base uma hora depois, rumo às águas de

Newfoundland, Canadá, onde a cápsula aparentemente pousara. Antes mesmo de o helicóptero chegar à altitude de cruzeiro, os membros da equipe da NASA já haviam começado a trabalhar nos discursos que planejavam fazer à imprensa depois que a tripulação estivesse a bordo e a salvo.

Mia dormiu a maior parte dos quatro dias da viagem. Só quando a cápsula entrou na atmosfera terrestre ela se sobressaltou e ficou totalmente desperta. Então, os paraquedas se abriram para desacelerar a queda. A nave balançou suavemente ao descer e pousou em algum lugar na superfície do Oceano Atlântico.

Mia soltou o cinto de segurança, foi até a janela e olhou para a água. A visão do oceano azul, aparentemente infinito, foi avassaladora.

Caminhou rigidamente até a saída e abriu a saída de emergência. Os parafusos explosivos na porta fizeram com que as dobradiças se soltassem e a porta caísse, desparecendo no oceano. Mia sentou-se na abertura e sentiu o vento no rosto. Voltou-se para o sol e sentiu os jorros de água salgada respingarem nela cada vez que uma onda atingia a cápsula.

Ficou ali sentada a balançar-se pelas horas seguintes sem pensar em nada específico, como se todo o estresse tivesse apagado sua mente. Apenas sentou-se e fitou, como se nunca tivesse visto água antes.

Naquela tarde, o primeiro barco de pesca se aproximou. Pescadores barbados, castigados pelo tempo e aturdidos estavam parados no convés da traineira *Sea Harvest*, olhando pasmados para a garota imóvel na porta da cápsula. O capitão Tyne mandou que a tripulação baixasse o escaler e alguns minutos depois eles trouxeram Mia a bordo. Eles a enrolaram em cobertores e a levaram à cabine do capitão, onde o próprio Tyne lhe fez companhia.

Mia não disse muita coisa. Contou onde estivera e que algo dera errado. Só isso.

O capitão Tyne olhou-a preocupado.

— Eu explico tudo depois — garantiu ela. — Prometo. Só não estou me sentindo muito bem agora.

Dirigiram-se à costa e o helicóptero da Guarda Costeira que os sobrevoou uma hora depois não tinha nem ideia de quem estava no barco abaixo. Mia ficou na casa do capitão em uma pequena vila de pescadores no litoral de Newfoundland enquanto tentavam entrar em contato com a NASA e esperavam que representantes da agência aparecessem.

Mas, ao amanhecer, quando a sra. Tyne levou uma bandeja de café da manhã para o quarto no segundo andar onde Mia estava, a garota se fora. A cama estava bem-arrumada e as cortinas, abertas. Não havia sinal dela a não ser por um bilhete deixado no criado-mudo.

> Precisei ir. Agradeça ao capitão Tyne por mim.
> Estou bem agora.
> Mia

O helicóptero pairava silenciosamente menos de quatro metros acima da cápsula enquanto os mergulhadores se preparavam e pulavam na água. Vasculharam a nave e mergulharam incontáveis vezes nos arredores procurando qualquer sinal de sobreviventes. Os representantes da NASA receberam a notícia — "não há ninguém aqui" — com expressões sombrias.

Desapontado, um dos mandachuvas abriu a pasta e olhou pela última vez para os muitos esboços dos discursos de boas-vindas que escrevera. Então, abriu a porta lateral do helicóptero e jogou as páginas fora. Elas caíram e flutuaram frouxamente na superfície, como peixes mortos.

Antes de virarem o helicóptero para voltar à base, os dois oficiais da NASA espicharam a cabeça para ter um último vislumbre da cápsula espacial.

O que flutuava ali não era o módulo de comando *Ceres*. Estava marcado com outro nome.

DARLAH 1.

Seria bem difícil explicar isso ao resto do mundo.

Chegar a Nova York foi mais fácil do que ela imaginara, embora tenha demorado. Aquela noite, depois que o capitão Tyne e a esposa foram para a cama, ela se vestiu e saiu da casa sem o menor ruído. No píer, escondeu-se entre as caixas de carga até o amanhecer e então esgueirou-se a bordo da primeira balsa. Depois de pegar algumas caronas até Ottawa, conseguiu convencer um casal idoso que conheceu na rodoviária de que sua carteira fora roubada; eles lhe deram dinheiro o bastante para pegar um ônibus expresso até Nova York.

Mia chegou ao terminal de ônibus Port Authority, em Manhattan, no começo da manhã seguinte. Pediu trocados a uma gentil senhora para usar a cabine telefônica e teclou o número do Centro Espacial Johnson, em Houston.

Foi uma conversa rápida. Ela ficou feliz por isso. A mãe não conseguiu emitir uma palavra coerente; só soluçava, e o pai teve de pegar o telefone. Ela contou onde fora encontrada e sobre sua estada em Newfoundland, mas não mencionou nada sobre o que acontecera na missão. Só repetiu que estava bem.

O pai gritou ao telefone, como se temendo que ela pudesse desaparecer a qualquer segundo:

— Vá para o Four Seasons Hotel. Vou ligar para lá agora mesmo e pedir um quarto para você. Uma suíte! Sua mãe e eu estamos em Houston. Vamos para o aeroporto comprar passagens para Nova York assim que eu desligar. Não vá a lugar nenhum, tá? Fique no hotel, peça o que quiser do serviço de quarto. Tem certeza de que não precisa que eu chame um médico?

— Não, tudo bem. Mas obrigada.

— Sua mãe e eu vamos chegar no máximo na noite de amanhã. De preferência antes. Mal podemos esperar para te ver…

— Preciso ir, pai. Está frio aqui.

— Frio? Bom, tudo bem, vai lá, querida. Para o Four Seasons, ouviu?

Mia desligou e tomou o caminho mais curto para o hotel. Diante da entrada, passou por uma banca de jornais e notou a manchete do *New York Times*.

Isso não a intimidou. Ninguém a reconheceria; pelo menos, ninguém que importasse. Nem mesmo a olharam direito quando se aproximou do balcão para fazer o *check-in*.

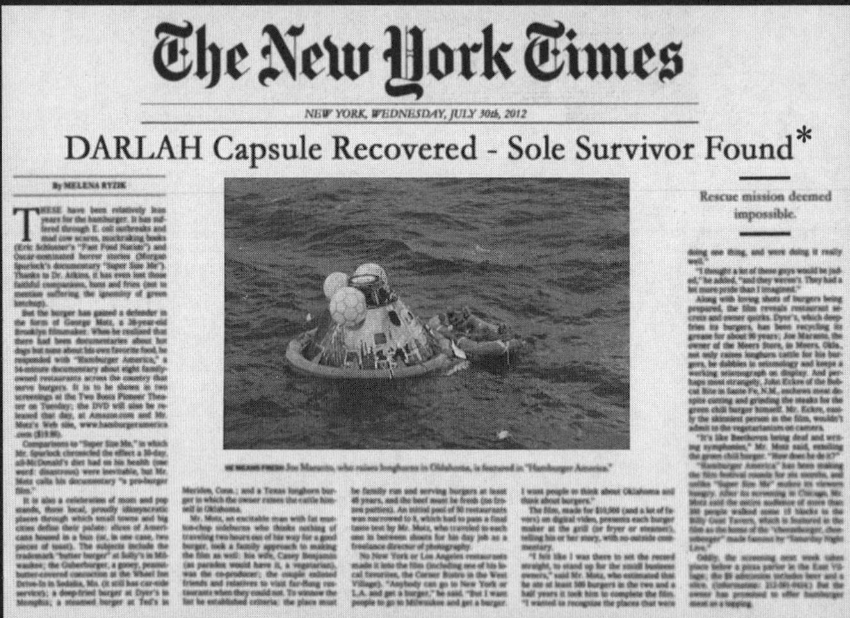

*Cápsula DARLAH Recuperada – Único Sobrevivente Encontrado

CONEY ISLAND

O pai já conseguira agendar o quarto para Mia, e com um suspiro satisfeito ela pegou o elevador até a suíte no quinquagésimo segundo andar com uma vista fantástica do parque. Mas não ficou no quarto esperando a família como havia prometido.

Já esperara demais. Depois de uns poucos minutos no quarto e um banho rápido, saiu do hotel rumo ao Central Park.

Murray não apareceu até as onze da noite. Chegou empurrando o carrinho de mercado e não a viu até que ela o detivesse.

— Oi — disse ela.

O homem a olhou por um longo tempo. Foi como se estivesse vasculhando o catálogo de cartões de uma enorme biblioteca no cérebro. Finalmente pareceu ter encontrado o cartão com o nome dela.

— Mia? — disse, aturdido. — Você voltou.

Ela sorriu.

— Pensei em passar aqui e dar um oi.

— Ouvi a notícia no rádio — contou ele. — Lá no abrigo do Exército da Salvação. Disseram que vocês todos morreram. Que vocês não tiveram a menor chance.

— Isso é verdade. Mas eu sobrevivi.

— É mesmo, graças a Deus. — Ele a envolveu com um braço. — E seus pais?

— Vão chegar esta noite. O mais cedo possível.

— No Four Seasons, é?

— É isso aí — confirmou Mia. — O mesmo da última vez.

— Legal. Eu te acompanho até lá.

— Tenho outra ideia. Vem comigo.

Murray deixou o carrinho no canto de sempre e a seguiu até a estação de metrô na Lexington Avenue.

— Você tem dinheiro para a passagem? — perguntou ela.

— Tá brincando? Eu tenho cara de quem tem grana?

Esperaram até não haver ninguém olhando, passaram por baixo da catraca e desceram correndo até a plataforma. Ela instruiu Murray claramente a não ler nenhuma das placas pelo caminho para que ele não soubesse aonde estavam indo. A cada vez que o trem parava em uma estação, ela cobria os olhos dele com uma mão e usava a outra, com o ombro da blusa dele, para cobrir os ouvidos, para saber que ele não estava mesmo vendo nem ouvindo. Foram até a última estação, e Mia puxou Murray pela mão enquanto ele fechava os olhos e a seguia rumo ao ar morno da noite.

— Pode olhar agora — disse ela. Murray abriu os olhos.

— Coney Island! — exclamou. — Você me trouxe para Coney Island! Eu não venho aqui... há tantos anos.

— Lembra que me contou de quando vocês dormiam na praia aqui?

— Lembro, sim. Ninguém mais faz isso. Ninguém mais dorme na praia.

Mia o puxou consigo rumo à água.

— Mas esta noite é diferente. Esta noite alguém vai dormir na praia de Coney Island.

Os olhos de Murray ficaram enevoados.

— Obrigado — disse ele. — Obrigado. Esse é o melhor presente que alguém já me deu.

O caminho até a praia estava cheio de lixo. Ao redor deles, os restos do que já fora um parque de diversões — carrosséis arruinados, partes de caminhões velhos e uma roda-gigante, solitária e imóvel.

Escolheram um local perto de um velho barco de madeira na praia, e Murray estendeu o casaco na areia para que pudessem se deitar nele.

— Bem-vinda de volta — disse a ela.

— Igualmente — respondeu a garota.

Naquela noite, ele adormeceu mais rápido que qualquer pessoa em Nova York. Já havia apagado um minuto depois de pousar a cabeça na areia.

Mas Mia não dormiu. Ficou sentada a noite toda, olhando para o alto, até o sol nascer no oceano. *Estou na Terra*, pensou. *Estou em casa.*

Murray estava grogue quando acordou. No começo, não soube onde estava e gritou uma porção de palavrões para ninguém em especial até ver Mia e lembrar-se da noite anterior.

Levantou-se e caminhou até a margem para ficar ao lado dela.

— E aí, o que vai ser? — perguntou.

Ela se voltou para ele.

— Vai ser ótimo. Para mim.

Então, sorriu para ele. Um sorriso zombeteiro e repulsivo.

Ele analisou o rosto dela mais atentamente agora e, de repente, não se sentiu bem. Não conseguia entender por quê.

— Seus olhos — disse, finalmente. — Acho melhor você pedir para um médico dar uma olhada neles. Parece que tem alguma coisa errada com... hã... com... eles. Estão totalmente... *pretos*.

Ela encolheu os ombros, o sorriso ampliando-se.

— Infelizmente, não posso deixar você voltar para Manhattan comigo.

— Eu... tá. *Peraí*, como assim? — respondeu Murray, confuso. Por instinto, recuou um passo, cambaleando, afastando-se.

Mia apareceu instantaneamente diante dele. Ele sentiu o começo do pânico.

O sol se ergueu da água e brilhou sobre eles. Iluminou toda a praia, meio que devolvendo a Coney Island toda a sua cor.

Murray só teve tempo de ver as mãos dela avançando, depois sentiu uma dor intensa e ofuscante na cabeça, como se o crânio tivesse rachado logo acima dos olhos, partindo-se em dois.

Então, tudo ficou escuro.

Ela o deixou assim, sem hesitar. Virou-se lentamente e caminhou rumo à roda-gigante e ao que restava do outrora famoso parque de diversões. Ao longe, do outro lado do estreito East River, pôde ver a linha do horizonte de Manhattan, assim que os primeiros raios do sol da manhã o iluminaram.

Ficou ali observando a cidade por um tempo antes de se dirigir à entrada da estação de metrô.

OS DISTANTES

O porteiro do Four Seasons curvou-se e abriu a porta quando ela entrou no prédio. Sem dizer uma palavra a ninguém, atravessou o saguão, entrou no elevador privativo e foi até o quinquagésimo segundo andar. Passou o cartão de acesso na fechadura e entrou na suíte luxuosa.

Não era um mero quarto de hotel, e sim um enorme apartamento: a suíte Ty Warner Penthouse, na cobertura, com nove salas e mais de trezentos metros quadrados, ocupando todo esse andar do edifício. O maior cômodo tinha uma vista panorâmica do Central Park, e qualquer ser humano teria ficado absolutamente encantado ao ver a luz vívida da manhã filtrada entre as árvores do parque. Mas ela nem notou. Apenas andou de um recinto a outro, entrando na biblioteca, onde encontrou uma poltrona vermelha e sentou-se.

Ela esperou.

Ficou imóvel e esperou.

As horas se passaram.

E, se alguém tivesse compartilhado a sala com ela, teria ficado aterrorizado. Pois ela não estava apenas parada. Estava absolutamente imóvel, os olhos fixos no nada.

O telefone tocou seis horas depois. Como se apenas alguns minutos tivessem passado, ela se levantou, caminhou até a mesinha e atendeu.

— Senhorita Nomeland, aqui é da recepção. Seus pais chegaram.

— Mande-os subir — respondeu ela.

— É claro.

Foi até a porta e olhou-se no espelho. Os olhos estavam escuros e as mãos pareciam garras, como se o corpo tivesse envelhecido cinquenta anos. Analisou as feições com grande interesse e então se voltou atenciosa para a porta.

Ouviu-se uma batida. Uma batida, depois duas.

Então, ouviu o cartão de acesso passando pela fechadura e a porta se abriu. Ali estavam três pessoas: um homem, uma mulher, um menino. Os pais e o irmão.

A mãe deixou a mala no chão e correu para ela, envolveu-a nos braços e chorou.

— Tivemos tanto medo por você, Mia. Tivemos tanto, tanto medo. — A mãe mal conseguia pronunciar essas palavras. Tantos dias sem saber se a filha estava viva ou não claramente haviam deixado marcas no rosto da mulher. Estava cinzento, seco, parecendo um jornal onde se liam apenas manchetes trágicas, e o cabelo estava emaranhado e sujo. Obviamente ela não dormia há dias. — Eu te amo tanto, sabia disso? — soluçou a mãe, abraçando-a com ainda mais força. — Achei que a gente nunca mais te veria.

O pai estava logo atrás da mãe, também abraçando-a com lágrimas nos olhos. E havia o menino.

Sander era o nome dele. Estava parado a alguns centímetros de distância, observando-a com ar desconfiado. Segurava um leão de pelúcia esfarrapado nas mãos.

— Olhos estranhos — murmurou ele. — Olhos estranhos.

Mas ninguém mais o ouviu.

— O Sander está cansado — ela ouviu a mãe dizer. — Faz quase vinte e quatro horas que ele não dorme, pobrezinho. Sabe, tivemos problemas no aeroporto, atrasos, ou uma greve, não sei ao certo. Bom, daí a NASA sugeriu que pegássemos um avião particular e, bom… foi um longo dia.

— Sander, está cansado? Quer deitar um pouco? — perguntou o pai. — Eles têm umas camas enormes aqui, sabe. Só para você. E agora pode dormir tranquilinho, porque a Mia está aqui com a gente. Você não está feliz?

— Tô — respondeu, abraçando com força o leão.

— Não quer dar um abraço na Mia também?

— Não — disse rapidamente, virando de costas.

A mãe olhou para a garota e acariciou-lhe a bochecha.

— Faz tanto tempo desde que o Sander te viu, sabe. Ele não está acostumado a ficar longe de você tanto tempo. Talvez você queira ajudá-lo a se aprontar para dormir? — sugeriu ela. — Levá-lo para escovar os dentes e tudo o mais? Tenho certeza de que ele gostaria muito. Daí o pai e eu vamos pedir comida. O que você quer?

— Nada.

— Nada? Tem certeza? Já comeu? — A garota balançou a cabeça. — Bom, vou pedir alguma coisa mesmo assim, daí você vê se quer comer ou não.

Ela se aproximou de Sander e estendeu a mão. Relutante, ele a aceitou. Percebeu que estava fria.

— Vem, Sander.

Obediente, ele a seguiu até o banheiro. Ela fechou e trancou a porta. Pegou uma escova de dentes do hotel e tirou-a da embalagem, apertando uma bisnaga de creme dental na ponta.

— Por que não me deixa segurar o leão um minuto enquanto escova os dentes? — perguntou ela.

Ele balançou a cabeça, recusando, e olhou para a porta trancada. Lentamente, aceitou a escova de dentes e começou a fazer movimentos diante da boca esfarrapada do brinquedo.

— Sentiu minha falta enquanto eu estava lá?

— Tô com medo, Mia — respondeu ele.

— *Não sou Mia.*

O leão de pelúcia caiu das mãos do menino quando ela o agarrou. Nem teve chance de gritar por socorro.

Ela então abriu a porta do banheiro e voltou ao quarto do hotel, onde os pais a esperavam.

— Como foi? — perguntou a mãe.

— Foi bom — respondeu ela, sorrindo, enquanto uma garota de aparência perfeitamente igual emergia do banheiro atrás dela.

Os *Doppelgängers* escapuliram rapidamente da suíte. Quatro cópias idênticas de Mia foram de quarto em quarto com uma eficiência tão implacável que logo havia legiões de cópias percorrendo o hotel. A maior parte dos hóspedes as recebeu ao ouvir as batidas na porta. Espiavam pelo olho mágico e viam uma garota no corredor. A última coisa que esperavam era serem atacados sem misericórdia.

Um por um, os *Doppelgängers* desceram pelos elevadores ou escadas até o primeiro andar e saíram no saguão, entraram em táxis ou simplesmente caminharam pela calçada. No saguão, nenhum dos empregados ou hóspedes, ocupados em fazer o *check-in*, notaram que a mesma pessoa parecia estar saindo do Four Seasons de novo e de novo.

Com uma exceção.

Um carregador de malas, que esperava impacientemente para carregar a bagagem de um vagaroso casal japonês, pensou ter visto uma adolescente passar por ele três vezes. Ficou pensando nisso, mas rapidamente dispensou a impressão como um *déjà vu*. Estava cansado, de todo modo. E então lhe pediram que levasse as malas até um quarto no trigésimo primeiro andar.

O carregador apertou o botão do elevador e olhou para o painel iluminado, indicando que o elevador estava descendo, algo que já vira centenas ou milhares de vezes. Esta seria a última.

Ouviu-se um som baixo, *ping*, quando o elevador chegou e as portas se abriram.

LOG #_88.723

NOME DA NAVE: RV PROVIDENCE

TRIPULAÇÃO: 8

ORIGEM: SETOR 12, TERRA

DESTINO: EUROPA

LOCALIZAÇÃO ATUAL: LUA, QUADRANTE 60 (MARE TRANQUILLITATIS)

DATA: 17/8/2081

HORA DA TRANSMISSÃO: 21:14 UTC

MISSÃO PRINCIPAL: INVESTIGAÇÃO PROFUNDA DA LUA EUROPA, ÁREA #878

TAREFA ATUAL: INVESTIGAR O QUADRANTE 60, SUPERFÍCIE LUNAR

1.

Encontrados indivíduos supostamente ligados ao evento DP7 na Terra em 2019. Indivíduo #1 (falecido) é do sexo feminino, com aproximadamente 16 anos. Encontrada a 182 metros da entrada principal da base lunar DARLAH 2. Roupas: traje espacial da NASA. Capacete rachado encontrado a 1,52 metro do corpo. Causa da morte: exposição ao vácuo. Indivíduo visualmente idêntico às primeiras observações do DP7 na Terra. Amostra de tecido prova que o indivíduo é humano. Pegadas (sem sapatos) de indivíduo não identificado encontradas perto do corpo.

2.

Inspeção exterior da base lunar DARLAH 2: a base parece intacta. Nenhum dano externo visível, integridade OK. Descoberto indivíduo #2 (falecido) entre os módulos 2 e 3. Causa da morte: desconhecida. Indivíduo #2 identificado como tenente Hall (IMP).

Inspeção interior da base lunar DARLAH 2:

Entrada principal aberta. Receptor de rádio de cristal improvisado encontrado no chão da câmara de descompressão. Energia e oxigênio ausentes por toda a base. Indivíduo #3 (falecido) identificado como capitão Coleman (HCOM) encontrado no módulo 3/estufa. Causa da morte: ferimento a bala autoinfligido na cabeça. De resto a base parece intacta, não havendo sinais incontestáveis de luta. Gerador de energia subterrâneo (módulo 4) revela indivíduos #4 e #5 (falecidos), identificados como S. Wilson e P. Stanton. Causa da morte: asfixia.

Veículo de expedição lunar parece ausente do módulo 4.

Sugere-se maior investigação.

RV Providence segue para Europa.

>>>>>>>>>>>>>>>>>Fim do relatório…

Ver apêndice na página seguinte

Apêndice para log #_88.723

Descrição: item encontrado no bolso lateral esquerdo do indivíduo #1. É uma mensagem escrita à mão, assinada pela falecida. Partes do texto são difíceis ou impossíveis de decifrar.

A mensagem é conforme segue:

Eu lembro. É estranho, não é, como tantos animais preferem morrer sozinhos, escondidos da família, da matilha? Eles parecem simplesmente se afastar e desaparecer quando sentem que a hora está próxima. Por que não deixam ninguém ficar com eles nos últimos minutos? Sempre achei isso difícil de entender. Até agora.

Não acredito mais que fazem isso para poupar a família da tristeza de estar lá quando a morte acontecer. Acho que fazem isso para poupar a si mesmos. Olhar nos olhos gentis daqueles que você amou, com quem passou todos os bons e maus momentos enquanto tenta desaparecer suavemente pode ser insuportável, e você acaba lutando por um tempo a mais, disposta a prolongar seu próprio sofrimento só para tornar tudo mais fácil para eles. É melhor, então, partir em silêncio, às escondidas, na calada da noite. Sozinha. De muitas formas, estou feliz porque nenhum de vocês está aqui quando eu (indecifrável). Talvez seja melhor assim, por várias razões. (indecifrável) está a caminho de vocês agora, então (indecifrável, duas linhas de texto foram fortemente rabiscadas) Pai, muito obrigada por me ensinar como (montar?) um rádio. Você provavelmente gostaria que eu me lembrasse de você por alguma outra coisa, mas essa é a imagem que parece ter ficado (guardada?) comigo, seu rosto quando você fez o rádio funcionar, o orgulho que sentiu. Eu era criança. E te amei por isso. Consegui montar um sozinha. Não ficou tão bom quanto o seu, mas eu o fiz funcionar. E assim ouvi que nenhuma missão de resgate vai vir para cá e que um pastor vai adotar o mesmo procedimento de um funeral no mar, enviando as almas "à profundeza das profundezas", concluindo com o Pai-Nosso. Receio que nenhuma oração vá fazer bem a nenhum de nós agora. Desculpe pelas rasuras. Usar uma caneta com estas luvas é (indecifrável) do que eu gostaria. Ou talvez seja a (minha?) cabeça, estou ficando sem oxigênio, dor de cabeça. Leva tempo para conseguir escrever as palavras. Vou sair da DARLAH 2 agora, encontrar um lugar legal lá fora (indecifrável) olhar a Terra até eu (indecifrável). Vai ser uma bela última (visão?). Não há mais nada que eu possa dizer. Foi ótimo. Tudo. Vocês todos são maravilhosos. Não, eu menti. Queria que vocês estivessem aqui. Não todo mundo. Vocês.

Mãe. Sander. Desculpa. desculpa. Preciso (ir?) agora.

Mia (assinatura)

>>>>>>>>>>>>>>>>>Fim da mensagem...

>>>>>>>>>>>>>>>>>Fim da transmissão

NOTA DO AUTOR

O sinal 6EQUJ5 foi realmente captado em 15 de agosto de 1977 no Big Ear Radio Observatory (hoje conhecido como Ohio State University Radio Observatory) em Delaware, Ohio — e os detalhes da história contada por Coleman a respeito da recepção do sinal são fatos históricos. Também vale notar que em 20 de agosto e 5 de setembro do mesmo ano duas espaçonaves chamadas *Voyager 1* e *Voyager 2* decolaram do Centro Espacial Kennedy na Flórida. Além de tirar fotos e medir a radiação solar, levaram uma mensagem: um disco banhado a ouro contendo imagens, música e sons do nosso planeta, compilados para o caso de as naves serem descobertas por uma civilização extraterrestre. Treze anos depois da decolagem, a *Voyager 1* passou pela órbita de Netuno e saiu do nosso sistema solar. As *Voyager 1* e *2* ainda estão viajando pelo espaço a uma velocidade de dezessete quilômetros por segundo e continuam sendo os objetos fabricados pelo homem a chegarem mais longe da Terra. Se ninguém a descobrir antes disso, a *Voyager 1* levará pelo menos quarenta mil anos para chegar a Alpha Centauri, a estrela mais próxima do nosso sistema solar.